빌라
아말리아

VILLA
AMALIA

Villa Amalia
Pascal Quignard

Copyright ⓒ Éditions Gallimard 2006
Korean Translation Copyright ⓒ 2012 by Moonji Publishing Co., Ltd.
All rights reserved.

This Korean edition was published by arrangement with Éditions Gallimard, through EYA(Eric Yang Agency).

이 책의 한국어판 저작권은 EYA(Eric Yang Agency)를 통해
Éditions Gallimard와 독점 계약한 ㈜문학과지성사에 있습니다.
저작권법에 의해 보호받는 저작물이므로 무단 전재 및 복제를 금합니다.

빌라 아말리아

VILLA AMALIA

파스칼 키냐르 지음
송의경 옮김

문학과지성사

파스칼 키냐르 Pascal Quignard
1948년 프랑스 베르뇌유쉬르아브르(외르)에서 태어나, 1969년 첫 작품 『말 더듬는 존재』를 출간했다. 어린 시절 앓았던 자폐증과 68혁명의 열기, 에마뉘엘 레비나스·폴 리쾨르와 함께한 철학 공부, 뱅센 대학과 사회과학고등연구원에서의 강의 활동, 그리고 20여 년 가까이 계속된 갈리마르 출판사와의 인연 등이 그의 작품 곳곳의 독특하고 끔찍할 정도로 아름다운 문장과 조화를 이루고 있다. 죽음의 문턱까지 갔다가 귀환한 뒤 글쓰기 방식에 큰 변화를 겪고 쓴 첫 작품 『은밀한 생』으로 1998년 '문인 협회 춘계대상'을 받았으며, 『떠도는 그림자들』로 2002년 공쿠르 상의 영예를 안았다. 대표작으로 『로마의 테라스』 『혀끝에서 맴도는 이름』 『섹스와 공포』 『옛날에 대하여』 『심연들』 『세상의 모든 아침』 『신비한 결속』 『부테스』 『눈물들』 『하룻낮의 행복』 『세 글자로 불리는 사람』 등이 있다.

옮긴이 송의경
서울대학교 불어불문학과를 졸업하고 프랑스 엑상프로방스 대학 박사과정을 수료했으며, 이화여자대학교에서 박사학위를 받았다. 이화여대와 덕성여대에 출강했다. 『은밀한 생』 『로마의 테라스』 『떠도는 그림자들』 『혀끝에서 맴도는 이름』 『섹스와 공포』 『옛날에 대하여』 『신비한 결속』 『부테스』 『눈물들』 『하룻낮의 행복』 『세 글자로 불리는 사람』 등을 우리 말로 옮겼다.

파스칼 키냐르 장편소설
빌라 아말리아

제1판 제1쇄 2012년 2월 29일
제1판 제7쇄 2024년 12월 6일

지은이   파스칼 키냐르
옮긴이   송의경
펴낸이   이광호
펴낸곳   ㈜**문학과지성사**
등록번호 제1993-000098호
주소   04034 서울 마포구 잔다리로7길 18(서교동 377-20)
전화   02) 338-7224
팩스   02) 323-4180(편집) / 02) 338-7221(영업)
전자우편 moonji@moonji.com
홈페이지 www.moonji.com

ISBN 978-89-320-2281-9

마르틴에게

차례

제1부   9
제2부   125
제3부   217
제4부   289

옮긴이의 말_『빌라 아말리아』 천천히 읽기 342
작가 연보 355
작품 목록 366

일러두기

1. 이 책은 Pascal Quignard의 *Villa Amalia*(Paris: Éditions Gallimard, 2006)를 우리말로 옮긴 것이다.
2. 본문의 주는 모두 옮긴이의 것이다.
3. 강조하기 위해 원서에서 이탤릭체로 표기한 것을 본문에서는 고딕체로 표기했다.
4. 맞춤법과 외래어 표기는 1989년 3월 1일부터 시행된 「한글 맞춤법 규정」과 『문교부 편수자료』, 『표준국어대사전』(국립국어연구원)을 따랐다.

제1부

제1장

:

"울고 싶은 심정이었어요. 그 사람 자동차를 따라갔죠. 죽고 싶을 만큼 불행하더군요. 30분 넘게 센 강변을 달리다 보니 어느새 주위가 어두워졌어요. 슈아지르루아에 이르렀을 때였는데, 토마가 갑자기 우회전을 하더니 좁은 골목길로 접어들었어요. 골목에 진입하자마자 월계수 아래 차를 세웠고, 전조등을 껐어요. 나도, 골목을 약간 지나친 대로변에 되는대로 재빨리 차를 세웠어요. 그리고 뛰지 않는 척, 보통 걸음으로 걷는 척하며 길을 되짚어 왔어요. 그가 철문을 밀더군요. 나는 다가갔죠. 빠르면서 느리게요. 글쎄, 어떻게 설명하면 좋을지."

그녀는 다가갔다.

철책의 녹슨 창살에 이마를 댔다.

어두운 데다가 월계수 잎들에 시야가 가려 잘 보이지 않았다.

그때 토마의 모습이 보였다. 현관 앞에 켜진 전등불 밑에서 젊은 여자가 그의 두 손을 잡았다.

토마는 외투를 벗으려고 했다. 젊은 여자가 발끝을 세웠다. 그에게 입술을 내밀었다.

제1장

 월계수 맨 아래쪽의 잎들이 시야를 가로막았다. 그녀는 그의 표정을 낱낱이 보고 싶었다. 그들이 현관을 떠나 집 안으로 들어가려고 했다. 바야흐로 그의 얼굴을 놓치게 될 참이었다. 갑자기 등 뒤에서 말소리가 들렸다.

"부인, 이 집을 아주 열심히 살피고 계시군요."

심장이 터질 듯이 두근거렸다. 마치 도둑질을 하다 들킨 아이처럼 느껴졌다.

"맞아요." 그녀가 대답했다.

그리고 돌아섰다.

어두워진 골목길의 인도 위에, 짧게 깎은 머리에 진한 색 양복 차림을 한 남자가 있었다. 향수 냄새가 났다. 그는 그저 미소만 짓고 있었다.

그녀가 말을 이었다.

"지금 댁은 강도질을 하려던 여자를 보고 계시는 거예요."

그가 그녀의 레인코트 소매를 잡으며 물었다.

"나 누군지 모르겠어?"

그 질문에 그녀는 무척 당황스러웠다. 모른다며 고개를 저었다. 사실 어느 누구와 무슨 대화든 나눌 마음이 전혀 없기도 했다. 코트 소맷자락을 그의 손에서 황급히 잡아 뺐다.

"난, 그쪽을 알겠는데." 그가 말했다.

주변이 아주 캄캄해졌다. 그녀는 시선을 철책에 고정시킨 채 있었다.

"그쪽은 '안'이지. 더 정확히 말하자면, 엘리안으로 불리기 싫어하는 여자라고."

그러자 안 이덴이 그를 바라보았다. 고개를 끄덕였다. 아연실색할 지경이었다. 참으려고 해도 눈물이 솟았다.

"맞아요." 그녀가 중얼거렸다. "그건……"

"뭐라고?"

그녀가 좀더 크게 말했다.

"맞아요. 그건 내 옛날 이름인데요."

그녀는 그에게 다가갔다. 그의 얼굴을 뜯어보며 누군지 알아내려고 애쓰면서.

"댁은, 누구세요?"

"나 조르주야."

조르주가 누군지 생각나지 않았다.

"조르주 로엘."

이 남자가 대체 누군지 그녀는 알지 못했다.

어둠이 차츰 그들의 몸을 휘감아 형체가 점점 두루뭉술해졌다.

그가 미소를 지으며 그녀를 바라보았다.

그가 양복 안주머니에서 지갑을 꺼냈다.

명함 한 장을 내밀었다.

그녀는 골목의 가로등 가까이로 가지 않을 수 없었다. 그의 성명 철자를 읽었다. Georges Roehlinger(조르주 로엘링거). 볼록 인쇄된 글씨체였다. 주소지는 어느 부둣가였다. 테이Teilly 소재.

제1장

그곳이 어디인지, 어떤 항구인지 그녀는 알지 못했다. 그 강변과 항구가 어느 지역, 어느 해안에 속하는지, 무슨 바다에 접해 있는지 짐작조차 되지 않았다. 일종의 거북함이 느껴지기 시작했다.

"우리는 같은 반이었잖아. 초등학교 내내. 브르타뉴 여자 기억나? 마르그리트 수녀 말이야. 우린……"

미처 말이 끝나기도 전에, 그녀는 그의 품 안으로 달려들어 울음을 터뜨렸다.

*

그러자 그가 그녀를 끌어안았다.

그녀를 부축해 어둠 속에서 작은 집까지 걸어갔다.

정원은 가로수 길에 면해 있었다.

다른 철책 문을 닫았다.

다른 문을 열었다.

"있잖아요, 나도 늙는가 봐요." 안이 말했다. "조르주, 섭섭해하지 말아요. 내가 당신을 알아보는 데 너무 오래 걸려서."

"내가 너보다 훨씬 많이 변했는걸!" 조르주 로엘이 부드럽게 대꾸했다.

"천만에. 그런 뜻이 아니에요. 아니, 아뇨. 당신은 **아주 조금밖에 변하지 않은 것 같은데요.**"

그는 거실로 들어가면서 그녀 옆의 키 큰 전기스탠드를 켰다.

주변의 작은 스탠드들도 모두 차례로 켰다.

안은 버들가지로 엮어 만든 일종의 메리디엔[1]에 앉았다. 의자가 삐걱거렸다.

"네가 날 알아보지 못한 건 당연해. 엿보고 있었으니까."

"조르주?"

"응."

"난 엿보고 있었던 게 아닌데. 나랑 같이 사는 남자 이름이 토마예요. 그이 뒤를 밟아서 온 건데, 방금 그이가 들어가버린 집 앞에서 당신이 날 본 거예요. 이제 화제를 바꾸죠."

"그래, 좋을 대로 해."

"그래요."

슈아지에 오게 된 사연에 관해서라면 더 이상 아무 말도 하기 싫었다. 그녀의 표정이 굳어졌다.

"뭘 좀 마실래?"

"홍차."

그는 차를 준비하러 갔다.

낡은 거실에는 가구들, 온갖 시대의 잡동사니들, 볼썽사나운 것들이 빼곡히 들어차 있었다.

안 이덴은 창가로 갔다. 창의 커튼에서 먼지 냄새가 났다. 비가 내리기 시작했다. 대로변 마로니에의 앙상한 가지에서 빗물이

---

[1] 제1제정, 왕정복고기에 유행했던 휴식용 긴 의자.

뚝뚝 떨어졌다.

조르주가 돌아와서 쟁반을 낮은 탁자에 내려놓았다. 표정이 무척 밝았다.

"널 다시 만나서 기뻐."

"빵이 먹고 싶네요." 그녀가 말했다.

"어떤 거?"

"그냥 보통 빵. 버터랑 잼을 발라 구운 빵이요."

"그런 빵이 있을지 모르겠네. 어쨌든 토스트는 있으니까."

"버터는 이왕이면 브르타뉴산으로요."

"잼은 어떤 걸로?"

"버찌 잼. 아니면⋯⋯ 살점이 씹히는 살구 잼이요."

"엄마는 가염 버터를 산 적이 없었던 것 같은데." 그가 말했다.

"암튼 있더라도 이젠 맛이 갔을걸⋯⋯"이라고 중얼거리며 거실을 나갔다.

그러자 그녀는 두 손으로 머리를 감싸 쥐었다. 그리고 자제력을 잃은 채, 거실의 책상과 커튼 사이에, 먼지와 먼지 사이에 편한 자세로 앉아 괴로워하기 시작했다. 그동안 그는 빵을 구웠다.

그가 돌아와서, 마편초 향이 나는 초에 불을 붙였다.

"엄마 집은 냄새가 별로야."

그녀는 토를 달지 않았다.

"우리 엄마 기억나니?"

"물론 기억나죠. 음식 솜씨가 정말 좋으셨어요. 훌륭한 요리

사였잖아요."

"엄마가…… 돌아가셨어."

"아!"

그의 감정이 격해졌다. 눈물을 흘리지는 않았지만 목소리가 약간 떨렸다.

"여긴 엄마 집이야."

"아!"

"정확히 열하루 전에 돌아가셨어."

그녀는 아무런 대꾸도 하지 않았다. 물끄러미 바라볼 뿐이었다.

"언짢게 생각하지 말아줘. 내가 아직 완전히 받아들이질 못하고 있어서 그래." 그가 또 말했다.

"그럴게요." 작은 목소리로 그녀가 대답했다.

"크리스마스이브에 돌아가셨어……"

목소리가 떨리기 시작하자 그는 입을 다물었다.

그녀도 잠자코 있었다.

이어서 그는 자신이 이곳에 며칠 머물면서 정리를 하고 있다고 설명했다. 자기는 엄마가 재혼한 후에 혼자 살던 이 집을 팔기로 결정을 내린 바인데, 장기간 집을 돌보고 싶지 않을뿐더러, 이 도시가 싫어서라고 했다. 슈아지르루아에서의 이번 만남은, 아무리 생각해봐도, 기적 같은 우연이 아닐 수 없다고 했다. 40년의 세월이 흐르고, 잠시 침묵이 흐르고, 한 영혼이 승천하고, 한 여인이 인도 위에 나타나 월계수 잎들 속으로 얼굴을 들이밀더니, 마르그리트 수녀의 유령이 느닷없이 이곳에 끼어들었노라고.

"그리고 유령 **둘이서** 함께 차를 마시고 있군요." 그녀가 말을 맺었다.

"엄마의 차는 맛이 좋지, 안 그래?"

"조르주, 당신은 자기가 한 말이 얼마나 옳은 말인지 모를 거예요. 난 유령이 돼버린 여자거든요."

"내 말은 그게 아니야. 전혀 그런 뜻이 아니라니까."

"차 맛이 좋네요. 어머니께선 늘 그렇게 음식 솜씨가 좋으셨나요?"

"항상 그랬지. 엄마는 재혼하셨어. 그 후 다시 과부가 되었지만. 그런데, 당신 혼자를 위해서도, 늘 요리를 하셨다니까."

"잘하신 거죠. 그러기가 드문데요."

"말도 마! 다분히 광적인 측면도 있었는걸. 아침 6시부터 저녁 9시까지라니. 엄마는 평생을 요리하느라 보내신 거야. 넌 모를 거야……"

"정말 서로 말을 놓을 필요가 있어요?"

"왜 그런 말을 하는 건데?"

"당황스러워서 그래요." 안 이덴이 대답했다.

"우린 늘 서로 말을 놓았었잖아."

"거북해요. 당황스럽고요."

"갑자기 존댓말을 쓸 순 없는 거잖아! 그게 더 거북한 거라고.

제1장

안-엘리안, 너 장난하는 거지. 우린 옛날부터 아는 사이거든. 좀 일어나볼래?"

그가 손을 내밀었고, 둘은 2층으로 올라갔다.

두 사람은 더 이상 말을 하지 않았다.

그들은 조르주 어머니의 방으로 들어갔다. 안 이덴은 불경(不敬)을 저지르는 기분이 들었다. 구리 공 모양의 다리가 네 개 달린 침대가 방 한가운데 떡하니 버티고 있었다. 침대 커버는 수놓인 것이었다. 에블린 로엘링거의 육신이 아직 거기 누워 있을 것만 같았다.

"침대 커버는 엄마가 6년이나 걸려 손으로 수를 놓으신 거야."

"그렇구나. 참 아름답다."

"지독히 흉물스럽지."

"엄마가 해주시던 음식이 그립니?"

"그렇기도 하고 아니기도 해. 넌 모를 거야. 엄청나게 부담스럽거든. 그래서 살이 빠지게 된다니까."

안은 20세기 초엽의 흑단 화장대를 바라보았다.

그녀는 도대체 자신이 왜 파리 교외 남쪽 한복판에 있는 먼지 쌓인 낡은 침실에 있게 되었는지 영문을 알 수 없었다.

"내가 찾던 사진이 바로 이거야."

"응……"

상당히 큰 마호가니 사진틀 안에 유년기의 학급 사진 여섯 장이 서로 가장자리가 포개진 채 끼워져 있었다.

안은 침대 가장자리에, 에블린 로엘링거의 자수 침대보에 엉덩이를 올려놓았다.

오래된 어떤 사진에는 그녀가 마르그리트 수녀 옆자리의 긴 의자 위에 앉아 있다. 머리는 두 갈래로 땋고, 무릎까지 올라오는 두터운 털양말을 신었다. 그리고 그는 맨 뒷줄에 서 있는데, 그녀처럼 검정 블라우스에 베레모를 썼다.

"이것 봐, 여기!"

"웃긴다. 그렇게 오래되었나……"

그녀의 눈에 다시 눈물이 고였다.

"그 시절엔 학교에서 머리에 뭔가 써도 될 때였어."

그녀는 커다란 마호가니 사진틀을 침대보 위에 밀쳐놓았다.

"나랑 같이 저녁 먹으러 가지 않을래?" 조르주가 물었다. "네 사연도 좀 듣고……"

"오늘 저녁은 싫어."

"그래, 오늘 저녁 말고, 다른 날 하자. 시골에서. 어쨌든 난 여기서 살지 않아. 테이에서 살지. 욘 지역이긴 해. 욘 강변인 것도 마찬가지고. 우선 엄마 집을 팔아야 해서……"

"엄마 물건들까지 모두 다 팔기로 한 거니?"

"그래."

"죄다?"

"응."

"잘 생각한 걸 거야."

"그 시기를 산다는 게 얼마나 고통스러운지 넌 짐작도 하지 못할 거야. 근데 할 일이 태산이야. 엄마는 이렇게 많은 것을 누굴 위해 보관했는지 모르겠어…… 나 자신도 누굴 위해 그 많은 것을 쌓아두는지 모르겠고…… 넌 여전히 브르타뉴에 사니?"

"아니."

"그럼 어머니는…… 아직 거기 사셔?"

"응."

그녀는 더 낮은 소리로 말을 이었다.

"엄마는 여전히 그곳에 사셔."

"그럼 어머니께선…… 아직도 기다리시는 거야?"

"응, 여전히 같은 집에서. 매일매일. 언제나. 엄마는 늘 기다리셔."

그녀는 머리맡 전등 가까이 다가가며 말했다.

"그렇지 않아도 다음 일요일엔 엄마를 보러 가야 해."

안은 한숨을 내쉬며 변명 삼아 덧붙였다.

"주현절이잖아."

그녀는 다시 몸을 일으켰다. 사진들을 벽의 제자리에 걸었다. 그리고 자신의 땋은 갈래머리와 몹시 진지하고 아주 동그랗고 커다란 눈, 그리고 블라우스 밖으로 나온 플란넬 소매를 다시 바라보았다.

"내려가자. 방금 만든 과일 젤리가 있어. 내가 만든 건데, 허풍이 아니라, 진짜 맛있을 거라고 장담할 수 있어……" 그가 말했다.

그들은 계단을 내려왔다.

"어디야, 네가 사는 도시는?" 그녀가 물었다.

"부르고뉴 경계에 있어. 욘 강이 부르고뉴를 끼고 흐르잖아. 정확히 상스와 주아니 사이지. 너 한번 꼭 와라. 좋은 식당들이 많아. 난 혼자 식사하는 게 질색이거든. 넌 모를 거야."

"그렇지 않아. 난 혼자 창가 구석 자리에서 조용히 식사하는 게 늘 좋기만 하던걸."

"난 아주 싫어."

"난 아주 좋아."

"너무 급히 먹게 되잖아."

"난 안 그래."

"남들이 쳐다봐."

"사실 사람들이 쳐다보고, 그게 별로 유쾌하지 않다는 건 맞아. 하지만 혼자 침묵 속에서 식사하는 게 내겐 진정한 기쁨이야."

"네 말에 동의하지 않아. 바로 그놈의 침묵 **때문에** 별로거든. 맛을 보며, 음미하며, 씹으며, 마시며 느끼는 것을 표현할 수 없잖아. 혼자 식사하는 게 난 너무 힘들어. 나랑 식사하지 않을래?"

그는 애원하고 있었다. 그 점이 즉시 그녀를 견딜 수 없게 만들었다. 그의 팔에 손을 얹으며 그녀가 단호하게 말했다.

"조르주, 다른 날 저녁에 하자."

제1장

그들은 정원을 가로질렀다. 그가 윗옷에서 지갑을 찾아 꺼냈다.
"내 명함이야, 전화번호……"
"벌써 줬잖아."

*

그녀는 6번 국도에서 갑자기 차를 세웠다.
지체 없이 당장 고통을 겪는 편이 나을 것 같았다.
차라리 아무도 보지 않을 때 자신의 슬픔과 맞서고 싶었다.
그녀는 호텔로 들어가 방을 잡았다.
알포르빌[2]이었다. 호텔 방 창이 중심상가와 주차장 쪽을 향해 있었다. 주유소 상점은 열려 있었다. 그녀는 물 한 병과 캐러멜 초코바를 사러 나갔다. 다시 방문을 닫고 들어와서, 신발을 벗고, 침대로 가서, 침대보와 시트를 난폭하게 와락 젖혔고, 옷도 벗지 않은 채 시트 속으로 들어가 몸을 둥글게 웅크렸다.

한순간 침대에서 내려와, 바닥에 무릎을 꿇고, 매트리스 위에 두 손을 얹고 깍지를 낀 채, 어린 소녀처럼 소리 높여 기도했다.

다시 시트 속으로 들어가, 두 베개 사이에 얼굴을 묻고, 몸을 웅크렸다.

울고 싶은 욕망이 멈추자, 고통은 한결 심해졌다.

---

2) 파리 남동쪽 3킬로미터에 위치한 소도시.

제1장

그러자 가슴이 찢어질 것만 같았다.

*

한밤중이다. 그녀는 철책의 빗장을 풀고, 정원을 지나, 계단을 오르고, 문을 열고, 소리 없이 집 안으로 들어간다.

어둠 속에서 움직이는 형체가 보인다.

갑자기 그가 불을 켠다. 그는 잠옷 차림으로 입구에 서 있다.

"몇 시간째 당신을 기다리고 있어."

실제로 얼이 빠진 것 같은 얼굴이다. 두 눈이 번뜩인다.

그녀가 중얼거린다.

"당신 좀 과장하는 거 같지 않아?"

그가 소리를 지르기 시작한다.

"어디 갔었어?"

언성을 높이는 그를 바라보며 안이 그에게로 다가간다. 두 눈을 똑바로 보면서, 속삭인다 할 정도로 목소리를 낮춰 나지막하게 말한다.

"입 닥쳐."

그는 즉시 언성을 낮춘다. 그리고 말한다.

"걱정이 돼서 혼났다고. 전화라도 하지 그랬어. 안, 지금 몇 신 줄이나 알아?"

안은 대답하지 않는다. 그를 빙 돌아서 식당으로 들어간다. 식탁 앞에 앉는다. 그도 그녀를 쫓아간다. 그녀의 시선이 그를 향한다. 한동안 그를 바라본다. 그녀는 다시 의자에서 몸을 일으킨다. 거친 숨을 몰아쉬다가 단번에 내뱉는다.

"당신과 헤어질래. 이제 끝났어."

그가 문틀 안에 서 있다. 그녀를 향해 몸을 돌린 채로. 잠옷 차림에, 머리는 헝클어지고, 입은 크게 벌리고서.

처음엔 아무 말도 하지 못한다. 조금 후에, 아주 낮은 목소리로 말한다.

"다시 말해봐."

"헤어지자고."

"왜?"

"생각해봐."

"도무지 모르겠어. 왜 헤어져야 하는 건데?"

"토마, 제발 이러지 마. 설명 따윈 필요 없어. 떠나줘."

"당신은 내게 아무것도 요구할 수 없어. 지금은 오밤중이야."

"그래서?"

"나보고 떠나라며."

"그래."

"안, 날 좀 봐."

안은 여유를 가진다. 그의 눈을 똑바로 마주 본다. 그리고 말한다.

"별로 볼 것도 없는걸."

그녀는 두 손으로 식탁을 짚는다. 피곤하다. 일어선다. 통로로 들어선다.

"다른 사람을 사랑해?" 그가 묻는다.

그녀가 어깨를 으쓱한다.

"토마, 사람들이 모두 당신 같진 않아."

그가 그녀의 팔을 잡는다. 꽉 움켜쥔다. 아플 정도로.

"이거 놔!"

그녀는 자신을 움켜쥔 손아귀에서 몸을 빼낸다. 층계를 올라간다. 시트를 꺼내러 벽장으로 간다. 3층 다락방 밑에 꾸며놓은 두 개의 작은 침실 중 하나에 잠자리를 마련한다. 일요일 하루 온종일 깃털 이불 밑에서 지낸다. 먹지도 않는다.

*

월요일 아침, 8시도 채 안 된 시간에, 자동차 문이 아직 열린 채로, 안이 운전석에 있었다.

토마는 길에 서서 와이셔츠 단추를 끼웠다.

그들은 빠르게 속삭였다. 그가 말했다.

"사랑해"

"아니."

"이렇게 헤어질 순 없어."

"있어."

"15년이야."

"그래서?"

"대화를 하자."

"소용없어."

"하지만 이런 식으로 당신이 내 인생을 결정하게 놔둘 순 없어. 이유도 설명도 없이 말이지."

그의 목소리가 고음으로 우스꽝스럽게 변했다. 한 행인이 인도에서 다가왔다. 그녀는 아주 나직하게 말했다.

"차 문을 놓아. 제발."

"안, 사랑해."

"거짓이야."

순간 토마의 표정이 무너졌다. 안색이 파랗게 질렸다. 그녀는 마침내 차 문을 닫았다.

"오늘 저녁, 오늘 저녁에……" 차창 너머에서 그가 애원했다.

그곳에 주차된 어떤 차의 보닛에 기댄 채, 고개를 들고, 상황 파악을 하고자 애쓰는 그의 모습이 백미러에 비쳤다.

*

그녀는 악보사의 문을 밀었다. 편집실로 들어가 머플러와 가방과 외투를 내려놓았다. 롤랑의 사무실에 가서 커피 머신을 작동시키고 난 후에, 계단 밑으로 물을 받으러 갔다. 고개를 들자

세면대 위에 부착된 소형 거울에서 자신의 얼굴이 보였다. 그녀는 때에 따라 몸이 변하는 여자였다. 어느 날은 원기왕성하고, 운동선수 같고 (안은 수영을 좋아해서 일주일에 여러 번 수영을 했다), 생기가 흘러넘쳤다. 또 어떤 날은 가녀리고, 축 처지고, 이상하게도 각이 져 보였다. 오늘은 이런 나쁜 날에 속했다. 세모꼴의 창백한 얼굴.

그녀는 조르주 로엘에게서 받은 번호에 전화를 걸었다.

그가 나른하게 그녀의 질문에 대답했다.

"내가 너 깨운 거지? 그러니?"

"응", 잠시 말이 없다가 실토했다.

"그럼 나중에 다시 걸게. 좀 황망히 헤어졌다는 생각이 들어서. 섭섭해하지 마."

"너한테 섭섭한 거 없어."

"널 만나게 돼서 참 기뻐."

"나도 널 만난 게 무척 기뻐."

"난 혼자 있을 필요가 있었거든. 지금도 그렇고. 내 인생에서, 내 삶의 본질 안에서, 혼자이고 싶다는 욕구를 느껴."

"혼자 산 적이 한 번도 없었니?"

"없어."

"독신의 삶을 위해 건배할게. 점심때 엄마네 지하실에서 좋은 포도주를 한 병 가져다 딸 거야. 널 생각하며 마실게. 네 삶의 본질을 위해 그리고 우리의 재회를 위해 건배할게. 혼자 살아. 혼자 살다가 오고 싶을 때 오렴. 네 연령에 성장을 시작하는 게 좋은 이유를 내가 말해줄 테니까. 네가 도달한 연령이 내 나이기도 하니까."

제2장

"나는 아스파라거스에 생간만 곁들여주세요."

그들은 주문을 하고 나서 입을 다물었다. 그러다 안의 생각이 바뀌었다. 그녀가 종업원을 불렀다.

"샐러드 추가해주세요."

"기본 샐러드로요?"

"네. 식초 대신 레몬을 뿌려주세요. 그냥 소금, 올리브유, 레몬이면 돼요."

소믈리에가 포도주를 가져왔다. 토마가 맛을 보았다. 소믈리에가 물러가자, 토마가 정색을 하고 말했다.

"진지하게 대화를 나누고 싶어."

"분명 그렇게 될 거야." 그녀가 대답했다.

그들은 다시 침묵했다.

안이 말문을 열었다.

"토마, 이번 주말에 내가 브르타뉴에 가는 걸 기억해주면 좋겠어. 토요일 오후에 떠날 거야. 주현절을 엄마 집에서 보내려고."

"알고 있어."

제2장

그들은 입을 다물었다.

"난 그런 말을 하려는 게 아냐. 안, **당신**, 바로 당신이 말해주길 바라."

"이미 더 어려워졌어."

"나한테 설명해줘……"

"그건 확실히 아주 쉬운 일이기도 해."

"어째서?"

"내가 나 자신에게 설명하는 것 같으니까. 당신 삶을 들여다봐. 슈아지의 월계수 한 그루가 있는 정원을 떠올려. 당신은 잔디밭을 가로질러 가. 계단 위에서 어떤 젊은 여자가 당신을 기다리고 있어. 당신에게 입술을 내밀어."

그녀는 갑자기 입을 다문다.

그는 침묵을 깨지 않았다. 눈길을 들어 그녀를 바라보았다. 잠시 후 웅얼거리듯이 말했다.

"앞으로 어떻게 할 건지 당신 생각을 말해봐."

그녀는 종업원이 음식을 차리는 동안 기다렸다. 오롯이 둘만 남게 되자 말했다.

"당신이 나가."

"아니."

"토마, 당신이 나가야 돼. 집은 내 소유고, 내 인생 역시 이제는 내 것이야."

"어림도 없어." 토마가 말했다.

그는 냅킨을 테이블 위에 놓았다.

"지금까지 우리의 삶이던 모든 것을 당신이 망가뜨리려고 하는데, 내가 왜 그걸 수락해야지?"

"왜냐하면 내 나이가 마흔일곱이니까. 47년 전에 난 브르타뉴의 소도시에서 태어났고, 갈래머리를 땋아 등 뒤로 길게 늘어뜨리고, 양말을 무릎까지 잡아당겨 신었어. 하찮지만 이게 이유야. 난 더 이상 오류를 범할 권리가 없어."

"그럼 내가 오류란 말이야?"

"당신은 오류가 아냐, 토마. 실수지. 그냥 단순하게 실수일 뿐이야."

그러자 토마는 협박조의 말들을 입에 담았다. 언성이 높아졌다. 별안간 목소리도 날카로운 비음으로 변했다. 그는 '도리'라는 말보다는 '권리'라는 용어를 항변의 근거로 삼았다. 그녀가 계획을 실행에 옮기도록 결코 좌시하지 않겠노라고 장담했다. 평생을 그녀에게 바친다고 자신의 신들에게 맹세하기도 했다. 불쑥 그녀의 두 손을 잡으며 이렇게 말했다.

"사랑해……"

"그만해. 사랑이란 말 쓰지 마, 제발. 안 그러면 일어나겠어."

"내 마음속 깊이……"

그는 기어이 그 말을 되풀이했고, 그녀는 벌떡 일어나 식당을 나갔다.

제2장

*

점심때가 되었으나 시장기가 느껴지지 않았다. 그곳은 그녀의 직장이 있는 동네였다. 그녀는 신문을 사러 갔다. 잔뜩 흐린 날씨였다. 공원 벤치로 가서 앉기에는 추위가 너무 매서웠다. 그래서 아침 신문이나 훑어볼 셈으로 카페로 가던 길이었는데, 그녀가 갑자기 멈춰 섰다.

부동산 중개업소의 큼직한 유리창에 가옥 사진이 여남은 장 붙어 있었다.

그녀는 사진과 시세를 꼼꼼히 살펴보았다. 전부 매물로 나온 집들이었다. 산속 외딴 곳의 폐쇄된 작은 역사(驛舍), 뇌이 소재 빌라, 바스티유 소재 로프트,[3] 대서양변 모래사장에 묻힌 중세풍 부두, 8구역 소재 대저택 세 채. 그녀는 생각을 거듭한 끝에, 천천히, 거의 꿈을 꾸듯이 문을 밀고 들어가 나이 든 남자 맞은편에 앉았다. 희끗희끗한 긴 머리에 줄무늬 양복 차림이었다. 그는 그녀의 말을 주의 깊게 들었다. 얼마 후 그녀의 말을 끊더니, 자리에서 일어났고, 그녀에게 자기를 따라오라고 했다.

그들은 부동산 중개업소 사장실로 들어갔다.

그녀는 지어낸 이름을 댔다. 그 가명으로 그들은 일에 착수했다. 그녀는 아무에게도 알리지 않았다. 완전히 함구했다. 부동산

---

3) 창고를 개조한 작업실(방).

제2장

중개업자에게도 핸드폰 번호를 주었을 뿐인데, 그것은 그녀가 2년 전 포르트 생투앙 벼룩시장에서 구입한 구형 단말기로서, 카드로 작동되는 것이었다.

*

그녀는 바로 그날 오후에 사직서를 제출했다. 악보 출판업자인 롤랑과는 매우 신속하게 합의를 보았다. 그의 출판사에서 일한 지는 10여 년이 넘었다.

"좋아요, 안. 정리하자면, 당신은 이제 우리 출판사에서 일하지 않겠지만, 당신이 작곡하는 곡은 전부 여기서 출판하는 거 맞지요?"

"네."

그는 무슨 말을 해야 할지 몰랐다. 그래서 말했다.

"무슨 말을 해야 될지 모르겠군요."

"이대로 좋습니다."

"연초인데 참 별나네요."

"네."

"날씨가 이상하게 따뜻하잖소." 그가 덧붙여 말했다. "우리 집 정원에는 나무에 온통 싹이 텄다니까요."

"아!"

그들은, 현재 진행 중인 업무 전반에 대한 인수인계뿐 아니라,

특히 그녀가 사용하던 컴퓨터의 온갖 술책과 괴벽을 그에게 설명하는 데, 단 일주일이면 되리라는 의견의 일치를 보았다.

"금요일에 일이 마무리되는 대로 바로 떠날게요. 어머니 댁에, 브르타뉴에 갈 예정이라서……"

"물론 그렇게 하세요. 당신이 원할 때 일을 전부 마무리 짓도록 하겠소."

"그렇다면 주현절 이후에도 좀더 있다가 올까 봐요."

"안, 그렇게 하도록 합시다. 사직 예고기간[4]의 급료는 지불할게요."

"신청하지 않을 건데요."

"신청하지 않아요? 난 계속 당신 곡들을 출판할 테고, 우린 변함없이 친구로 지내는 겁니다."

롤랑이 일어섰다. 그는 자기 책상을 돌아 나와서, 처음으로—마지막으로—그녀의 두 팔을 잡고 두 뺨에 입을 맞췄다.

안 이덴은 즉시 책상을 정리했다. 커다란 종이 상자를 두 팔로 그러안고 사무실에서 나와 마당의 대형 쓰레기 수거함에 쏟아버렸다.

---

4) 3개월 전에 사직을 예고해야 하지만, 안은 즉시 사직하려고 한다. 롤랑은 그들의 우정을 고려하여 앞으로 3개월간의 급료를 지급하려고 한다.

제2장

*

부동산 중개업소 사장이 저녁때 전화했다. 토마는 아직 귀가 전이었다.
"아미앵 부인이세요?"
"네."
"내일 직원과 함께 찾아뵈도 될까요?"
"그렇게 하세요."
"내일, 목요일이에요."
"네."
"내일 아침 일찍은 어떨까요?"
"오후 일찍이 좋겠어요."
"저는 못 가고 여직원이 갈 겁니다."
"고맙습니다."
여직원이, 남자 친구를 대동하고 와서 초인종을 눌렀고, 둘이서 매물에 관한 사전 작업을 했다. 젊은 여자는 여러 장의 간략한 스케치를 하고, 젊은 남자는 사진을 여러 컷 찍었다. 그들은 서두르지 않고 일했다. 작업은 한 시간이 걸렸다. 매수자 역시 처음에는 그녀의 성(姓)을 아미앵으로 알았다. 나중에 그녀는 그것이 첫번째 남편의 성이라고 둘러댔다. 하지만 그녀는 결혼한 적이 없었다. 토마는 자기와 결혼해서 자신의 성을 쓰라는 제안을 하지 않았다. 토마 이전에 동거했던 두 남자의 경우에는, 그녀 자신이 결혼을 원치 않았다. 별난 여자였다. 음악가인 그녀는 안 이덴이란 이름으로 알려져 있었다. 브르타뉴에서, 어머니의 종교인 가톨릭의 고장에서, 그녀는 엘리안 이델스텐이라는 이름으로 영세를 받았다. 세간에는 전혀 모습을 드러내지 않았다. 그래서 아무도 그녀의 얼굴을 몰랐다. 사실 현대 음악은, 21세기 초엽에 전 세계적으로 너무 경시된 탓에, 지상에서 작곡되는 새로운 곡들은 얼굴이 없는 거나 진배없었다. 그녀는 CD 표지에도, 자신이 작곡한 곡에 다소 부합한다고 여겨지는 폭풍우 몰아치는 하늘의 멋진 부분을 골라 넣었다. 세 장의 음반. 거의 10년에 한 장꼴인 셈이다. 작곡을 하는 일은 드물었다. 롤랑의 악보사 일―교정자 이상의 역할을 했다―을 좋아하긴 했지만 어느 정도 이상은 하지 않았다. 무척 특이한 성격이었다. 극도의 소극성. 거의 관조적인 성향. 하지만 외관상의 무기력함에는 특유의 활력이 내재되어 있었다. 그녀는 지극히 차분했는데, 평온이 부재하는 차분함, 끈질기고 집요하며 매 순간 집중된 차분함이었다. 아무에게도 복종하지 않고, 더욱이 누구에게도 명령하지 않았다. 말수도 거의 없었다. 세 대의 피아노에 둘러싸인 채, 피아노를 보호막 삼아서, 거의 눈에 띄지 않는, 칩거 수준의 삶, 비우호적이고 근면하고 음성적인 삶을 살았다. 흐르는 강물을 향해 그녀가 눈을 들자, 앞에 보이는 주변 일체가 회색빛으로 변해 있었다. 오직 맞은편 부두만 희끄무레했다. 수목들과 거룻배는 흐릿한 빛 속에서 회갈색을 띠었다.

제3장

:

부동산 중개업소 여직원과 남자가 간 후에, 그녀도 집에서 나왔다. 차에 올라타서 한참을 달리다가, 카페-타바[5]에서 핸드폰 카드 한 장과 럭키 한 갑을 샀다. 그리고 다시 차를 몰았다. 세브르 방면 도로를 타고 뫼동 아래쪽으로 달렸다. 바람은 거의 불지 않았다. 파리의 대기에서 아주 독특한 냄새가 났다. 부패된 냄새, 돼지고기 냄새, 중유로 오염된 고약한 냄새였다. 시멘트가 발라진 풀밭 가장자리에서, 새하얀 나무 그루터기를 발견하자, 그녀는 그 위에 앉았다.

최근에 베인 나무라서 보이지 않는 옛날 흙냄새를 약간 풍겼다. 어둠이 내렸다.

5시 무렵인데도 이미 어두웠다.

그녀는 강 맞은편에 앉아 제방에 부딪히는 강물을 바라보았다. 괴로움이 일종의 고통스러운 길목으로 변해 있었다.

그녀는 나무 그루터기에 앉아서 곰곰 생각을 해보려고 했다.

---

[5] 담배나 전화카드 등을 파는 카페.

제3장

느닷없이 비와 돌풍이 몰아쳐서 자리를 뜨지 않을 수 없었다.

퇴각하면서, 어둠 속에서 재빨리 차로 뛰어가면서—휘몰아치는 미지근한 빗줄기 속에서 돌진하면서—, 그녀는 한 시간 전부터 스스로 제기한 문제들의 해답을 찾아냈다.

차 안으로 몸을 피해 핸들을 마주하고 앉은 그녀는, 어둠과 비에 에워싸이고 차의 지붕을 두드리는 세찬 빗소리에 귀가 멍멍한 상태에서, 여기, 센 강변에 늘어선 가로등이 밝혀진 라브르 인도교 부근에서, 차츰 마음의 평화를 느꼈다.

진정한 평화는 아닐지라도 깊고, 넓고, 가슴 저미는, 원기 왕성한 차분함에 휩싸였다.

그것은 가장 덜 과격한 만사형통의 해결책이었다.

가장 단순한 해결책이 최선의 답이기도 했다.

즉시, 여전히 차 속에서, 그녀는 핸드폰으로 부동산 중개업소에 전화를 걸었다. 다음 날 오전 늦게 만날 약속을 잡았다.

*

"아시겠지만, 정월 초에는 부동산을 매입하려는 사람이 거의 없지요."

"집과 함께 가구도 팔 수 있을까요?"

"가능하지만 복잡해요. 따로 매각하시는 편이 더 나아요."

"왜죠?"

"물론 피아노들 때문에 그렇지요."

"그럼, 가구는 알아볼 데가 있어요."

"가구로 말하자면, 어제 우리 직원이 그런 관점에서 살펴보질 못했네요. 손님 의향을 몰랐으니까요. 어쨌든 전부 한꺼번에 매각하시면, 손님께서 손해보실 게 확실해요."

그가 망설였다.

"제가 직접 나서야겠군요."

"그렇게 해주시겠어요? 견적을 내주실래요? 개인적으로 저는 일체 신경을 쓰고 싶지 않거든요."

그는 골똘히 생각에 잠겼다.

"정 그러시다면, 제가 직접 맡아서 처리해드리죠. 아는 골동품상들이 좀 있어요. 고물상도 있고요······"

"사장님, 시간 있으면 저와 점심식사 하실래요?"

"아뇨, 그럴 시간은 없군요."

그녀가 우겼다.

"오늘이 금요일이군요." 그녀가 시인했다. "게다가 정월이고요. 좋아요, 그럼 한 시간만요. 딱 한 시간만 내주세요."

그녀는 미소를 지으며 자리에서 일어났다.

"오늘의 특선을 드셔도 좋다면, 제가 맛 좋은 작은 식당을 알고 있어요."

그녀는 책상 위로 몸을 굽혀 수화기를 들고 번호를 눌렀다.

"전에 이 동네에서 일을 했거든요. 예약은 제가 할게요."

제3장

부동산 중개업소 사장과 헤어지고 나서, 식당에서 나오는 길에, 그녀는 핸드폰으로 조르주 로엘에게 전화를 걸었다. 슈아지에 없는 모양이었다. 그래서 테이쉬르은 집의 번호에 걸었다.

"조르주, 너 누구에게 내 얘기 한 적 없니?"

"없어."

"아무한테도 내 이름을 말하지 않은 거지?"

"무슨 일인데 그래? 누구에게 얘기했을까 봐 그러는데? 내가 누구에게 얘기했겠니?"

"대답이나 해."

"절대 안 했어. 안 했다고. 나 혼자 살잖아. 엄마 돌아가신 후론 완전히 외톨이 신세인걸. 사실 얘길 하긴 했어. 엄마 유령한테 네 얘길 아주 **많이** 했는걸."

"난 미신을 믿으니까, 그렇게 말하지 마."

"난 혼자야, 정말 혼자라고. 안-엘리안, 넌 모를 거야. 애인도 없이 지낸 지가 참 오래됐어."

"널 위해 잘된 일이야."

"웬 심술."

"다시 말하지만, 네겐 차라리 잘된 거야. 날 위해서도 그렇고. 비밀 지켜줘, 조르주, 부탁이야."

"네 말대로 할게."

"약속해. 나에 대해서나 우리가 만난 거에 대해 아무한테도 말하지 마."

"맹세할게."

"진짜로 맹세하는 거지?"

"진짜로 맹세해."

"조르주?"

"응."

"급히 널 좀 볼 수 있을까?"

"나 테이에 있어."

"알아. 기차를 타려면 어떻게 해야 되니?"

"리옹 역으로 가면, 17시 30분 기차가 있어. 상스 직행이야."

"아니, 오늘 말고. 내일은 어때?"

"내일이라면, 아침 9시 기차를 탐. 그 기차가 깨끗해. 훨씬 조용하고 쾌적해. 직행이긴 한데, 베르시에서 타야 해. 하차 역은 마찬가지로 상스이고."

"알았어. 상스에서 내리면 어떻게 해야 돼?"

"내가 역에서 기다릴게. 주아니의 식당에 전화해서 저녁식사 예약을 해놓을게."

"아니, 저녁때 바로 돌아와야 해. 주현절에 엄마 집에 가기로 약속했거든."

"그럼 테이에서 식사를 해야겠네."

"그러든지."

그는 입을 다물었다.

"세상에! 네가 그곳엘 가는구나, 정말로." 그가 불안이 잔뜩 배어나는 목소리로 중얼거렸다. "난 그곳에 가지 않은 지가 30년도 더 됐어…… 내가 상스에서 5시 기차를 태워줄게. 6시면 파리에 도착할 거야. 넌 집에 들를 필요도 없어."

"그편이 좋아."

"베르시 역에서 곧장 몽파르나스 역으로 가면 돼."

"알았어."

"지하철 직행 노선이야."

"응."

*

볼품없이 기다란 역사에서 그가 기다리고 있었다. 검정 진 바지 위로 큼직한 검정 셔츠를 입은 차림새였다. 비가 오는데도, 얼굴을 가릴 정도로 커다란 검은색 가죽 보르사리노를 푹 눌러썼을 뿐이다.

"안-엘리안, 날 안지 마. 내가 좀 아파. 감기 걸렸나 봐."

안은 그와 포옹했다.

그가 낡은 소형 화물차인 회색 시트로앵을 운전했다.

그들은 강과 늘어선 버드나무들을 따라 달렸다. 제방 위에, 테이 소읍의 성문 맞은편에 있는 담장이 쳐진 대형 주차장에 주차했다.

그녀는 마을이 빌뇌브쉬르욘과 주아니 사이의 강변에 있음을 알아차렸다. 마을이라고 부르기가 무색할 지경이었다. 17세기 이래로 성벽에 둘러싸인 항구에 불과했다. 소읍의 성문 세 개는 어찌나 협소한지 자동차가 통과하지 못했다. 일종의 최신형 축소판 베네치아라고나 할까. 마을 전체가 보행자 전용인 데다 무척 조용했다. 집들은 꾸미지 않은 데다 낡았고, 검거나 붉은색을 띠고 있었다. 읍의 행정부처는, 전후(戰後)에, 전사자처럼 아무런 변화도 원치 않기로 작정한 듯했다. 나중에 시(市)나 도(道)의 지원금을 받았지만, 가장 눈에 띄지 않는 극히 정교한 현대화를 추진했다. 그래서 이곳은 더욱 드물고, 소중하고, 자연스러우면서 덜 구식이고 훨씬 풍요로운 마을이 될 수 있었다.

그들은 백 미터가량을 걸어갔다.

그가 철책 문을 밀고 을씨년스러운 마당으로 들어섰다. 솔렉스[6] 한 대가 있었다.

"너 저거 타니?"

"이 집들은 내 친구 거였는데, 걘 죽었어."

"미안해."

"괜찮아. 죽은 지 12년이나 됐는걸."

"무척 좋아했나 봐?"

"무척 좋아했던 그 이상이야. 한마디로 사랑했어. 그를 사랑했지."

---

6) 구조가 간단한 자전거형 오토바이.

"너 저거 타고 다녀?"

"우체국에 소포 찾으러 가거나 슈퍼에 장 보러 갈 때 이용해. 마을에 트럭이나 자동차는 다니지 못해도, 스쿠터나 솔렉스, 경(輕)오토바이, 스케이트보드까지 행정부처에서 막을 순 없는 거잖아."

"나도 이용해도 돼?"

"원하면 언제든지."

"브르타뉴에도 솔렉스가 여러 대 있었어."

"특히 커다란 짐받이가 달린 대형 자전거 푸조도 몇 대 있었는걸."

그들은 넓은 본채로 들어갔다. 별로 이렇다 할 특징은 없어도 아주 깨끗하고, 매우 안락하고, 가구가 지나치게 많고, 무척 멋을 부렸고, 사치스러웠다. 방은 여남은 개가 있었다. 조르주는 이곳에서 대부분의 시간을 보냈다.

본채를 지나자 펼쳐진 정원에는 회양목, 금작화, 대나무, 수국 무더기와 담장에 설치된 작은 분수가 있고, 키가 큰 장미나무가 도처에 보였다.

정원 끄트머리에 좀더 오래된 집 두 채가 강을 향해 있었다. 왼쪽 가옥은 등나무에 뒤덮여 있고, 동쪽의 가옥은 담쟁이덩굴에 묻혀 있었다.

정원의 가장 안쪽에—욘 강가에 서서 뒤돌아볼 때—보이는 본채의 뒷벽은 검은색 홈통과 처마 끝까지 온통 포도나무로 덮여 있었다.

제3장

강변의 두 가옥에는 각기 배 한 척과 나무가 한 그루씩 있었다. 담쟁이 집의 검은색 배는 욘 강 쪽의 벽에 부착된 고리에 바로 매어져 있었다. 강기슭에 아등바등 버티고 선 찔레나무가 가시 돋친 큰 가지들을 뻗어 배를 품었다.

왼쪽 등나무 집에는 방이 네 개였다. 예전에 조르주의 친구가 자기 아틀리에로 쓰던 집이었다. 안에는 뒤집어놓은 화폭들로 가득했다는데, 그 자리에 지금은 조르주가 LP 레코드며 옛날 전축, 옛날 카세트 들을 잔뜩 쌓아놓은 터였다. 이 집에도 밝은 녹색 플라스틱 재질의 배가 한 척 있는데, 밤낮으로 버드나무 아래 매인 채였다.

담쟁이에 묻힌 오른쪽 가옥에는 수년 전부터 아무도 살지 않았다. 정원을 향한 1층 방과 대형 당구대에는 좀이 슬어 있었다. 욘 강 쪽의 방에는 난간이 있는, 아주 높다란 옛날 침대가 선반에 둘러싸여 있었다. 2층에는 구멍 난 가방들이 바닥에 널려 있는 빈방이 있었다. 방치된 방 세 개는 창문마다 좀이 슬고 먼지가 소복한 낡은 커튼이 쳐 있었다.

"아유 끔찍해라!"

안이 또다시 얼굴에 거미줄을 뒤집어썼다.

"여긴 거미줄투성이야."

"이웃집 남자가 청결벽이 있어서 그래."

"그거랑 무슨 상관인데."

"그 사람은 뭐든 자벨수[7]로 닦아내. 텔레비전, 토스터기, 우편함까지. 호감 가는 사람이긴 한데, 벌레만 보면 극성스럽게 쫓아다니며 살충제를 뿌려대는 거야. 그래서 벌레들이 우리 집 정원에 득실대는 거라고. 핍박받은 거미들이 죄다 이리로 피해 왔으니까."

강기슭에서, 그는 그녀에게 보여주었다. 아룸[8]을, 물가로부터 뻗어나와 이제는 찔레나무로 변한 장미 거목을, 검은 루아르 강물에 떠 있는 낡은 배를, 사과나무를, 개암나무 밑에서 잠수했다가 배가 있는 서쪽 버드나무 아래로 와서 쉬는 들오리들을.

이슬비가 여전히 내렸다. 강변에 피어오른 안개를 흩뜨리지 않으면서.

테이의 낡은 다리가 세상의 밖에, 비와 뒤섞인 안개 위에 떠 있는 것만 같았다.

---

7) 락스와 같은 소독수.
8) 천남성과의 식물.

제4장

:

"걸어서 가?"

"물론."

그가 집 대문을 잡아당겼다. 그녀는 철책 앞의 인도에서 그를 기다렸다.

"팔짱을 껴." 그가 말했다.

"테이쉬르용의 주민 모두가 수군댈 텐데."

"그럼 더 좋지. 얼마나 행복해!"

그들은 팔짱을 낀 채, 항구의 포석 위에 바로 위치한, 다리 부근의 식당으로 갔다.

안개가 다리의 교각과 보리수나무들을 따라가며 휘감고 있었다. 강물은 아예 보이지도 않았다.

"참 좋다."

"대체 뭐가?"

"여자 팔의 감촉이 느껴지는 게."

조르주는 (개암 열매 튀김과 감자 퓌레를 약간 곁들인) 메추라기 요리를 먹었다.

안은 (지롤[9] 볶음을 곁들인) 양고기 안심 요리를 먹었다.

조르주는 함께 식사하니 행복해서 죽을 지경이라고 자꾸 말했다.

그 후에, 그들은 기차 시간을 기다리면서 강을 따라 걸었다.

안개가 거의 걷혔다. 날이 훨씬 푸근해졌다. 포장된 둑길에 돌 벤치가 있었다. 연잎 위에서 잔물결이 반짝였다. 욘 강 기슭의 바위 틈새에서 어린 자두나무가 자랐다.

안 이덴은 끝까지 아무런 구체적인 언급도 하지 않았다. 조르주가 속을 좀 털어놓으라고 채근했지만, 그녀는 그러지 않았다. 그가 말했다.

"내 초등학교 동창이 부르고뉴의 달팽이가 되었다곤 믿지 않지만, 껍질 속으로 숨어버리는군."

그녀가 그의 손을 잡자 그도 입을 다물었.

좀더 걷다가 그들은 멈춰 섰다.

그녀가 말했다.

"조르주, 난 토마와 헤어지는 것 이상을 원해. 말하자면 모든 관계를 끊고 싶어. 물론, 너하고는 아냐. **너만 빼고**. 난 네가 필요해."

"내가 어떻게 하면 되니?"

"모르겠어. 나에 관해선, 지금까지의 삶을 **지워버리고** 싶어."

---

9) 식용 버섯의 일종.

제4장

"너 좀 심란하구나."

"아니. 어떻게 해야 좋을지 아직은 모르겠어. 넌 우선 내 곁에 있어줘. 그리고 기다려줘, 내 친구가 돼줘! 내 유일한 친구가 돼 달라고. 그럴 거지?"

"좋아. 근데 왜?"

"왜라는 건 없어. 그냥 비밀을 지켜주기만 하면 돼."

"난 비밀들을 좋아해."

"비밀들 아니고 비밀."

"비밀 지키겠다고 약속할게."

조르주는 기뻐서 가슴이 벅차올랐다. 그는 지극히 감상적인 남자였다. 감상적인 남자란 어떤 사람인가? 혼자 식사하지 않는 것을 좋아하는 사람이다. 안과 저녁식사를 함께할 생각에 조르주는 **눈물이 날 것만** 같았다. 실제로 눈물을 흘리지 않았을망정 속으론 이렇게 생각했다. '이제 난 그녀와 함께 식사해. 그래서 **눈물이 나는 거야.**'

*

그날 밤 여왕은 그녀였다.

아주 늦은 밤.

가련한 여왕.

그녀의 어머니는 몹시 실망했다.

제4장

'그건 계시야', 어릴 적 침대 속으로 들어가 이불을 끌어당겨 (발로는 구리 탕파(湯婆)를 더듬으며) 덮으면서 안이 했던 생각이다. '속세를 떠나려는 내 생각이 옳다는 계시임에 틀림없어.'

*

1월 11일 일요일, 점심식사가 끝날 무렵, 이델스텐 부인은 마흔일곱 살 먹은 딸에게, 로크포르[10]를 자르면, 곰팡이 슬은 부분을 혼자서 전부 먹어치우면 안 된다고 타일렀다.

"애야, 각자 하얀 부분도 먹어야 하는 법이란다. 그게 기본 예의야."

그녀는 이맛살을 찌푸렸다.

그러자 브르타뉴 사람 특유의 푸른 눈빛이 더욱 진해졌다.

상어의 피부처럼 푸른 눈빛.

안은 갑자기 제 몸 안에서 엄마가 느껴졌다. 딸이 못마땅한 나머지 엄마의 배와 가슴이 신경질을 부리며 소리 없이 안달을 하느라 바르르 떨었다.

몇 시간이 지나자 엄마의 양 옆구리로 유년기 전체가 회귀했다.

일체의 욕구불만, 의존관계, 교육, 광적인 강박증, 절망, 증오가 새삼스레 떠올랐다.

---

10) 남프랑스 지방의 양젖으로 만든 치즈. 곰팡이 슬은 푸른 부분과 하얀 부분이 있는데, 푸른 부분이 더 맛있다.

제4장

대기 전체가 바이올린 지판 위의 줄처럼 다시 팽팽해졌다.

이곳에 오기 전에 스스로에게 장담했던 모든 기쁨이 견디기 힘든 시련으로 바뀌었다. 후식 시간에, 자리에서 일어나 오븐에서 새 갈레트[11]를 꺼내러 갔을 때, 무남독녀 외딸인 그녀는 어머니가 마지막 여왕이 되게 할 셈으로 수를 썼다. 그런데, 막상 식탁으로 가져와 갈레트를 자르자, 제 꾀에 넘어간 꼴이 되고 말았다. 어쨌든 그녀는 화가 난 엄마의 짧은 머리 위에 왕관을 씌워주려고 했지만, 어머니가 허락하지 않았다. 21세기 초, 그즈음 몇 년간은, 프랑스에서, 대서양 기슭에서, 브르타뉴에서, 나이 든 여자들은 쇼트커트를 하는 게 대세였다. 그래서 어머니의 머리는 마치 사내아이 머리통 같았다. 게다가 푸르스름한 하얀색으로 염색을 했다. 치과의사가 충치 환자에게 처방하는 입가심액과 비슷한 흉한 색깔이었다.

---

11) 주현절 축제용인 둥글고 납작한 케이크.

제5장

:

안의 어머니는 안의 할아버지가 지은 브르타뉴의 위풍당당한 빌라에서 혼자 살았다. 할아버지가 돌아가시고, 아버지가 모녀를 버렸을 때도, 마르트 이델스텐은 지나치게 큰 저택을 절대 떠나려고 하지 않았다. 바캉스 시즌에도 집을 떠난 적이 없었다. 그녀는 남편을 기다렸다. 느닷없이 죄책감을 느낀 남편이 서둘러 돌아와 거실 양탄자 위에—한술 더 떠 현관 입구의 신발 털개 위에—심지어 해변의 모래밭 위에— 무릎을 꿇고 자기에게 용서를 구할 거라는 생각에서였다.

그녀는 용서해줄 작정이었다.

이웃한 제2제정풍의 빌라 두 채도 똑같이 웅장하고, 해변을 향해 있었다. 하지만 좀더 멀리, 바다에 가까웠고, 훨씬 볼품 있는 장식들로 꾸며졌고, 좀더 영국식으로 쇠시리 장식까지 달려 있었다.

이델스텐 집안의 저택에는 박공도, 토넬[12]도, 외장 벽돌도 없

---

12) 지붕이 푸른 잎으로 뒤덮인 정자.

제5장

었다. 장식이라곤 고작 바다를 향해 집 밖으로 돌출된 커다란 유리창과 정원 바닥에 세워져 높다랗게 올라온 난간의 테두리—그 앞에 푸른 수국들이 줄지어 늘어서 있다—와 곧장 해변도로로 이어지는 사시사철 모래로 뒤덮인 나선형의 큰 계단이 있었을 뿐이다.

대조(大潮) 때마다 바닷물이 도로 너머로 밀려들었다.

연중 최고의 만조 때는 바닷물이 꽤 빠른 속도로 언덕을 올라왔다. 혹시 바람이 폭풍으로 변해 몰아치면, 바닷물이 철책까지 올라와 수국들을 집어삼킬 때도 있었다.

두 개의 층에 침실이 모두 여섯 개 있었다. 그중 작은 방 넷은 맨 꼭대기 층에 있는데도 불구하고 약간 소금기에 절고 모래가 써걱거렸다. 그곳에선 아무도 진짜로 살았던 적이 없었다. 안에게는 남동생이 있었는데, 어릴 때 파리의 어느 병원에서 이루 말할 수 없는 고통을 겪으며 죽었다. 그 애가 사망한 거의 직후에 아버지가 떠나셨다. 안이 여섯 살 무렵이었다. 벽지(2층 침실에는 앵무새가, 3층에는 붓꽃이 그려진)는 오래전부터 습기로 얼룩이 지고, 모서리마다 들떠 있었다. 표면은 온통 보풀거릴 뿐 아니라 바다 공기에 부식된 상태였다.

어머니는 당신 몫의 갈레트를 다 먹기도 전에 갑자기 앉은 자리에서 잠이 들었다. 속을 끓여서 녹초가 되신 거였다. 안은 어머니가 졸게 내버려두었다.

그녀는 자리에서 일어섰다.

제5장

금종이로 만든 왕관을 슬그머니 쓰레기통에 밀어 넣었다.

소리 내지 않으려고 조심하며 거실로 갔다.

거실에는 옛날 액자며 가족사진들이 가득했다. 수백 장의 사진이 벽의 사면을 뒤덮고 있었다. 엄마는 그때 이후로 거실과 주방을 오가며 시간을 보냈다. 침대마저 거실 한가운데로 옮겨놓았다.

결과는 아주 보기 흉했다.

"다리 때문에 이제 올라갈 수가 없는걸."

*

안은 나가서 해변을 거닐고 싶었다. 현관에서 엄마가 스카프며 모자들과 뒤섞어 걸어놓은 숄들 중 하나를 걸쳤다. 현기증이 느껴졌다. 층계 난간에 몸을 기댔다. 갑자기 현관문이 열렸다. 베로니크가 들어왔다.

"엘리안?"

"응."

"왜 그래? 어디 안 좋아?"

"아니, 아냐. 괜찮아. 나가려던 참이야."

"오늘 저녁에 우리 집에 모두들 모여서 식사한다고 알려주러 왔어."

"모두가 누군데?"

"젊은 여자들 전부."

제5장

"매번 초대 손님이 똑같네."

"그러니까 너도 늘 그랬듯이 뭔가 연주해주라."

"그러지 뭐. 베리, 어쨌든 나랑 나가자. 바람 좀 쐬고 싶어서 그래."

"우선 너희 어머니께 인사 좀 드리고 올게." 베로니크가 말했다.

"그럴 필요 없어."

"왜 그런 말을?"

"엄마가 여왕이 아니었어. 지금 주무셔."

"네가 좀 어떻게 해보지 그랬니······" 안은 그녀를 끌고 바람 속으로 나갔다.

*

그녀는 꼿꼿한 자세로, 두 손을 동그랗게 말아서 아주 힘차게 연주했다. 안의 연주를 들을 때마다—어릴 때부터 줄곧—베리는 자신의 몸 내부가 피부 밑에서 떨리기 시작함을 느꼈다.

그것은 음악이 아니었다. 억제되기를 멈추고 갑자기 분출되는 격렬함이었다.

심장, 폐— 늑골 밑, 베로니크에게 젖가슴이 생기게 된 후로는 유방 아래—가 떨리고 있었다.

브르타뉴 지방, 베리의 약국 위층에 있는 베리 자신의 작은 아파트에서였다.

제5장

안은 빨강에 가까운 적갈색 가보[13] 앞에 앉아 있었다.

악보대 가장자리에 직접 고정된 묘하게 생긴 소란스런 구리 촛대들이 위협적인 소리를 냈다.

*

안은, 샤워에 앞서, 직접 아침식사를 준비했다. 기차 시간 때문이었다.

주방에서 식탁을 차렸다.

어머니가 거실로 통하는 문에 불쑥 나타났다. 하얗고 푸르스름한 짧은 머리칼이 헝클어져 있었다.

안은 자기 방으로 가방을 가지러 올라갔다. 2층에서 다시 내려와 여행 가방을 현관에 내려놓고서, 주방으로 돌아왔다.

그녀가 커피를 따랐다. 어머니는 이미 울고 있었다. 안은, 등을 꼿꼿이 세운 자세로 주먹을 꽉 쥔 채, 식탁과 창문 사이의 자리에 앉았다.

"엄마, 커피 좀 드실래요?"

"아니."

어머니는 딸이 차를 마시는 모습을 코를 훌쩍이며 바라보았다. 눈살을 찌푸려 눈물을 흘려보려고 했다.

---

13) 프랑스의 명품 피아노 중 하나.

제5장

"엄마, 택시를 불러야겠어요."

"날 안아주렴!"

안은 일어났고, 가서 엄마와 포옹했다.

늙은 여자에게는 역겨운, 과도한, 악취가 풍기는, 앙상하게 뼈만 남은, 지극한 애정이 있는 법이다. 노파가 끌어안으면, 포옹 자체가 우리를 아프게 한다. 노인의 뼈가, 가벼움이, 얇음이, 텁수룩한 머리칼이, 머리핀이, 브로치가, 팔찌가 우리를 찌르므로.

"네가 간다니 난 목록이나 작성하련다."

안은 커피 잔을 찻잔에 내려놓고 어머니를 물끄러미 바라보았다. 관절염으로 굵어지고 변형되고, 인접한 바닷바람에 끊임없이 부식된 손가락으로 빅Bic 볼펜을 꼭 쥐고서 장볼 것들을 적느라 열심이었다. 가사 도우미에게 건네줄 목록이었다. 이델스텐 부인은 입술을 오므렸다. 신경을 곤두세우고 공들여 글씨를 써내려갔다. 당근, 풀상추. 글자를 똑바로 쓰기 위해서였다.

제6장

:

 월요일, 파리, 그녀가 기운 없이 집에 돌아왔을 때, 창문마다 환하게 불이 켜져 있는 것을 보았다. 토마는 식당에 식탁을 차려 놓고 있었다. 저녁식사를 위해 그녀를 기다리던 참이었다.
 "주현절 잘 보냈어? 당신 어머니도 잘 지내시겠지. 잠두콩[14]은 누가 차지했어?"
 "됐어. 됐어. 됐다고."
 "당신 저거 봤나……"
 차려진 식탁, 포도주 잔, 불 켜진 초들을 가리키며 그가 말했다.
 "무척 아름다운데 내가 좀 피곤해."
 "내가 준비했는데……"
 "배고프지 않아. 미안해. 정말 피곤해서 그래."
 그녀는 2층으로 올라가 잠자리에 들었다.
 다음 날 아침, 면도하고, 머리 빗고, 옷 입고, 넥타이 차림의 그가 층계 밑에서 또 그녀를 기다리고 있었다.

---

14) 주현절을 기념하여 내놓는 케이크 안에 단 하나 들어 있는 잠두콩. 이것을 차지한 사람이 그날의 여왕이다.

제6장

"안, 당신에게 말을 해야겠어. 그럴 필요가 있어."

"말해봐."

"우리 함께 영국에 가면 어떨까? 스코틀랜드는? 내가 보름 후에 런던에 가거든. 31일 토요일. 유로스타로 갈 거야. 주중엔 꼬박 런던에서 일을 봐야 해. 그리고 다음 일요일에 돌아올 예정이야."

"2월 8일에 온다는 거네."

"그래, 8일. 그래서 잘됐어. 근데 당신 말이야, 금요일에 날 보러 오지 않을래?"

"6일?"

"그렇지. 6일. 사나흘 정도 여유가 있을 거 같아. 다음 주 초까지 쓴다면."

"난 안 되겠어."

"왜?"

"그러고 싶지 않아서."

"그건 대답이 아니지."

"난 그럴 맘도 없고 그럴 수도 없어."

"저런!"

"롤랑 출판사에 가서 일해야 돼."

"그럼 주말만 써도 되잖아?"

"싫어."

"당신은 늘 싫다는 대답뿐이군."

"맞아."

제6장

"나 때문에 싫은 거야?"

"꼭 그렇지도 않아. 그냥 그런 거라고. 내가 싫다고 말했지. 그렇게 말하는 데 무슨 핑계가 필요한 거 아니잖아."

그녀가 그의 옆으로 돌아 나가며 말했다.

"이제 일하러 가야 돼!"

그녀는 레인코트를 걸쳤다. 소리 나게 문을 닫았다. 정원을 가로질렀다. 그녀는 언제나 그보다 한 시간 먼저 출근했고, 그는 그녀보다 훨씬 늦게 퇴근했다. 이제부터 그녀는 출근하는 척해야만 했다. 어슬렁거리며 그가 출근하기를 기다렸다. 여기저기 다니며 장을 보고, 돌아와서, 아직 창문에 불이 켜져 있는지, 혹은 그의 차가 한길로 들어섰는지 살피고, 생각에 잠기고, 몇 시간에 걸쳐 어머니처럼 목록을 작성하기도 하고, 이따금 울었다. 다시 럭키를 피우기 시작했는데, 행복을 거스르기 위해서였다.

*

갑자기 그녀가 개폐식 뚜껑이 달린 책상의 서랍을 열어젖혔다. 그녀가 모든 사진을 정리해둔 곳이었다.

아래쪽에서 금속성의 거친 소리가 들렸다.

그녀는 창가로 달려갔다.

부동산 중개업자가 철책을 밀고 이미 정원에 들어와 안달을 하고 있었다. 안은 커다란 서랍을 두 손으로 밀어 도로 닫았다.

제6장

*

그들은 골동품상을 기다리면서 커피라도 마시자고 주방으로 갔다.

"저기요, 마지막으로, 의견을 좀 수정해야 할 것 같은데요."

"파실 의향이 없으세요?"

"물론 팔아요. 가구는 팔 생각이에요."

"골동품상이 왔군요!"

철책 위로 솟아 있는 오토바이용 헬멧이 주방 창문 너머로 보였다.

안이 나가서 문을 열어주었다.

그녀가 앞장서서 집 안으로 들어왔다. 자신이 팔고 싶은 가구가 어떤 것들인지 그에게 보여주려고 했다. 하지만 그는 그런 방식을 원치 않았다.

그는 헬멧을 벗더니 그 안에 가죽 장갑을 넣고 나서 이렇게 말했다. "처음부터 차근차근 시작합시다."

그는 줄자를 꺼내 모든 가구의 크기부터 측정했다.

두 시간이 지나자, 그녀에게 목록을 내밀었다.

"이게 가구 목록인가요?"

"아뇨. 마음에 드는 물건 목록이랍니다. 사진기를 가지러 갔다 올게요. 정말로 맘에 드는 것은 다섯 점뿐이에요."

"그렇다면 싫어요. 정말로 이건 아니에요. 이런 식으로 처분하긴 싫습니다."

"그럼 어떻게 하기를 원하세요?"

"피아노를 제외한 가구 일체의 견적을 뽑아주세요."

"저에겐 그만한 자금 여유가 없어요. 말씀드린 가구 다섯 점만 제가 맡겠습니다. 견적을 뽑아드리죠. 지금 드릴게요."

"아뇨. 부동산 중개업소를 통해 주시면 좋겠어요."

"그럼 그렇게 하죠."

"손님께서 소유하신 물건 중의 압권은 말할 것도 없이 슈타인그레버지만 저는 능력이 안 돼요."

"피아노는 걱정 마세요. 그건 제 일이랍니다. 흥미를 가질 만한 수집가들을 알아요. 제가 알아서 처리할게요."

그는 다시 헬멧을 썼다. 안이 그를 배웅했다. 그가 오토바이에 올라탔다. 안은 생각에 잠겼다. 뒤를 돌아보니 부동산 중개업자가 선 채로 잠들어 있었다. 날이 흐렸다. 그들은 인도 위에 서 있었다.

"우선은 집을 매물로 내놓는 겁니다. 제가 확신할 수 있는 유일한 일이에요. 다른 것들의 매각에 관해선 두고 봐야겠어요. 알려드리죠. 전화 드릴게요."

그녀는 자동차까지 그를 배웅했다.

제6장

*

그녀가 돌아왔을 때는 정오였다. 해가 중천에 떠 있었다.

햇빛이 인도, 정원, 층계의 계단들, 집의 앞면에 흥건했다.

겨울 햇살에 잠긴 집은 참으로 아름다웠다.

"내 생각이 옳아. 해가 옳아. 우리 집에 와 닿는 햇빛이 가장 오래된 것이고, 가장 확실한 계시야. 집을 팔아야 돼."

그녀는 가서 수표책과 가방과 레인코트를 찾았고, 즉시 은행을 방문했다.

그녀는 1만 유로를 현금으로 인출해달라고 했다.

"거액인데요."

"전액 인출하는 게 나을까요?"

"그렇게 하지 마세요, 마담."

"마드무아젤이에요."

"마드무아젤, 이틀이 걸려요. 이 정도 액수의 현금 인출인 경우에는 신고 의무가 있어서요. 8천 유로 이상이면 우리가……"

"그럼 오늘은 7천 유로만 인출하죠."

그녀는 출납 창구에 가서 7천 유로를 받았다. 은행에서 나와 수영장으로 차를 몰았다. 차 트렁크 안에는 언제나 운동 가방이 들어 있었다.

제6장

*

 다음 날, 안은 부동산 중개업소의 젊은 여직원이 핸드폰에 걸어온 전화를 받고 거의 얼이 빠졌다. 구매자가 나섰다는 거였다. 구매자와 그의 가족이 벌써 철책 사이로 집을 들여다보았다고 했다. 브뤼셀에 거주하는 사람들인데, 그들—아내, 아이들, 모든 관계자—은 최대한 빨리 집을 방문하고 싶어 했다. 일은 일사천리로 마무리될 것인즉—6개월 이내, 가능하면 여름 전에—, 구매자가 이미 파리로 발령을 받은 상태라서, 집을 전부 새로 도색하고, 학교가 쉬는 여름방학 동안에 이사하기를 원했다. 제시한 가격에는 별 무리가 없을 듯했다. 무엇보다 집의 위치며 정원, 방의 수가 구매자의 마음에 쏙 들었으니까.
 "그들과 함께 댁을 방문하려는데 언제가 좋을까요? 오늘?"
 "안 돼요."
 "내일 아침?"
 "아뇨."
 "주말 전이 좋겠는데요. 그분들이 지금 파리에 계시거든요."
 "그렇다면 내일 오세요. 그래도 11시 이전은 곤란해요. 내가 늦게 자서 말이죠."
 그녀 자신은 입회하지 않겠다는 말도 덧붙였다. 토마에게는 함구했다.

제7장

:

 그녀는 다시 아버지 사진들을 두 손에 그러쥐었다. 뾰족한 코에 몸매가 호리호리하고 키가 작은 남자였다. 예전 유행대로 머리는 포마드를 발라 뒤로 빗어 넘겼는데, 말을 잘 듣지 않아 약간 텁수룩했다. 그녀는 다시 주방으로 내려왔다. "죄다 버려야 해." 혼자 중얼거렸다. "아무리 괴로워도 다 버리지 않으면 안 돼. 일체의 것과 헤어질 필요가 있다는 거 알잖아." 그녀는 레인지의 불을 하나 켰고, 아버지 사진들을 한 장씩 불살랐다. 불길이 살에 닿자 쥐고 있던 사진들을 갑자기 놓치고 말았다. 타고 남은 재가 철제 개수대 한쪽으로 떨어지게 내버려두었다. 개폐식 뚜껑이 달린 책상 서랍에 있던 사진들은 거의 다 태웠다. 그녀는 작은 스펀지로 재를 쓸어 모아 손에 담아서 쓰레기통에 버렸다. "그럼, 그래야지. 전부 버리고, 버릴 수 없는 건 다 태워버려야지"라고 중얼거렸다. 주방 벽장에서 종량제 쓰레기 봉지 뭉치를 꺼냈다. "매일 한 봉지씩 채울 거야." 무광택 백색 스카치테이프 한 조각을 자르고, 그 위에 자신이 부동산 중개업소에 말한 이름을 기입한 다음 정원으로 나갔다. 가로수 길에 면한 철책을 열고, 우편

제7장

함 위에 그것을 붙였다. 그리고 나서 맨 위층으로 올라가 백 리터 짜리 봉지에 옷들을 가득 채웠다. 그 작업을 하면서 그녀는 점점 더 불안해지는 자신을 느꼈다. 그녀는 엠마우스[15]에 전화를 걸었다. 가톨릭 자선단체에도 전화했다. 기증하기도 얼마나 힘든지! 어떤 이들은 받기를 수락하고, 어떤 이들은 거부했다. 철책의 초인종이 울렸다.

그녀는 방문을 닫고 나와 윗옷을 걸쳤다.

외근 나온 부동산 중개업소 사장에게 열쇠 뭉치를 넘겨주며 말했다.

"일이 끝나면 우편함에 넣어주세요."

그녀는 차를 타고 수영장에 갔다.

그녀의 몸은, 수영장 물에 들어가기만 하면— 수영장의 기묘한 소리 속에 잠기기만 해도—, 녹초가 되면서도 일종의 힘을 회복하곤 했다.

그런데 어찌된 셈인지 격렬한 크롤에도 불구하고, 노력과 피로에도 불구하고, 뱃속 깊은 곳에서 밀려오는 불안감을 그녀는 도무지 떨쳐버릴 수가 없었다.

수영장에서 나오는데, 만도(晩禱)의 종소리가 들렸다. 성당 문이 열려 있는 게 보였다.

---

15) 1949년 프랑스의 아베 피에르 신부가 창시한 사회적 협력 운동의 일환으로, 물질적·정신적으로 고통받는 이들의 자활을 고취시키기 위한 여러 가지 사업을 벌이고 있다. 복지관, 일터, 병원 등등.

제7장

아직 머리가 젖어 있어서, 잠시 망설였다.

그녀는 성당의 어둠 속으로 들어설 때면 언제나 좀 격식을 차리는 편이었다.

하지만 들어갔다.

내진(內陣)[16]에 인접한 작은 제실(祭室) 안의 한구석에 앉았다.

성가와 시편을 들었다.

심호흡을 해봐도 별 효과가 없었다. 내면의 불안감이 사라지거나 수그러들지 않았다.

그녀는 다시 차를 몰았다. 바로 집 앞에 주차하고, 우편함에 붙인 이름을 떼어냈다. 3층으로 올라가서, 새로운 비닐봉지를 가득 채웠다.

바로 그날 밤 그녀의 울음이 멎었다.

*

무중력 상태가 찾아왔다.

육체가 자신에게서 살짝 떠나는 야릇한 상태. 내면세계의 모든 것이 바싹 말라버리는 상태. 통찰력 혹은 무념무상이 두개골의 공간 내에서 움직이기 시작하는 상태.

고통이 계속될지라도, 그것이 덜 고통스럽게 느껴지는 상태.

---

16) 성당에서 성직자와 성가대가 차지하는 자리.

제7장

고통이 최소한 육체 자체보다 좀더 먼 곳에서 느껴지는 상태.

*

그녀는 파리 6구의 어두컴컴한 길을 따라 걸었다. 인도가 무척 협소했다. 그녀는 공들여 화장했다. 매우 날씬한 몸매에 머리를 틀어 올린 그녀는 키가 크고 아름다웠다. 회색 이브닝드레스 차림이었다. 미술 전람회 오프닝 파티에서 토마와 만났다. 그들은 저녁 9시 무렵 전시회장에서 나왔다.

그들은 지극히 캄캄한 어둠 속에 있었다.

다시 좁은 골목길.

"여기 식당이 있을까?"

"전혀 몰라. 내 자동차는 작은 시장의 광장에 주차했어. 수영장 맞은편."

"난 몹시 시장해. 당신은 배고프지 않아?"

"별로."

"저녁은 여기서 먹고 가야겠는걸."

그가 그녀의 팔을 잡으며 말했다.

"전처럼 지내고 싶어."

그녀는 아무 말도 하지 않았다. 그의 걸음이 더 느려졌다. 그녀를 끌어안았다.

"사랑해." 그가 말했다.

제7장

"있네! 저길 좀 봐."
"오히려 날 봐."
그녀가 그를 바라보았다.
"난 힘들어." 그가 말했다.
그의 표정이 너무 참담해서 그녀는 한숨을 쉬었다.
"가서 뭘 좀 먹자. 당신 배고프다고 했잖아."

*

아침나절이 끝날 무렵 부동산 중개업소에서 전화가 왔다. 성사되었다는 거였다. 브뤼셀 사람이 계약금을 입금했다고 했다.[17] 안은 부동산 중개업소에서 전부 알아서 처리해달라고 부탁했다. 그들이 서류를 준비하고, 공증인과 접촉하겠노라고 했다.

"계약서에 서명할 때나 새 소유자 분들을 만나시면 되겠네요."
"그게 언젠데요?"
"3개월쯤 후에요."
"매매 계약은요?"
"계약서를 쓸 때는 입회하실 필요 없어요."
"그건 언제예요?"

---

17) 프랑스에서는 부동산의 매매가 (중도금 단계 없이) 두 단계로 이루어진다. 매매 대금의 10퍼센트를 계약금으로 지불하고, 일반적으로 3개월 후에 90퍼센트의 잔금을 지불한다. 계약을 취소할 경우 10퍼센트의 위약금을 무는 것은 우리와 마찬가지이다.

제7장

"곧이요. 2월 초. 적어도 제 생각엔 그래요."
"가능하면 날짜를 2월 7일로 잡아주세요."
사장이 여직원에게 물었다.
"제가 알기론 그분들이 주말쯤에나 오실 수 있대요."
여직원이 다시 전화를 걸어왔다.
그들이 2월 7일 날짜에 동의했다고 알려주었다.

일사천리로 일이 진행되고 계약서에 서명할 날짜가 임박했다는 사실에 그녀는 마음이 혼란스러웠다. 느닷없이 불안감이 최고조에 달했다. 지지부진하게 족히 몇 달은 걸리리라고 여겼던 것이다.

그녀는 내심 이렇게 생각했다. '7일은 행운을 가져다줄 거야. 게다가 2월은 봄에 **맞닿아** 있잖아.'

*

"저는 파리를 떠나요."
"어디로 가세요?"
"아직 모르겠어요."
우체국 직원이 그녀에게 우편 사서함 개설 방법을 설명했다.
그녀는 우편물 수령 대리인을 조르주 로엘링거로 설정했다.
여행자 수표를 구입했다.

제7장

*

그녀는 우체국 근처 카페에서 골동품상에게 전화를 걸었다. 그의 제안을 수락하되, 나머지 가구를 처분해줄 고물상을 알아봐서 2월 첫 주까지 일을 끝낸다는 조건을 덧붙였다. 부동산 중개업소에도 전화했다.

"가구는요, 제가 전부 알아서 처리할게요."

골동품상이 곧 그녀에게 전화를 걸어왔다. 그가 이삿짐센터의 친구를 추천했다. 그들은 2월 2일 월요일이나 3일 화요일에 가구를 옮기기로 합의했다.

*

그녀는 점심을 생략했다.

중고차 매매시장은 외곽순환도로 저편의 바뇰레에 있었다.

그녀가 차를 팔겠다고 말했다. 빨리 팔아야 한다고 덧붙였다.

"왜요?"

"미국에 일자리가 생겨서요."

"운이 좋으시군요."

"운이 좋은 건지 어쩐지 모르겠어요."

제반 서류는 그들이 준비할 것이다. 2월 7일 오전까지는 그녀가 자기 차를 그대로 사용하든가, 아니면 그들이 다른 차를 빌려

제7장

주겠노라고 했다. 전화로 알려줄 것이다.

*

　마지막으로 그녀는 파리의 거래처 은행에 들렀다. 다시 현금으로 7천 유로를 인출했다. 다음에 낼 세금, 기일 전 지불금, 자동 이체 결제를 위해 필요한 금액만 남기고, 잔액은 수표 한 장으로 끊어달라고 했다.

*

　4시였다. 그녀는 조르주의 핸드폰 번호를 눌렀다. 주말에 가도 괜찮겠니? 그는 미친 듯이 기뻐했다. 아무튼 본인의 입으로 그렇게 말했다.
　테이쉬르욘행 표를 샀지만, 리옹 역에 너무 일찍 도착했으므로, 그녀는 먼저 출발하는 디종행에 올라탔다. 상스 역에서 내려 택시를 탔다.
　조르주의 집 앞에서 그의 핸드폰에 전화했고, 깜짝 놀란 그가 문을 열어주었다. (그는 초인종 소리에는 절대 응답하지 않았다.)
　그들은 산책로에 있는 멋진 식당에 들어갔다. 조르주는 미칠 듯이 기쁘다고 거듭 말했다. 그녀가 토마에 관해 말했다. 그가 대꾸했다.

"넌 고대 비극의 여주인공이야."

그녀는 또 말했다.

"조르주, 너한테 네 가지 질문을 할게."

그러고 나서 여전히 망설였다.

"네 옆에 있다는 게 갑자기 참 이상하게 느껴져."

"어렸을 때 교실에 나란히 있었을 때처럼 말이지. 석판과 석필을 가지고."

"여기 있는 것도, 너랑 **반말을 하는** 것도 참 웃긴다."

"잠깐! 우린 언제나 서로 말을 놓았는걸!"

"기묘한 재회였어!"

"난 상중(喪中)이었지."

"조르주, 나도 끔찍한 일인지…… 멋진 일인지…… 아무튼 일종의 결별로 들어서고 있어."

"결별 따윈 잊어! 재회를 생각하렴! 얘기해봐! 나한테 무슨 말을 하려던 참이었어? 하려던 말이 뭔데? 저는 잠두콩을 넣은 비둘기 고기를 주세요. 참, 근데 브르타뉴 집에선 잠두콩이 누구 차지였니?"

"나야 엄마 차지가 되길 바랐지. 그렇게 하려고 최선을 다했어. 엄마를 기분 좋게 해드리려고 애썼는걸. 근데 내가 어떻게 한 건지 모르겠다. 두 번 다 계획이 틀어져버렸거든."

"그럼 두 번 다 여왕이 너였다는 거야?"

"그랬다니까."

제7장

"넌 두 번 다 잠두콩이 어디 들었는지 알고, 그게 엄마 몫에서 나오게 수를 썼는데도 말이지?"

"응."

안은 눈을 들어 조르주를 바라보았고, 자기 말을 믿지 않는다는 것을 알았다.

그들은 말없이 앙트레를 먹었다. 그녀가 포도주를 조금 마셨다. 그리고 마침내 말을 꺼냈다.

"조르주! 너한테 네 가지 질문을 할게. 아무 거리낌 없이 '예스' 혹은 '노'라고 대답해야 돼"

"내가 뭣 땜에 조금이라도 거리낌이 있겠어?"

"첫번째 질문인데, 네 계좌에 내 돈을 넣어도 되겠니?"

"그건 안 돼. 그러고 싶지 않아. 절대 받을 수 없어. 난 부자는 아니라도 그럭저럭 잘 살고 있어."

"널 도와주거나 모욕하려는 의도는 없어. 은닉 계좌가 필요해서 그래."

"하지만 나도 자존심이라는 게 있잖니."

"그건 내 질문이 서툴러서야."

"안-엘리안, 이건 인정해라. 동창생 둘이 다시 만났어. 서로 식당에 초대하고. 그런데 은행 계좌의 돈 문제로 서둘러 관계를 망칠 필요는 없잖아."

"없던 일로 하자. 잊어버려. 두번째 질문이야. 너희 집 정원 오른쪽에 있는 방치된 작은 집을 샀으면 해."

제7장

"담쟁이 집?"

"응."

"그 집을 원해?"

"응."

"왜?"

"이유를 말할게. 그 집은 일종의 굼펜도르프Gumpendorf[18]야."

"une 굼펜도르프가 대체 뭔데?"

"Un[19] 굼펜도르프야. 노년의 하이든이 굼펜도르프의 자기 집을 오두막이라 불렀대. 자신의 영혼이 통째로 이 오두막 안에 있다고 했다지. 일단 안에 들어가면, 작곡에 대한 확신이 생겼다는 거야. 게다가 하이든의 가장 아름다운 곡들이 작곡된 것도, 빈 바로 옆에 있는, 그곳에서였대."

"그럼 그 집을 써라. 안! 그 집을 써. 네게 줄게. 그 집을 오두막 삼아 작곡을 할 거라면, 내가 팔거나 네가 살 필요도 없는 거잖아!"

"내 말 좀 들어봐. 조르주, 비밀 지킨다고 맹세부터 해."

그가 엄숙하게 맹세했다.

그녀는 맹세에 구속력을 부여하기 위해 건배를 제안했다.

---

18) 지금은 빈의 거리지만 1850년까지는 자치도시였다. 하이든은 1793년 이곳의 집을 매입해 주로 여기서 작품 활동을 했고, 1804년부터 사망할 때(1809년)까지는 줄곧 이곳에서 살았다.

19) 프랑스어의 부정관사 남성형은 un, 여성형은 une이다.

"내 눈을 똑바로 쳐다봐!"

종업원이 농어(느타리 버섯)와 배를 가른 커다란 비둘기(잠두콩)를 가져왔다.

"나 파리의 집을 팔 거야."

"맙소사! 그럼 그게 다……"

"논평은 사양할래!"

"안 할게. 하지만 이런 어리석은 짓을 하는 까닭이 월계수 거목이 우뚝 선 슈아지르루아의 골목에서 **보았다고 믿는** 것 때문 아니야?"

"논평은 삼가라니까. 섣불리 논평도 판단도 하지 마. 너한테 바라는 건 오직 우정과 비밀이니까."

"화내지 마."

"어쨌든 활이 시위를 떠났어. 집이 곧 팔려. 브뤼셀에 사는 부부가 2월 7일 토요일 매매계약서에 서명하겠대."

그는 아연실색했고, 갑자기 불안해져서 물었다.

"토마도 알아?"

"아니. 난 잠시 사라질 작정이야. 그 사람은 당연히 몰라. 내 주변의 누구도 네 존재를 몰라. 엄마조차 모르시는걸."

"다시 나타난 내 존재?"

"응. 그래서 이제 거액을 지니게 될 텐데, 난 주소를 원치 않아."

"잠깐! 그럼 내게서도 떠나려고?"

"그래."

"안, 솔직히 실망이다."

"다시 올게."

"너의 새로운 **굼펜도르프**는 어떻게 하고?"

"나중에. 나중에 다시 올 거야."

"그러니까 다 지우려는 거로구나. 돈도 은닉하고. 그럼 이름도 바꿨겠네?"

"왜 아니겠어."

"조금 전의 내 말이 맞았어. 넌 미친 것보다 더 나빠. 바야흐로 동화 속의 인물이 되려는 거니까."

"조르주, 그럼 네 은행 계좌에 날 비밀스럽게 받아주기를 바라는 이유를 이제 알겠니?"

"알겠어."

"그 계좌로 신용카드도 발급 받아야 돼. 조르주, 그래도 되겠어?"

그는 침묵을 지켰다. 포도주를 마셨다. 그녀를 바라보다가, 이렇게 말했다.

"두 계좌를 합칠까?"

"안 돼. 그럼 내 이름이 나타나잖아."

"네가 원하는 건 차명 계좌로구나?"

"맞아."

다음 날 그들은 함께 조르주 로엘의 거래 은행 오세르 지점에 갔다. 토요일에는 은행 개점 시간이 오후 4시까지였다. 일단 서

제7장

류 작성과 서명을 마치고 나서, 조르주는 장을 보러 갔고, 그녀는 부근의 여행사에 들렀다. 그녀는 오랫동안 뉴욕의 작은 아파트에서 살고 싶다는 욕망을 지녀왔던 터였다. 그런데 카운터의 젊은 남자가 이제 유럽 사람은 자유롭게 미국에 갈 수 없다고 알려주었다. 유럽공동체에 소속된 나라의 항공사는 탑승객의 신상 정보를 워싱턴에 보고해야 한다는 거였다.

안은 오세르 광장에서 조르주를 만나 함께 점심식사를 했다.

그는 (그녀와 함께 점심을 먹는데도 불구하고) 무척 시무룩해 보였다.

"넌 내 삶에 들어오자마자 떠나잖아!"

그녀가 어깨를 으쓱했다. 여행사 직원에게서 들은 사실을 설명해주었다.

약간의 은밀성이라도 유지하려면 "넌 나무로 만든 신에 불과해" 따위의 말만으로는 이제 충분치 않았다.

조르주와 그녀는 이동 경로가 낱낱이 기록되는 나라들의 목록을 작성하며 재미있어했다.

미국의 모든 항공사 및 연계된 항공사들도 피해야 했다. 여행사 직원이 탑승자 명단 기록Passenger Name Record이라 부르던 것 때문이었다.

게다가 조르주는 핸드폰의 위치 추적이 서비스로 제공된다는 기사를 어느 잡지에서 읽은 적이 있었다.

"그러니까 핸드폰도 사용하면 안 돼." 그가 말했다.

"E-mail 주소도 안 돼. 자기 컴퓨터를 써도 안 되고."
"유로 존 밖에서는 비행기도 타면 안 돼."
"신용카드도 안 되고." 그녀가 덧붙였다.
조르주가 말했다.
"결국 너는 목적지를 지중해 연안이나 아시아에서 고를 수밖에 없겠다."

그들은 다시 은행에 가서 신용카드 신청을 취소했다. 수표를 쓰면 되었다. 수표에는 본인이 기입하는 출발지만 나타난다. 그래서 추가로 여행자 수표를 좀더 구입했다.

*

오세르에서 돌아오는 길에 그녀는 빌뇌브쉬르욘의 석공 및 도장(塗裝) 공사업체에 전화를 했다.

공사업자가 이렇게 말했다.

"괜찮으시다면 내일 가죠."

"내일은 일요일인데요……"

"요즘 일이 없어서요. 정월은 비수기예요. 명절을 쇠고 나면 사람들이 돈이 없거든요."

"사람들은 봄을 기다리죠."

"페인트공들처럼." 그가 거들었다.

"꽃들처럼." 그녀가 화답했다.

제8장

:

1월 20일, 카운트다운은 흩어지고 멈칫거리기 시작했다. 은밀히 정리하고, 남몰래 버리고, 미리 비움을 계획하느라 온통 시간을 쏟다 보니, 어느새 그녀는 차츰 비탄의 물결에 휩쓸리게 되었다. 사랑했던 것과 헤어지기란 어려운 일이다. 자신이나 자신의 이미지와 헤어지기란 훨씬 더 어렵다. 며칠 동안, 테이에서 조르주는 희망을 품었다. 아직은 언제라도 모든 걸 멈출 수 있다고 그녀를 설득했다. 안 이덴은 파리에서의 삶이, 비록 거짓된 것이었지만, 그리 나쁘지만은 않았다는 사실을 깨달았다. 이제 상황은 변했다. 토마를 볼 일도 거의 없었다. 자신이 원하면, 말끔하게 수리하고 새로 페인트칠한 자신의 오두막집인 테이의 굼펜도르프로 갈 수도 있었다. 8구역의 직장을 그만둔 것은 옳은 판단이었다. 과연 다른 곳에서의 삶은 정말로 좀더 집중된 것일까? 창조에 더욱 효과적일까? 철저한 고독이 정말로 살과 즙이 풍부한 자양분이 될 것인가?

한데 어디로 은둔하러 간단 말인가?

이제는 시드니에 있는 워런의 집에 갈 수도 없었다.

늘 꿈꾸어왔듯이 뉴욕에 가서 살 수도 없었다.

두려움의 초기 증상이 나타났다.

불안이 증폭되면서 현기증마저 일었다.

그녀는 영화관에 갔다. 상하이가 배경인 아름다운 영화였다. 영화에서는 모든 것이 떠돌았다. 하지만 시간 속에서 떠돌았다.

그녀는 이곳, 프랑스, 파리에 남기로 결심했다. 그렇다고 토마와 함께 살겠다는 것이 아니다. 이곳에 있다고 헤어지지 못할 이유는 전혀 없었다.

그렇게 생각하자 마음이 편해졌다.

*

마음이 훨씬 홀가분해진 그녀는 걸어서 집으로 왔다. 낙엽의 잔해들, 군데군데의 살얼음판, 저물어가는 어둠 속에서 한참을 걸었다.

그녀는 지하실로 내려갔다.

부르고뉴산 포도주 한 병을 집어 들었다.

자신의 결단을 축하할 셈으로 최상품을 고르고, 거실로 올라와 병을 따고, 잠시 공기에 노출시켰다. 냄새가 기가 막혔다.

더욱 진한 슬픔이 밀려오는가 싶더니 이내 사라지고, 마음의 평정이 돌아왔다.

포도주를 한 모금 마신 후에 잔을 들고 이동했다. 피아노 위에 잔을 놓았다.

그날 저녁, 토마가 귀가했을 때도, 그녀는 여전히 피아노 앞에 앉아 작업을 하고 있었다. 토마는 다정하고 친절하게 굴었다. 그녀의 머리칼에 입을 맞추었다. 그녀는 줄곧 악보를 읽고, 초견으로 연주하고, 기보하고, 압축하는 작업을 계속했다. 등 뒤에서 그의 기척이 느껴졌다. 그가 위스키를 한 잔 따르는 것 같더니, 그녀 뒤편의 커다란 검은색 소파에 앉았다.

그녀는 국립도서관에서 찾아낸 악보의 복사본을 계속 읽어가며 베껴 썼다.

대체로 작곡은 하지 않았다.

오히려 자신이 발굴한 악보나 그것에 대한 기억을 최대한 단순화시키는 작업을 했다. 작업 결과에 스스로도 놀랄 정도로 요약하고, 장식을 제거하고, 잘라내고, 쳐내고, 압축했다.

결과가 충격적일 정도에 이르러서야 비로소 작업을 멈추었다. 매우 감격스러웠다.

자신이 축소한 곡을 처음부터 끝까지 연주했다. 그녀가 뒤를 돌아보았다.

그가 검은색 소파에서 잠들어 있었다.

그녀는 잔을 집어 들고, 그의 앞을 지나 주방으로 갔다. 선 채로 대충 요기를 하고, 최상품의 포도주 한 병을 다 비웠다. 다시 그녀가 거실 문 앞을 지나갈 때도 그는 여전히 자고 있었다. 그녀는 2층으로 올라갔다. 욕실 찬장에서 렉소밀[20]을 집어 들고 혼자

웃기 시작했다. 약은 삼키지 않았다. "아듀"라는 말을 거듭 읊조렸다. 몸을 굽혀 렉소밀을 작은 금속 쓰레기통에 버렸다. 이제 자신감이 생겼다. 곧장 3층 침실로 갔다. 무척 기뻤다. 그녀는 자신이 떠나고 있음을 알았다.

*

눈을 뜨자, 자신의 얼굴 위로, 빗물에 번들거리는 느릅나무의 앙상한 가지들이 보였다. 나무는 천창의 유리에 닿아 있었다.

잠자리에 들었을 때와 동일한 정신 상태에서 잠이 깼다. 그녀는 생각했다. "내가 내린 결정은 최선임에 틀림없었어. 잠도 푹 잤는걸. 불안이 사라졌어. 꿈도 꾸지 않았고."

1월 23일 금요일, 평생 지녀온 세 대의 피아노를 팔았다. 헐값으로. 심지어 슈타인그레버마저 제값을 못 받았으니, 그녀다웠다. 그녀의 곡들이 난해했음에도 그녀는 이름난 작곡가였다. 그녀는 아무런 감정도 느끼지 못했다. 거래는 현금으로 이루어졌다. 거액이었다.

세 대의 피아노는 2월 5일에나 옮겨질 예정이었다.

버리는 일도 끝나갔다.

분노의 감정을 품고 있는 동안은, 그것이 가슴을 에너지로 채

---

20) 진정제.

제8장

우고, 뇌를 흥분시키고, 마음속의 계획들을 부추긴다. 시선에 힘을 실어준다. 시각(時刻)을 떠받친다. 시간을 자극한다.

며칠 사이에 그녀는 많이 야위었다.

검정 진 바지가 헐렁하게 느껴졌다.

그녀는 골동품상, 고물상, 이삿짐센터에 또 전화를 걸었다.

모두 2월 3일 화요일 날짜에 동의했다.

그녀는 세무서로 가서, 떠난다는 말이나 우편 사서함에 대한 언급은 자제한 채, 세금이 기존 통장에서 매달 자동이체 되도록 조처했다.

*

거실로 내려가자, 시가 냄새가 어찌나 지독한지 창문을 모조리 활짝 열어젖혔다.

토마의 존재가 더 이상 견디기 힘들었다. 냄새, 귀가, 관심, 구차스런 존재감, 소음, 빨래, 전화, 이 모든 게 신경에 거슬렸다.

그녀는 브르타뉴에 전화를 걸었다. 엄마에겐 아무 말도 하지 않았다. 엄마의 하소연을 무려 한 시간이나 참을성 있게 들었을 뿐이다.

조르주에게 전화했다.

"나 가도 될까?"

"와도 돼."

제8장

그녀는 기차로 테이에 가면서 토마에게 전화를 걸었다.

"렌[21]행 기차 안이야. 엄마를 뵈러 가는 길이거든. 베리가 전화를 했어. 무슨 일이 생겼나 봐."

그녀는 핸드폰을 닫았다. 한동안 가만히 앉아 있다가, 갑자기 신발을 벗어 TER[22]의 바닥에 쓰러뜨렸다. 발끝을 맞은편 푸른색 좌석 위에 올려놓았다.

스커트 자락을 얼굴로 들어 올려 눈물을 닦았다.

그리고 잠이 들었다.

*

그녀는 피아노를 팔아 생긴 돈을 조르주에게 건넸다.

그는 얼이 빠졌다.

"즉시 오세르 지점에 맡기러 가야겠다."

"그냥 가지고 있어야 할 거야. 내가 떠날 때 필요하니까."

그녀는 사전계획을 설명했다.

그럼에도 그는 회색 소형 화물차를 꺼내 타고 오세르 지점에 가서 대여금고에 일부 금액을 예치했다.

작은 담쟁이 집의 보수공사는 업자가 약속한 속도로 진행되었다.

---

21) 브르타뉴 지방의 도시.
22) Transport Express Regional(지방 고속 열차)의 약자.

제8장

그들은 축축한 풀밭과 장미원을 따라 걸었다.

현장에 가서 감탄하며, 흡족해하며, 새로 단장을 마친 미니 욕실을 바라보았다.

나머지는 아직 회반죽 상태였고 잔해들이 수북했다.

작업은 인부들이 짐작했던 만큼 까다롭게 진행되었다. 왜냐하면 조르주에게 폐가 되지 않으려고, 강으로 드나들어야 했기 때문이다. 자재도 낚시꾼의 너벅선에 보관했다.

어둠이 내리자 조르주가 말했다.

"피아노 조율을 다시 해야 할까 봐. 피아노 한번 볼래? 지금 날 위해 한 곡 연주해주면 좋겠는데."

"어떤 곡?"

"전에 네가 베리네 집에서 자고 와도 좋다고 어머니께서 허락하시던 날 연주했던 곡."

"싫어. 바보 같은 생각이야."

"그럼 네 삶의 이 순간에 정말로 연주하고 싶은 곡이 있으면 쳐봐. 무슨 말인가 하면, 네가 정말로 끌리는 거, 바로 지금, 아주 짧아도 좋아, 네 마음 깊은 곳에서 연주를 원하는 그런 곡을 쳐보란 말이야."

"그런 거라면 물론 있어. 마음을 사로잡는 곡이 있긴 해. 너 꼭 베리 같구나!"

"베리가 너한테는 아니지만 내겐 제일 친한 친구였다는 걸 기억해봐."

제8장

연주는 오래 걸리지 않았다. 피아노는 폭이 아주 좁고, 색이 옅어 거의 노랗고, 허약하고, 건반 터치감이 극도로 섬세한 에라르[23]였다.

피아노에서 클라비코드[24] 소리가 났다.

그런데, 연주가 끝났을 때, 그들은 서로 바라볼 수조차 없었다. 둘 다 눈가에 눈물이 그렁그렁해서 흘러내릴 것 같아서였다.

*

일요일, 자신을 역까지 바래다주는 조르주 로엘의 낡은 소형 화물차 시트로앵 안에서, 그녀가 물었다.

"너 주말까지 슈아지에 있을 거니?"

"적어도 토요일까진. 토요일엔 테이로 가야 돼. 근데 왜?"

"아무것도 아냐. 토요일까진 슈아지에 있을 거란 말이지?"

"응, 그럴 거야. 해볼까 하는 일도 있고 해서. 이유 좀 자세히 알면 안 될까?"

"아냐. 걱정하지 마."

"걱정 안 해."

인부들이 강으로 드나드는 일도 없어졌다. 그녀는 파리에서 계속 두 번이나 왔다. 상스 부근에서 침대와 가구를 구입해서 배

---

23) 프랑스의 피아노·하프 제작자 세바스티앵 에라르(1752~1831)의 이름을 딴 피아노.
24) 피아노의 전신인 건반악기.

달시켰다. 조르주의 안목을 탐탁하지 않게 여겼기 때문이다. 자신이 모든 일을 직접 처리했다. 청부업자는 그녀가 제안하는 새로운 소소한 도전에 기꺼이 복종했다(겨울인데 너무 이상할 정도로 푸근했다. 그곳이 강가라고 해도, 이제 곧 모든 게 바싹 마를 것이었다. 그녀는 공사대금을 업자에게 직접 건네주었다). 그녀는 정원으로 난 방을 주방으로 꾸몄다(소형 냉장고와 그 위에 얹은 전기 핫플레이트, 정원용의 하얀 원형 테이블과 역시 정원용의 안락의자 두 개).

욘 강을 향한 방은 온통 하얗게 칠한 거실이 되었다.

위층의 방은 금욕적이랄 순 없지만 가구조차 없는 침실이 되었다.

하얀 깃털 이불과 하얀 베개들이 놓인 소형 침대는 두 벽의 모퉁이에 자리 잡았다. 벽에는, 바닥에서 꼭대기까지, 악보나 책을 넣는 하얀 선반들이 설치되었다.

미니 화장실이 계단 오른쪽에 있었다.

제9장

:

 여전히 주위가 캄캄했다. 그녀는 역에 막 도착한 참이었다. 승강장에는 회오리바람이 불었다. 그녀가 처마 밑으로 몸을 피했다. 처마 밑의 불 켜진 전구들이 위태롭게 흔들리기 시작했다. 그녀는 가죽 재킷의 옷깃을 치켜 올리며 처마 밑을 떠났다. 기차가 올 때까지 승강장에서 서성거렸다. 일단 기차에 올라타자, 앉을 자리가 있었으므로, 그녀는 훈훈한 공기 속에서 졸기나 할 작정이었다. 그런데, 머리를 빡빡 민, 트레이닝복 차림의 마그레브[25] 청년이 그녀에게 불쑥 초콜릿 갈레트 상자를 내밀었다.

 그는 막무가내였다.

 그녀가 하나를 집었다.

 "난 말이 하고 싶어요." 그가 말했다.

 "하지만 내가 듣고 싶지 않다면요?" 그녀가 대꾸했다.

 "난 말이 하고 싶다니까요." 그가 언성을 높여 거듭 말했다.

 위협적인 말투였다. 아니 매우 신경질적이라고 할까.

---

25) 모로코, 튀니지, 알제리를 포함한 북아프리카 지방을 가리킨다.

제9장

"할 수 없군요. 눈을 감고 들어도 좋다면 들어보죠."
"좋아요."
머리받침에 살며시 머리를 얹은 다음 그녀는 몸을 웅크렸다.
"시작해요. 들을 테니까……" 그녀가 말했다.
"파리에, 알아보러 갈 참인데요……"
그의 이야기는 처벌에 관한 우울한 것이었다. 차츰 그녀의 눈이 떠졌다. 그녀는 무엇인가를 이해했다.

*

29일 목요일 아침, 상스에서 기차를 타고 너무 이른 시간에 파리에 도착한 탓에, 토마가 출근할 때까지 참을성 있게 기다렸다가 집에 들어가야 했다. 이른 아침 시간에 하릴없이 어슬렁거리는 김에, 그녀는 프랑프리 마트에 들어가 검정 쓰레기 봉지 대형 두루마리를 샀다.

집에 들어가자, 바뇰레의 중고차 매매업소에서 전화가 왔다. 그들이 그녀의 자동차를 가져갔다. 대신 새하얀 르노 에스파스를 빌려주었다. 그녀는 이렇게 크고 높은 차를 운전하고 집 앞 노변에 주차할 일이 난감했다.

가톨릭 자선단체에 전화해서 2일 월요일 오후에 만날 약속을 잡았다.

그녀는 맨 위층부터 작업에 들어갔다. 개인적인 것을 전혀 남기지 않으려고 일일이 재킷이며 레인코트, 점퍼, 외투의 주머니를 샅샅이 털어내는 일부터 시작했다. 방마다 들어가 서랍이며 옷장을 열어젖혀 내용물을 모조리 바닥에 쏟아놓았다. 그러느라 두 시간이 걸렸다. 점심을 먹으러 나갔다. 점심식사 후에는, 아침에 구입한 쓰레기 봉지를 새로 몇 장 더 벌려야 했다.

기증할 것들은 전부 조심스럽게 봉지에 집어넣었다.

토마의 물건이라야 별 게 없었는데, 겨울외투 한 벌, 군청색 모자, 양모 목도리들, 가죽 재킷, 와이셔츠와 내복 들, 점퍼 두 벌, 양복 두 벌이 다였다. 그 옷들은 옷방에, 서랍장에, 얼마 전부터 토마 혼자 쓰는 침실 벽장에 그대로 두었다.

그녀 자신의 물건에 관해서는, 애초엔 하나도 남기지 않을 작정이었다. 하지만 개폐식 뚜껑 달린 원형 책상 서랍에서 추린 사진 다섯 장, 아끼는 실크 블라우스 둘, 회색 마 바지 하나, 낡고 해진 검정 진 바지 하나, 운동화 한 켤레를 봉지에 담았다. 가방을 내려서, 루아르 강의 검은 나룻배를 매어놓은 오두막집의 스파르타식 소형 침대에 쓸 홑청과 이불을 그 안에 챙겨 넣었다. 또한 베개며 최근에 구입한 쿠션, 하얀색 면 침대보도 넣었다. 냄비 두 개, 프라이팬 두 개, 접시 여섯 개, 유리컵 여섯 개, 식기 여섯 벌, 이탈리아제 낡은 커피포트 하나. 별 어려움 없이 봉지들을 하얀색 에스파스에 황급히 밀어 넣었다. 트렁크를 열 필요조차 없었다. 그녀는 외곽 순환도로로 들어섰고, A5 고속도로를 타고 테이로 갔다. 조르주는 미리 예고한 대로 아직 욘에 돌아와

제9장

있지 않았다. 페인트 초벌칠은 이미 완료되었다. 실내의 마지막 공정과 외부의 재벌칠을 인부 세 명이 분담해서 하는 중이었다. 그녀는 조르주 로엘에게 전화를 걸었다. 그도 슈아지에서 마찬가지로 조르주 로엘링거 부인 집의 물건들을 치우면서, 고물상의 소형 화물차 첫 한 대분이 나가기를 초조하게 기다리고 있었다.

*

토마는 자신에게 무슨 일이 일어나고 있는지 더 이상 알지 못했다. 불안했다. 안에게 자주 전화해서 자동응답기에 긴 메시지를 남겼다. 안은 그를 도와주지 않고, 전화도 받지 않고, 함께 저녁식사도 하지 않았다. 그는 어느 날 대낮에 불쑥 나타났다. 그녀가 피아노 앞에 앉아 있을 때였다.

그는 그녀의 두 손을 잡으며 말했다.

"전부 까발려보자. 설사 내가……"

하지만 안이 자리에서 일어났다.

"그 말은 하고 싶지 않아."

"해야 돼. 꼭 해야 된다고."

"싫어."

"그럼 다른 방법을 찾아볼 수도 있어. 당신이 말을 하게 도와줄 정신분석의를 알아볼게. 당신 어머니 건강이 안 좋으시다는 거 알아. 그 점도 고려해봤어. 시간을 좀 갖기로 하자. 부부 심리

치료라는 것도 있어. 우린 피로로 지친 거야. 바캉스를 떠날 필요가 있겠어. 그것도 아주 빨리. 우린……"

"토마, 당신은 우리 관계가 끝난 걸 모르는 것 같아."

그의 얼굴이 굳어졌다. 그렇지만 그녀는 개의치 않고 확실하게 잘라 말했다.

"더 이상 당신을 보고 싶지 않아."

그는 그녀를 바라보지 않았다. 대꾸하지 않았다. 듣고 싶지 않던 말이 이미 그녀의 입에서 나와버린 것이다. 두 손이 화끈거렸다. 허공 속에서 뭔가 할 말을 찾았다. 거실에서 서성거렸다.

"어쨌든 다음 주엔 서로 떨어져 있게 돼. 내가 런던에 가니까. 그러니 이 얘긴 돌아온 다음에 다시 하도록 하지. 주말엔 여행을 떠나는 거야. 충분한 시간을 갖고, 차분하게 말을 해보자. 자초지종을 이성적으로 거론해보자고. 이건 너무 황당하잖아……"

그녀는 그가 지껄이도록 내버려두었다. 더 이상 듣지 않았다. 7일 토요일에 매매 계약이 체결될 예정이었다. 매매가 완결될 때까지 최소 3개월이 걸릴 것이라고 생각되었다. 그녀는 조르주와 함께 토요일에 오세르에 가고, 여행사에 들러 그가 보는 앞에서 마라케시[26]행 비행기 한 좌석을 예약했다. 조르주가 수표를 쓰고 서명했다. 그녀는 그의 핸드폰을 마라케시까지 가져가겠다고 했다. 현지에 도착하면 시장에서 카드 충전식 핸드폰을 구입해서

---

[26] 모로코 마라케시 주(州)의 주도.

제9장

발신자 표시 제한으로 사용할 작정이었다. 마라케시에서 사막으로, 그리고 아틀라스 산맥에도 갈 예정이었다. 사파리나 고고학 연구 단체, 자신이 구속을 느끼게 될 그룹 따위야 아무려면 어떠랴. 북아프리카의 가장 먼 오아시스로 가서 세상과 동떨어진 존재가 될 수 있다면, 아무도 자신이 어디 있는지 모를 수 있다면 말이다. 그것은 다른 시간이리라. 그 시간을 다른 여인이 살게 되리라. 그 시간은 다른 세계에 존재하리라. 그 세계가 다른 삶을 열어주리라.

*

이후로 그녀는 르노 에스파스를 과감하게 몰았다. A5 고속도로를 달리는 단순한 행위만으로도 정신은 자유로워지고, 자신이 내린 결정에 익숙해지고, 길을 따라 달리는 동안 늘어나는 이런저런 계략과 거짓말들의 와중에서 갈피를 잡는 데 도움이 되었다. 조르주는 보수 작업이 신속히 진행될 뿐 아니라, 잔소리나 감독이 필요 없다는 것을 무척 다행으로 여겼다.

어느 날 오후, 토마가 그녀의 핸드폰에 전화를 걸어왔다. 그녀가 샤니[27]에 있는 식당에서 나오던 참이었다.

"집 전화가 불통인데?"

---

27) 부르고뉴 지방 손에루아르Saone-et-Loire 구의 도시. 파리에서 A6 고속도로를 타고 남쪽으로 달리다 보면 오른쪽에 있다.

제9장

"아, 그래?"

"신호음도 나지 않아. 선이 끊어졌나 봐."

"걱정 마, 토마. 내일 아침 프랑스 텔레콤에 전화해볼게."

그녀는 짐짓 놀란 척을 했다. 방금 집 전화의 계약을 해지했던 것이다.

제10장

:

그녀는 30일 파리로 돌아왔다. 그들은 주방에서, 한마디 말도 없이 재빨리 저녁식사를 했다. 1월 31일 토마가 일주일 예정으로 런던 출장을 떠났다. 아주 이른 시각, 어둠 속에서 문 닫히는 소리가 나고 나서, 집 전체가 정적에 잠겼다. 그녀는 3층의 작은 침대 속에 오래도록 머물렀다. 다가올 낮과 밤들을 머릿속으로 그려보았다. 극도의 강인함이 요구되는 가장 힘든 한 주가 될 터였다. 앞으로 일주일 동안 쏟아붓게 될 온갖 노력을 미리 느껴보는 것으로 그녀는 그 주를 시작했다.

그러고 나서 일어났다. 2층으로 내려갔다. 우선 새 시트를 가져다 큰 침대의 시트를 갈았다. 주방에 내려가 커피를 끓였다. 커피 잔을 들고 다시 침실로 올라왔다.

욕실에 들어서자, 유리 선반에 놓인 면도용품, 면도솔, 빗이 눈에 띄었다. 모조리 집어서 쓰레기통에 처넣었다.

"말끔하게 처리된 자리"라고 혼자 중얼거렸다.

다시 자신의 **진짜 침대**에 누웠다. 커피 잔을 머리맡 탁자에 놓고, 어젯밤에 읽기 시작한 책 속으로 푹 빠져들었다.

제10장

 새삼스럽게 자신의 방을 기꺼운 마음으로 둘러보았다. 봄이면 창문이 느릅나무의 무성한 잎들에 묻히곤 했다.

*

 그녀는, 베갯잇을 갈아 아주 말쑥해진 베개에 등을 기댄 채, 느릅나무의 헐벗은 가지들 너머의 하늘을 바라보았다.

 가지들 틈새로 보이는 조각난 하늘을 물끄러미 주시했다. 햇빛이 환해서 하얗게 보였다.

 일어날 마음이 영 내키지 않았다. 마지막으로 더 가져가려던 몇 가지 물건을 챙길 용기가 나질 않았다. 욘에 갈 예정 없이 맞는 첫 주말이었다. 어두워질 때까지 누워 있었다.

 어둠과 더불어 다시 불안이 찾아왔다.

 도주의 욕망도 동반자처럼 함께 찾아들었다.

 그것은, 날마다 햇살이 어둠 속으로 스러지는 순간이면 느껴지는 불안의 분신과도 같은 존재가 되었다.

 그녀는 밤새도록, 면 잠옷 차림으로 서서, 분류하고, 옷들을 분리해서, 남은 봉지들을 채우고, 빈 가방들에도 가득 담았다. 기진맥진해서 침대로 돌아와 즉시 곯아떨어졌다. 새벽 5시였다. 준비 완료.

제10장

*

그녀는 조르주에게 전화를 걸었다.
"나 열 받았어. 마치 뇌우(雷雨) 덩어리 같아."

*

두번째 날, 그녀는 가을에 그러듯이 정원에 불을 크게 지폈다. 다시 맨 위층으로 올라가 너무 사적이다 싶은 것은 모조리 집어 들었고, 액자들을 분해했다. 고물시장이나 포르트 생투앙 벼룩시장에 매물로 나오는 꼴을 보고 싶지 않은 것들은 전부 가져다 불 속에 처넣었다.

개인적인 온갖 서류, 청구서, 옛 수표책, 영수증, 세금 고지서 따위가 사라지는 것을 바라보며 그녀는 쾌감을 느꼈다. 타는 데만도 상당한 시간이 소요되었다. 꼬박 하루가 걸렸다. 가톨릭 자선단체의 부인을 대동한 늙수그레한 남자가 그 앞을 스무 번이나 지나다니며, 그녀가 준비해놓은 옷 봉지와 가방들을 날랐고, 자신의 소형 트럭에 실었다.

그녀에게 문득 이런 생각이 들었다. '이제 나에겐 가정이 없는 거로구나.'

가정(우리의 잘못이 용서받고, 우리의 결함이 용납되는 장소)은 정원 한가운데서 불타고 있었다.

제10장

한가한 오후가 되자, 불현듯 루브르에 가고 싶었다. 수많은 아름다움 속에서 떠도는 기쁨을 누리고 싶어서였다.

그녀는 라셀 거리로 가서 하얀 히아신스 한 송이를 사 들고 몽마르트르 묘지로 들어갔다. 비요 길로 접어든 다음 왼쪽의 크루아 오솔길을 따라 걷다가 어린 남동생의 무덤 앞에서 멈춰 섰다. 묘석 위에 히아신스를 내려놓았다.

집안 전통에 따라 피아노에게 하직 인사를 했다 (그녀의 어머니도, 외할아버지도 그렇게 하셨고, 아버지도 특별한 관례를 따르셨을 게 틀림없다. 그녀는 렌의 아파트에서 그렇게 하는 할머니의 모습을 뵌 적이 있다), 어느 집안에나 그 의미가 재빨리 모호해지는 나름의 관례가 있게 마련이다. 그녀는 가방들을 현관에 가지런히 내려놓고서, 그 위에 외투 혹은 레인코트와—레인코트 위에—모자를 얹은 다음, 피아노에 가서 앉았고, 한 곡을 연주하는 것으로서 작별을 고했다. 포옹은 하지 않았다. 그러고 나서 한마디 말도 없이 도망을 쳤는데, 허공에서 음악 소리가 여전히 울렸다. 앞으로는 어디서나 자신도 모르게 새로운 하직 인사를 연주하게 되리라는 생각이 들었다.

*

초인종 소리, 돌연 음악 소리가 멎는다.

가슴이 터질 듯이 콩닥거린다.

제10장

그녀는 피아노의 몸체를 짚으며 의자에서 일어선다. 느리게 현관으로 가서, 문을 열고, 정원을 가로지르고, 철책의 쇠창살 틈새로 밖을 내다본다.

부동산 중개업자이다.

다른 매수자가 나섰는데, 그가 보기엔 조건이 훨씬 유리하다는 거였다(물론 브뤼셀 사람들의 매수 건도 여전히 유효하지만).

거의 동시에, 젖먹이를 품에 안은 젊은 임산부가 도착했다.

"미리 연락을 주셨어야죠."

"우리 여직원이 연락을 드린 줄 알았는데요."

"아뇨."

"정말 폐가 되나요?"

"예, 좀. 잔뜩 어질러놔서요."

"상관없어요."

"아주 더러워요."

그들은 끈질기게 졸랐다.

여자는 잔금 일자가 언제면 좋은지 물었다. 자기는 둘째를 임신 중이라 급할 게 없다고 했다. 그들에겐 시간이 충분했다. 여름에 보수공사를 하고, 페인트칠은 가을에 하면 되었다. 임신한 여자는, 여기저기 방을 구경하는 동안 줄곧 남편에게 핸드폰으로 부동산 중개업자의 말을 빠짐없이 그대로 생중계를 했다. 자신이 본 바에 대한 논평까지 곁들여가면서. 결론적으로, 물건들이 쓸 만하다고 판단되자, 젊은 엄마는 침대며 침구, 취사도구, 주방의

제10장

식탁, 가스레인지, 냉장고, 식기세척기, 찬방, 다림질대, 세탁기를 그대로 자기네가 사용하기를 희망했다. 그녀의 의사 표명에 안 이덴이 대답했다.

"저런! 너무 늦었네요."

"왜요?"

"내일 이삿짐센터에서 와서 가져가기로 했거든요."

결국 안은, 신속한 거래가 마음에 들어서, 첫번째 매수 희망자에게, 그가 제시한 가격보다 더 싸게, 집을 넘기기로 했다.

젊은 엄마는 화가 나서 가버렸다.

*

다음 날 아침, 안은 일어나면서 옆 정원에 날아온 딱따구리를 보았다. 길조였다. 브뤼셀 사람들을 선택한 자신의 결정이 옳았다는 확신이 들었다. 안 이덴은 징조에 둘러싸여 살았다. 대부분 길조였다. 바야흐로 전개될 그날 하루에 기쁨이 예정되어 있다고 느꼈다. 자신이 가게 될 장소 어딘가에서 반드시 광휘가 솟으리란 예감이 들었다. 그래서 이미 행복하므로, 이어지는 시간 동안에 기쁨이 솟아나도록 의지의 개입도 마다하지 않았다.

대체로 기쁨은 솟아났다.

하지만 만일— 우연히— 날이 저물도록 아무 일도 일어나지 않으면, 서둘러 수영장으로 달려갔다. 어쨌든 피로나 허기로 인한 다른 도취 상태에 빠질 수 있으므로 별난 예측은 실현되는 셈이었다.

제11장
:

그녀는 이삿짐센터 일꾼들이 떠나는 것을 바라보았다. 그들은 작업이 끝나자 비로 쓸었다. 그녀가 팁을 나눠주었다. 그들이 손수레, 남은 박스, 연장통을 챙기고, 점퍼를 입었다. 그녀는 주방 창문 앞에 있었다. 개수대 가장자리에 걸터앉았다. 잔이 없어서 샤블리 포도주를 병째로 조금 마셨다. 남아 있는 땅콩 봉지를 열었다.

그러고 나서 두 눈을 감고, 오물거리며 먹었다.

집 전체에 덩그러니 피아노 세 대만 남았다.

일꾼들이 정원에서 큰 소리로 인사를 했다.

철책을 닫고 나갔다.

그녀는 서재에서 흔적으로 얼룩진 벽들 사이에 놓인 두 대의 스탠드 피아노를 유심히 바라보았다.

별안간 등에 진땀을 흘린 채로 이 방 저 방을 돌아다녔다. 그녀는 단지 한 남자와 헤어지는 것이 아니라 자신의 열정과도 헤어지는 것이었다. 이것은 바야흐로 헤어지려는 열정을 느껴보는 방식이었다.

제11장

일꾼들로 인해 난장판에서 빈 공간을 거쳐 더러운 공간으로 바뀐 방들이 그녀의 몸 깊은 곳에서 카오스로 변했다.

자신의 삶 전체가, 더러워진 낡은 사면의 벽에서, 검정 래커 칠이 된 대형 악기 앞에서, 단번에 떠올랐다.

17년, 그리고 47년의 세월이 돌아와 그녀를 집어삼켰다.

그녀는 거실에 놓인 그랜드피아노 슈타인그레버 앞에 앉았다. 연주하지 않았다. 거의 앉자마자 도로 일어났고, 자신이 서재라 부르던 방에 들어가 연습용 피아노 앞에 앉았다. 품질이 한참 떨어지는, 소리마저 둔탁한 소형 스탠드 피아노였다. 테이에 있는 조르주의 피아노에도 훨씬 못 미치는 것이었다. 그녀는 전에 롤랑 악보사에서 자신이 다른 노래들과 함께 간행했던 옛 산스크리트 아리아에 의거해서 즉흥연주를 했다. 그렇게 하는 것만이 유일하게 늘 위로가 되었다.

그런 다음 수중에 악기가 없어도 괜찮다고 중얼거렸다. 어딜 가도 피아노는 있으니까.

*

그녀는 남은 파인애플 요구르트를 먹었다. 냉장고가 있던 자리에 자몽 한 개가 굴러다녔다. 샤블리 백포도주를 조금 더 마시고, 슈아지에 있는 조르주에게 전화를 걸었고, 하얀색 에스파스를 타고 그곳에 갔다. 잠은 조르주의 어머니 침대에서 잤다. 에

제11장

블린 로엘링거의 빌라에서 가구들을 전부 치우는 것은 조르주가 장담했던 것과 달리 요원해 보였다. 조르주는 다음 날 파리에 가야 했다. 그들은 저녁식사를 마치는 즉시 잠자리에 들었다. 아침 8시에 함께 파리로 떠났다. 그녀가 제안했다. 자기 집에 같이 들어가서 자신의 사막을, 잔해를 보지 않겠느냐고.

"싫어."

그는 원형교차로와 길 사이의 모퉁이에서 신호 대기 중인 택시를 기다리겠다고 했다. 막무가내로 싫다며 고개를 저었다. 그녀의 옛집에 들어가다니, 말도 안 된다고 했다. 그 집은 그녀의 '다른 삶'에 속했기 때문이다. 토마와 함께했을 삶의 증인이 되느니 차라리 그녀의 비밀의 일부가 되는 편이 **천배나** 더 낫다는 거였다.

"난 관심 없어." 그가 말했다.

어렸을 때처럼 잘 가라며 손을 흔들었다.

안은 철책 앞에 에스파스를 주차했다.

혼자가 되자 씻고 나서 우체국에 갔다. 소포 상자 두 개를 구입했다. 돌아오는 길에 우체국 길과 집 앞의 길이 만나는 모퉁이에 있는 열쇠가게에 들렀다. 주인이 자리를 비우고 없었다.

그의 아내에게 그가 언제쯤 그녀의 집에 들를 수 있는지 물었다.

"그다지 늦지 않을 거예요." 그녀가 대답했다.

집에 돌아와서, 토마의 서류(세무 관련 및 은행 관련 문서, 군인수첩, 선거인 카드)를 살펴보다가, 그의 것이 별로 없다는 사실에 무척 놀랐다. 큰 소포 상자 하나로 충분했다.

열쇠업자가 10시에 초인종을 눌렀다. 그의 아내가 장담했던 대로였다. 그는 철책의 자물쇠와 현관문 자물쇠를 새로 달았다.

"자요, 부인. 뜯어낸 자물쇠와 열쇠 들이에요. 아주 멀쩡해요."

"그럼 댁이 가지세요."

그는 그것들을 가방 속으로 떨어뜨렸다.

"어디 떠나세요?"

"네. 저 이사 가요."

"집이 팔렸어요?"

"네."

"근데 자물쇠는 뭐하러 바꾸셨어요?"

"어제 누가 열쇠 꾸러미를 훔쳐갔거든요."

"근데 어디로 가시나요?"

"브르타뉴에 있는 어머니 집으로 가려고요."

"잘 생각하셨네요."

그녀는 그의 이해심에 감사를 표했다.

거의 텅 빈 집에서 기다렸다.

14시에 가스와 전기 계량기가 차단되었다. 과도 징수된 금액은 그녀의 계좌로 환불될 거라고 계원이 말했다.

"아무튼 저는 자동이체를 하는걸요. 커피도 한잔 못 드려서 미안하네요. 이제 커피포트가 없어서 말이죠."

"아무튼, 부인, 이제 전기도 끊어졌잖아요."

그러자 그들은 웃었다.

제11장

왠지 모르지만 그가 손을 내밀며 말했다. "부인, 행운을 빕니다."
이유 없이 내민 손에서 무한한 선의가 느껴졌다. 그녀는 토마가 남긴 옷들을 두번째 소포 상자에 넣으러 갔다. 하지만 옷들의 부피가 너무 커서 포기하고 말았다. 찌그러진 빈 상자, 점퍼, 양복, 와이셔츠 들을 거리에 항시 비치된, 시에서 관리하는 쓰레기통에 내다 버렸다.

먼저 꾸린 유일한 소포 상자 위에 토마의 사무실 주소를 기입했다. 안에 아무런 편지도 동봉하지 않았다.

*

그리고 세 대의 피아노가 떠났다. 짐을 옮기는 인부들에게 말을 걸 수가 없었다. 숨을 쉬기조차 힘들었다. 그들이 대형 트럭을 타고 떠난 후에도, 그녀는 포근한 대기 속에서 여전히 계단 위에 앉아 있었다. 헐벗은 느릅나무를, 황량한 정원을, 앙상한 장미나무들을 바라보았다.

마지막으로 바닥 청소를 하고 나서, 중고차 매매업자가 빌려준 에스파스에 올라탔다. 슈아지에 도착했다. 목욕을 하고, 마지막으로 세탁기를 돌렸다.

제11장

*

그들은 저녁식사를 하러 좀더 멀리 떨어진 마른 강변으로 갔다. 그곳에 도착했는데, 시간이 너무 일렀다. 식당 주인이 8시 반경에 다시 오라며 물었다.

"음료라도 드시며 기다리실래요?"

조르주가 안을 돌아보며 물었다.

"아페리티프 한잔 할까?"

"별로 생각 없어. 참 희한한 날씨네." 그녀가 말했다.

"숨이 턱턱 막혀."

"숨이 막히고 후덥지근해. 숨 쉬기도 힘들어."

"공해 때문이에요." 식당 주인이 거들었다.

"밖으로 나가는 편이 더 좋을 거 같아." 안이 말했다.

조르주가 식당 주인에게 말했다. "마른 강가에서 산책이나 하며 기다릴게요."

그들은 나갔다.

발밑에서 흐르는 역겨운 강물을 바라보았다.

마른 계곡에서는 ── 파리에서와 마찬가지로 ── 지독한 악취가 풍겼다.

사람의, 공업의, 경유의, 담배의, 향수의, 땀의, 자극적인 비누의 지독한 냄새가 공기에 배어 있었다.

느닷없이 안이 말했다. "올겨울이 너무 따뜻하니까 불안해,

제11장

조르주."

그가 손목시계를 보았다.

"가자."

그들은 빨리 걸었다. 그녀가 그의 팔짱을 끼었다. 맨벽으로 둘러싸인 넓은 광장에 이르렀다. 그가 좁다란 성당 문을 밀었다.

적어도 성당의 실내 공기는 싸늘했다.

중앙 홀에서는 이끼 냄새가 섞인 향냄새, 곰팡이와 숲과 버섯이 뒤섞인 향긋한 냄새가 났다.

그들은 기쁜 마음으로 밀짚의자에 앉았다. 하지만 얼마 안 돼서, 한 신부(트레이닝복 차림의 남자)가 와서 그들을 보더니, 이제 성당 문을 닫아야 하니 나가달라고 했다.

"성당인데, 참 너무하시네요." 조르주가 나지막하게 말했다.

"작은 성당이라도 성당은 성당이니까요."

"신부님, 요즘은 성당을 개방하는 시간이 얼마나 되나요?"

"성무일과(聖務日課) 시간에만 개방한답니다."

"그 후엔, 여기 신이 안 계신가요?"

"그 후엔, 신이 홀로 계십니다." 운동선수 같은 신부가 대답했다.

그가 눈을 감았다. 여전히 눈꺼풀을 내린 채로, 경멸적인 어투로 조르주에게 말했다.

"신은 늘 여기 계시지만 홀로 계신답니다."

제11장

*

그들은 신부 곁을, 성당을, 곰팡이 냄새를, 고독을, 신을, 광장을, 마른 강을 떠났다. 저녁식사를 했다.

조르주는 문득 일종의 불안에 사로잡혔다.

"혹시 토마가 런던으로 떠난 게 아니면? 혹시 오늘 저녁 그 여자와 이 식당으로 저녁식사를 하러 오면 어떡해?"

안이 웃었다.

"웃기겠지. 그렇다 해도 내가 세심하게 준비해온 일은 전혀 건드릴 수 없어."

그래도 조르주는 내심 불안했다. 문이 열릴 때마다 얼굴에 긴장이 감돌았다.

"걱정 마. 그 사람 지금 런던에 있다니까." 그녀가 말했다.

"런던에 없을지도 몰라."

*

"조르주, 고맙다." 그녀가 말했다.

그들은 저녁식사를 마쳤다. 다시 마른 강을 따라 걸었다. 술을 마신 터였다. 손을 잡고 걸었다. 버드나무가 두 그루 있었다. 2인승 갈색 카누들이 잇달아 있고, 이어서 가지각색의 1인승 카약들이 사슬에 서로 묶인 채 죽 늘어서 있었다. 그가 느닷없이 그녀를

제11장

껴안았다. 안절부절못하며 입을 맞췄다. 그녀가 그를 밀쳐냈다.

그녀가 말했다.

"다신 이런 바보짓 하지 않는다고 약속해."

그는 머리를 끄덕였다.

"잘못했어." 그가 인정했다.

조르주도 자신의 행동에 당황했다.

"너 그래도 다시 올 거지?"

"그래."

"그럼 우리 **어릴 적 친구**로 지내자." 조르주가 신음하듯 끙끙거리며 말했다.

"그럼. 그래야지."

"구내식당으로!"

그가 웃었다. 다시 그녀의 손을 잡았다.

"학교로 돌아가자." 그가 말했다. "운동장에서 줄을 서야지. 마르그리트 수녀가 손뼉을 치네. 난로를 피운 교실로 들어가는 거야."

손에 손을 잡은 그들은 반원 아치를 통과했다. 걸어서 대로를 거슬러 올라갔다. 조르주가 투덜댔다.

"너는 벌써 다 팔아치웠는데, 난 엄마 집을 아직 정리도 다 못했단 말이야."

"넌 그 일에 엄청난 시간을 쏟아붓지 않았잖니."

"안, 넌 전문가니까, 좀 맡아서 해주지 않을래?"

제11장

"싫어."

"호의적이 아닌데."

"그 정도는 약과야. 난 태양과 푸른 하늘을 보러 가는 게 기뻐 죽겠는걸."

"나도 아틀라스 산맥에 가보면 좋으련만." 조르주가 말했다.

"내일 아침에 일어나지 마라. 나 아주 일찍 떠날 거거든."

"아침식사는?"

"파리에 도착하면 카페에서 먹을 거야."

"사막에 도착하자마자 소식 전해. 산에 오르게 되면 즉시 전화하고. 첫번째 오아시스에 가서도 연락해."

"첫번째 오아시스에서 연락할게."

"할 수 있을 때마다 전화해."

"약속할게." 그녀가 말했다.

"새 전화번호 생기면 바로 알려주고."

"약속할게." 그녀가 말했다.

"주초에도."

"약속, 약속할게." 그녀가 거듭 말했다.

*

그녀는 아침 6시에 살며시 달아났다. 조르주 로엘을 깨우지 않았다. 하얀색 에스파스에 올라탔다. 파리에 도착하자, 정원에

제11장

마지막으로 물이 주고 싶어졌다. 낡은 노란색 호스를 들고 정원을 한 바퀴 돌았다. 딱히 물을 주어야 할 것은 없었다. 겨울에 핀 장미 두 송이. 두 송이를 모두 꺾어 가방에 넣었다. 우체국 소포 상자를 챙겼다. 현관문과 정원의 철책을 새 열쇠로 잠갔다. 자동차도 바뇰레의 중고차 매매업소에 반환했다. 오늘 15시 8구역에서 매매 계약이 있을 예정이었다. 약간 시장기가 느껴졌다. 신문을 사러 갔다. 커피를 마시러 갔다. 샐러드를 먹었다. '내 건강에 건배해야지'라고 생각하며 코트드뉘 한 잔을 마셨다. 15시에 동네 우체국에 가서 기다렸다. 차례가 되자 토마의 사무실 주소로 소포를 등기로 부쳤다. 8구역의 부동산 중개업소에 전화했다. "네, 그들이 서명했어요." 전화를 끊었다. 우체국에서 나왔다. 택시를 타고 북 역Gare du Nord으로 갔다.

제12장

　　　　　　　：

 그녀는 창구에서 기다렸다. 안트베르펜[28]행 차표 한 장을 현금으로 샀다. 차표를 지닌 안 이덴은 위층에 있는, 런던행 기차를 기다리는 여행객들의 대합실로 갔다. 긴 의자에 앉아서, 신용카드를 한참 동안 접었다 펴기를 계속해서 망가뜨렸다. 세 조각 중 둘은 유로스타 앞의 쓰레기통에 버렸다.

 다시 아래층으로 내려왔다. 탈리스Thalys[29]에 올라탔다. 기차가 출발하자 화장실로 갔다. 신용카드의 나머지 조각을 변기 구멍에 버렸다. 조르주에게 그의 핸드폰으로 전화했다.

 "다 순조로워." 그녀가 말했다. "지금 루아시 공항에 있어. 모로코행 비행기를 탈 거야."

 "잘 갔다 와."

 그녀는 그의 핸드폰을 잘게 해체하기 시작했다. 작은 조각들은 열차 화장실 구멍에 하나씩 차례로 느릿느릿 꾸물대며 집어

---

28) 플랑드르 지방에 위치한 벨기에의 도시. 브뤼셀 북쪽 40킬로미터에 위치해 있다.
29) 파리, 브뤼셀, 암스테르담, 쾰른 간을 운행하는 고속열차.

제12장

던졌다. 브뤼셀에서 내렸다. 즉시 리에주[30]행 기차로 갈아탔다. 토마를, 그가 파리에 돌아오면 어떤 표정을 지을까를 생각했다. 그의 참담함이 느껴졌다. 그가 고통받기를 바랐다. 지금 런던에서 템스 강가를 가로지르는 그의 모습을 떠올렸다. 내일 자물쇠에 열쇠를 넣고 돌려도 열리지 않을 때 느끼게 될 그의 감정을 여러 번 세심하게 반복해가며 즐겼다. 안 이덴과 함께했던 그의 삶 전부(한 시간 후 사무실에서 발견하게 될 몇 가지 서류를 제외하고)가 사라지고, 실종되고, 공간으로 증발하고, 하늘, 그보다 훨씬 더 막막한 천체의 하늘보다 훨씬 더 아찔하고 훨씬 더 빈 허공 속으로 쓸려 들어갔음을 분명히 깨닫고 인정하는 순간 느끼게 될 감정을.

그녀는 티에넨[31]으로 내려갔다. 손에 여행용 가죽 가방을 들고 한산한 광장을 가로질렀다. 광장 모퉁이의 대형 상점에 갔다. 어깨에 메는 회색 천 가방을 샀다. 까만 스커트, 인조가죽 상의, 밤색 수영복도 샀다. 탈의실에서 옷을 완전히 갈아입었다. 택시를 탔다. 호텔 방으로 올라갔다. 잠을 잤다. 다음 날, 쓰던 소지품을 모아 헌 가방에 넣고, 새 것은 회색 천 가방에 넣은 다음, 나가서, 가죽 가방을 대형 철제 쓰레기통에 버렸다. 그런 다음 시외버스를 타고 마스트리흐트[32]에 갔다. 라나켄[33]에서 국경을 넘었

---

30) 브뤼셀에서 동쪽으로 약 90킬로미터 떨어진 곳에 위치한 도시.
31) 벨기에 중부의 큰 도시.
32) 네덜란드 림브르흐 주의 주도.

다. 뒤렌[34]에서 식사를 했다. 그날은 '참회 화요일'[35]이었다.

영국 관광객들로 가득한 시외버스로 라인 강을 따라 달렸다. '재(灰)의 수요일'[36]이었다.

*

그녀는 승객들이 버스에서 모두 내릴 때까지 기다렸다. 그제야 서두르지 않고 내렸다. 프리부르[37]의 스포츠용품 가게로 갔다. 트레이닝 바지, 극지방의 하얀색 파카, 모자, 모피 장갑을 샀다. 빨간색의 큼직한 배낭을 얻어서 전부 그 안에 집어넣었다. 모두 현금으로 지불했다. 유로존이라 무척 편하다고 느꼈다.

수영장에 가서 오랫동안 수영을 했다. 탈의실에서 다시 옷을 입을 때, 이전 소지품 일체를 회색 천 가방에 넣었다.

가방과 소지품 모두를 수영장 뒷마당의 쓰레기통들에 나누어 버렸다.

머리가 젖은 채로 미용실에 갔다. 머리를 아주 짧게 자르고, 금발로 염색한 다음 새하얀 브리지를 넣었다.

미용실 거울에 비친 자신의 모습을 바라보면서, 일체의 것에

---

33) 네덜란드와 인접한 벨기에의 도시.
34) 독일 북서부의 도시.
35) Mardi gras: 사육제의 마지막 날.
36) Cendres: 사순절 첫날.
37) 스위스 서부 프리부르 주의 주도. 베른 남서쪽 약 26킬로미터 지점.

제12장

서 홀연히 떠남으로써 저 자신을 잃을 수도 있다는 데 주목했다.

거울 속의 그녀는 정말로 얼이 빠진 듯했다. 늙은 여자. 다른 사람이 저지른 잘못으로 부당하게 벌을 받은 여자였다. 이제 그녀 자신의 자취는 사라지고 없었다. 더 이상 그 누구도 그녀와 연결될 수도 합류할 수도 없었다.

독일 미용실의 전구가 가득 비치는 거울 속의 새로운 제 모습을 살피면서, 자신도 스스로가 누군지 알아볼 수 없을 정도라면, 대부분의 사람이 그녀를 알아보지 못할 터인즉, 그녀는 자신이 편안할 것이라는 생각이 들었다.

다시 버스를 탔다. 스위스 국경을 지나 투틀링겐[38] 너머로 갔다. 첫번째 호수가 나타나자, 행복해서 돌아버릴 것만 같았다.

*

빌[39]에서는 용기를 내어 호텔에서 어머니에게 전화를 걸었다.

"토마가 계속 전화를 하는구나."

"엄마, 전화 받지 마."

"애야, 내 맘이다, 근데 너 지금 어디 있니?"

"런던. 그 사람 만날 거니까, 엄마, 걱정하지 마. 내외 간의 어

---

38) 독일의 바덴-뷔르템베르크 주의 도시.
39) 스위스 북서부 베른 주의 도시. 빌 호수 북동쪽 끝, 베른 시 북서쪽에 있다.

제12장

처구니없는 말썽일 뿐이거든. 사랑하는 울 엄마, 걱정하지 마요."

"걱정이 돼, 이것아. 그 얘긴 그만하자꾸나." 전화가 끊겼다.

제13장

:

엥가딘[40]에는 옛 자연의 자취가 여전히 남아 있다. 숲은 유럽에 사람의 발이 닿기 이전의 상태 그대로이다. 호수도 그대로다. 공기는 맑다 못해 이 세상 다른 어느 곳에도 존재하지 않을 법하게 투명했다. 처음 며칠간 그녀는 온종일 걸었다. 날씨는 늘 비슷하게 포근했다. 무념무상으로 숲 속을 헤매고 다녔다. 정오에는 호텔 방 발코니의 양지바른 곳에 안락의자를 끌어다 놓고 앉았다. 낚시꾼들이 호수에 배를 띄우고, 물 위에서 흔들리며, 낚시의 꿈을 꾸는 것을 바라보았다.

태양이 드리우는 거대한 그림자를 바라보았다.

밤이 되면, 이웃 투숙객들이—옛날 세계에서처럼—말을 하는 게 아니라 웅얼거렸다. 왁스 칠한 마루 위에서 미끄러지듯 살며시 움직였다. 식탁보는 빳빳하게 풀이 먹여 있었다. 아무도 식사 중에 웃음을 터뜨리지 않았다.

이틀이 지나자, 그녀는 철저하게 온천 테라피를 해보기로 마

---

40) 스위스 동부 인Inn 강의 협곡. 관광 휴양지이다.

제13장

음먹었다. 일주일 동안 오로지 자신의 육체가 되었다. 육체 속으로 무너져 내렸다. 말단 부위로 환원될 때까지 육체를 느꼈다. 손과 발의 스무 개 가락으로, 하나의 코로, 잠들면 살아나기 시작하는 약간의 섹스로 변할 때까지.

*

어두운 색의 커다란 눈, 긴 속눈썹, 매끄러운 이마, 꽤 도톰하고 매우 아름다운 입술, 금발에 하얀 브리지를 넣은 짧은 머리, 극지방의 하얀색 파카.

그는 설경 속의 여인에게 탄복한다.

그들은 함께 저녁식사를 한다.

*

고양이들의 울음소리가 들렸다. 마치 아기 우는 소리 같았다. 그녀는 눈을 떴다. 머리맡의 전등을 켜고 시계를 보았다. 3시였다.

그 고양이들과 멀리 떨어진 테라스에서, 다른 두 마리가 야옹거리며 날카로운 울음소리를 주고받고, 괴성을 지르고, 사랑을 나누었다.

그녀는 돌아누웠고, 바로 옆에서 숨을 쉬는 남자를 바라보았다. 목덜미에 까끌거리는 짧은 머리칼의 야릇한 감촉이 느껴졌다.

제13장

커다란 육체의 따스한 품으로 파고들어 가 둥글게 몸을 말았다. 그의 체취가 좋았다.

움푹 팬 그의 목덜미가 부드러웠다.

그곳에서 그녀는 다시 잠들었다.

*

우리에게 걸맞지 않은 이들은 우리에게 충실하지 못하다.

지금 꾸는 꿈속에서 그녀가 바로 그런 생각을 하고 있었다.

우리 곁에 있어서 그들에게 두려움이나 태만, 의기소침, 퇴행, 어리석음이 생긴 게 아니었다.

우리는 안락의자에 앉아서, 욕조 안에 몸을 뻗고서, 침대에 누워서, 마비되었거나 부재하는 존재를, 우리의 존재를 느끼지 못하는 그들을 지켜본다.

그들을 버림으로써 우리가 저버리는 것은 그들이 아니다.

그들의 무기력이나 불만이, 우리가 그들과 헤어질 생각을 하기도 전에, 우리를 저버렸던 것이다.

코모 호수에서 어둠이 걷혔다.

그녀는 별 어려움 없이 세번째 국경을 넘었다.

제13장

*

 만일 운명이란 것이, 자신이 아니라 세상의 다른 장소에서 생겨난 충동이라면, 그래서 한 존재를 사로잡고, 그 존재가 충동의 본성을 한순간도 깨닫지 못하면서 그것을 따르게 되는 것이라면, 그녀에겐 운명이 있었다. 자신의 운명을 자각한 그녀는 이렇게 중얼거렸다. "어디로 가는지 모르지만 나는 결연히 그곳으로 달려간다. 어떤 것이 내게 결여된 그곳에서 내가 헤매고 싶어지리라는 느낌이 든다."

*

 이탈리아로 가는 여행길에서 검문은 단 한 번뿐이었다. 두 세관원은 그녀가 내민 여권조차 펼쳐보지 않았고, 햇살 속에서 실수로 피어난 월귤나무의 꽃 한 송이를 그녀에게 주었다. 장갑을 벗고, 손가락으로 꽃을 잡자, 느닷없이 강렬한 행복이 그녀의 마음을 가득 채웠다. 자그마한 꽃은 손가락 사이에 끼워진 경이로운 징조였다.
 그녀는 극지방의 큼직한 하얀색 파카로 몸을 감싸고 레코[41]까지 여정을 계속했다.

---

41) 이탈리아 북부 롬바르디아 주의 도시.

제13장

다시 시외버스로 몬차[42]까지 가서, 그곳 비행장으로 갔다.

---

42) 이탈리아 밀라노 북동쪽 15킬로미터에 위치한 도시.

제2부

제1장

:

교통체증이었다. 나폴리의 3월 날씨는 끈적끈적하고 푸근했다. 너나없이 경적을 울려댔다. 바람에 말리려고 내다 넌은 (젖은) 시트가 발코니에서, 건물 지붕에서, 텔레비전 안테나들 사이에서 요란하게 계속 펄럭였다. 베수비오 산 위에 내려앉은 비구름이 점차 짙어지며 커졌다.

비행기는 중유가 섞인 보슬비 속에서 착륙했다.

그리고 비행장 활주로에서의 싸늘한 버스.

그리고 눅눅한 택시.

그리고 난방이 되지 않은 호텔.

새벽의 나폴리 만(灣)은 안개에 휩싸여 있었다.

그녀는 산세베리노 궁 부근에서 어디서나 국제통화가 가능한 로밍폰을 샀고, 즉시 골목길의 빨간 머리 청년에게 통신사 제한을 해제하는 불법 서비스를 받았다. 그에게서 충전카드도 미리 여러 장 구입했다. 어머니 소식을 알려고 약국으로 베리에게 전화를 걸었다. 브르타뉴에서는 만사가 순조롭다고 했다. 거의 주말마다 토마가 와서 이델스텐 부인을 끈질기게 물고 늘어지긴 하지만.

"너 어디 있니?"

"아일랜드에." 안이 베리에게 대답했다.

그녀는 또다시 옷들을 바꿨다. 밝은색의 큰 가죽 가방, 이탈리아제 면 실크 스커트들, 양모 스웨터들, 회색 진 바지, 선원용의 큼직하고 샛노란 방수복을 사며 기쁨을 느꼈다. 산악용 옷들은 헐값에 처분하고, 배낭은 버렸다. 선착장에 도착했을 때도 여전히 이슬비가 내렸다. 택시 기사는 사흘간 줄곧 비가 올 거라고 말했다.

"달이 뜨지 않을 때까지요."

인도교의 오리목이 약간 썩어서 물컹거리고 미끄러웠다.

그녀의 삶? **결핍** *mancanza*.

인도교가 발밑에서 이상하게 흔들거렸다.

그녀는 앉았다.

축축한 나무 벤치에 앉아 조르주 로엘에게 전화를 걸었다. 욘강과 굼펜도르프는 어떻게 지내? 부르고뉴에서는 만사 오케이야. 아니, 슈아지의 집은 아직 다 비우지 못했어.

"너 지금 어디 있니?"

"자고라[1]는 멋진 도시야." 그녀가 대답했다.

수상 버스가 도착했다.

---

[1] 모로코 남부의 도시.

제1장

물 위로 나아가다 보면, 이따금, 물과 만나는 게, 물에 빠지는 게, 물에서 죽는 게 두려워진다.

그녀는 선실 안에 들어가 창가에 앉았다. 불현듯 익숙지 않은 어떤 느낌에 사로잡혔다. 불안이라고는 할 수 없는, 뭔가 가슴을 뛰게 만드는 느낌이었다.

그것은 어떤 감정보다 더 옛날의, 외로운, 해묵은 고뇌였다.

그것은—결국—근원 공포였다.

그녀는, 나폴리로 돌아갈 생각은 추호도 없이, 섬에서 섬으로, 깎아지른 암벽에서 암벽으로 떠돌았다.

그녀는 맘에 드는 두 호텔 사이에서 망설였는데, 하나는 라벨로에, 다른 하나는 이스키아라는 작은 섬에 있었다.

카스텔로[2] 맞은편, 캄피플레그레이 군도[3]의 한 섬에 있는 작은 호텔을 선택했다. 맞바로 바다가 보이는 방 때문이었다.

조용한 긴 테라스가 있을 뿐 아니라, 다른 방에 접하지도 않았다.

창문을 열면, 우선 만이 보이고, 프로치다 섬이 보였다.

그리고 물에 맞닿아 무한히 펼쳐진 하늘이 보였다.

---

2) 이탈리아어로 성(城)을 뜻한다. 이스키아 섬과 다리로 연결된 작은 섬에 있다.
3) 나폴리 만 북쪽에 위치한 군도.

제1장

*

도무지 잠을 이룰 수 없는 어느 날 밤, 그녀는 일어서서, 알몸으로, 체조 동작을 했다(불면증에 시달릴 때면 하는 수 없이 이런 동작을 오랫동안 반복하곤 했다). 지치면, 이마로 창의 커튼을 젖히고, 온몸의 체중을 실어 이마를 유리창에 맞대고, 어둠에 잠긴 만을, 불빛조차 드문 고대의 경이로운 만을 지켜보았다.

은밀한 기쁨이 느껴졌다.

그러자 내면에서 흥분이 뽀글거리기 시작하고, 끓어오르고, 온갖 번뇌를 쓸어내며 사방으로 퍼져 나갔다. 이윽고 그녀는 목이 메었다.

몸에는 불면과 각성이 가득 들어차기 시작했다.

그녀는 호텔의 하얀 가운을 걸치고, 유리문을 열고, 바다로 향한 테라스로 나갔다.

추위에 떨며 주철 안락의자 끄트머리에 걸터앉았다.

새벽 2시에서 3시 사이였다.

갑자기 만 저쪽 끝에서 한 줄기 빛이 비치기 시작했다. 소렌토 위로 해가 뜨고 있었다. 하루의 시초는 숭고했다. 그녀는 아침나절 내내 섬의 길들을 누비고 다녔다.

정오에 조르주에게 전화했다.

"모든 게 장관이야. 나 지금 나폴리 부근 이스키아 섬에 있어."

"난 네가 자고라에 있는 줄 알았지. 타실리[4]에서 사륜 구동 자동차를 몰고 있으리라고 생각했는걸."

"비행기도 있어."

"이스키아, 그 섬은 몰라."

"조르주, 나 행복해졌단다."

"맙소사! 행복하다고 말하지 마!"

"맞아. 나 행복해."

"행복하다고 우기는 사람을 보면 정말 참을 수가 없더라."

"어째서?"

"거짓말하는 거잖아. 그래서 겁나."

"네가 겁나든 말든, 상관없어. 거짓말이 아냐. 나 정말 행복해. 내 섬에서 행복하다고."

"이스키아가 섬이라서 그러니?"

"응."

그녀는 자신이 어디 있으며, 그곳이 어떤 장소인지를 설명했다. 그 장소가 얼마나 독자적인 놀라운 동물인가를. 그 동물에게서 자신은 시작되는 봄을 발견했노라고 했다. 아무리 들어도 그는 이해할 수 없었다. 조르주 로엘이 그녀의 말을 잘랐다.

"있잖아, 슈아지의 엄마 집을 사려는 사람이 나섰어."

"잘되길 바라며 지켜볼게, 조르주."

"고마워. 내겐 큰 걱정이거든. 좋은 사람 같더라. 여전히 벽

---

4) 알제리 동남쪽에 위치한 산맥. 타실리나제르는 선사시대의 암벽 벽화나 고고학적 경관으로 유명하다.

속을 돌아다니는 엄마의 추억을 부끄럽게 하지 않을 만한 사람으로 보여."

"너 미쳤구나."

"행복하다고 말하는 네가 미쳤지."

"맞아."

"네가 날 그리워하지 않는 건 확실해 보여."

"그 말도 맞아. 근데 너 시간 나는 대로 와라. 집 팔리면, 여기 와서 좀 쉬어. 와보면 알게 돼. 정말 멋진 곳이야. 여기선, 어디가 어딘지 금방 알 수 있어. 오솔길, 골목, 조그만 빈터로 올라가는 몹시 가파른 계단, 세 개의 작은 화산, 숲, 급경사, 구름, 그 어디 있어도 즉시 길을 찾을 수 있어. 어딜 가든 내가 있는 위치를 알 수 있으니까. 사람들도 매력적이야. 프랑스 사람은 한 명도 없어. 나폴리 사람과 러시아 사람들뿐이야."

"러시아 사람들 틈에서 너무 외롭진 않니?"

"가끔 아주 외롭기도 한데, 그 점이 무척 좋아지기 시작해."

"난 그 점을 대단히 좋아하는지 어쩐지 더 이상 모르겠다." 조르주가 중얼거렸다.

"어디서 무슨 징조는 없니?"

"전혀 없어. 오두막-굼펜도르프가 널 기다리는 걸 제외하면. 그 집은 발을 동동 굴러. 망가지고 있어. 쓰러지겠노라 협박을 한다니까. 흐르는 강물로, 검은 배 위로, 커다란 찔레나무 위로."

"잘 있어. 조르주."

제1장

"기다릴게, 엘리안. 보고 싶다."

정오였다. 그녀는 핸드폰을 닫았다.

항구에서 작은 접시에 담긴 문어에 포크질을 시작했다.

그녀는 앞에서 들리는 배들끼리 부딪치는 아주 야릇한 소리에 눈을 들었다. 한 줄로 늘어선 붉은 배 두 척, 푸른 배 한 척, 붉은 배 두 척, 푸른 배 한 척. 이상한 일이었다. 그것은 이상한 징조였다. 바람이 일었다. 이 섬의 포도주 맛은 일품이었다.

*

다음은 안 이덴의 말이었다.

"바닷물 속에서 퍼지는 빛이 있답니다. 심연 한가운데서 솟구치는 것 같은 섬광. 절대 표면으로 드러나지 않으면서 육체 아래, 해초 밑, 이스키아의 암석 그늘에서만 희롱하는 빛. 이 빛은 어쩌면 화산의 기원에 속한 것 같아요. 정말로 태양에서 비롯된 게 아닌 듯한 빛이 여기서 헤엄치는 육체를 어루만지거든요."

해수욕 시간이 되면, 그녀는 방으로 가서 옷을 갈아입었다. 수영복 위에 호텔의 하얀 면 가운을 걸치고, 호텔의 하얀 플라스틱 샌들에 발을 밀어 넣었다.

자신의 방 테라스 바로 밑의 암석들을 지나갔다.

오솔길은 없었다.

플라스틱 재질의 작은 샌들이 떨어진 솔잎들 위에서 미끄러

제1장

졌다.

 그녀는 호텔 가운을 그곳에 세워진 아무 쓸모없는 쇠 난간에 걸쳐놓고서 바다로 들어갔다.

*

 혼자가 되자, 점점 잠이 줄었다. 그래서 밤이면 책을 읽었다. 자기 방을 제일 먼저 청소해달라고 호텔 측에 요청했다. 룸 메이드가 다녀가는 즉시 방은 말끔하게 정돈되었다. 새벽의 여명이 비치면 곧 호텔에서 나왔다. 5시와 6시 사이였다. 회색 진 바지에 노란 운동화 차림으로 고요하고 신선한 대기 속을, 밤의 끝자락이거나 막 동이 트려는 새벽의 아주 기다란 그림자들 속을 떠돌았다. 해수욕장이 있는 작은 마을을 빠져나와, 오솔길로 들어서고, 풀숲을 한가로이 거닐었다. 이슬과 포도밭과 올리브밭과 잡목이 우거진 숲을 지나느라 두 발이 흠뻑 젖었다. 길을 잃으려 했고, 길을 잃는 게 좋았고, 마침내 길을 잃었다. 나지막한 담장이나 울타리 저편에 무엇이 있는지 전부 알고 싶었다. 파리의 집이 전혀 그립지 않았고, 조르주 로엘의 집에 있는, 욘 강변의, 자신이 즉흥적으로 정한 거처인 작은 담쟁이 집 또한 전혀 아쉽지 않은 게 사실이었다. 자신의 노란 방수복 두건, 벽 모퉁이, 암벽의 끝자락, 그것이 무엇이든 보이지 않는 구석이라면 그녀를 기쁘게 하기에 충분했다. 제 몸을 시선에서 가려주는 모퉁이가 있는 것으로 족했다. 누군가와 대면할 필요 없이 웅크릴 수 있는 방 하나로 족했다. 몸을 숨긴 채 동이 트기를 바라볼 수 있는 작은 테라스나 발코니가 있으면 그것으로 족했다. 그녀는 밝아오는 빛 속을 부지런히 쏘다녔다. 새벽녘 사람들의 생활 습관이며, 그날 하루의 거동을 좌우하게 될 최초의 몸짓이 궁금해서였다. 주방 천장의 등에 불이 켜지고, 문이 열려 개가 집 안으로 들어가고, 사람들이 옷을 입고, 머리를 빗고, 제 모습을 보려고 갑자기 거울 앞에서 물러섰다. 해가 뜨고, 골목이며 거리가 활기와 부산한 움직임으로 술렁거리고, 담배와 밀크 커피와 오데콜론 냄새가 풍길 때가 되면, 그녀는 미니 택시를 불러 세웠고, 택시는 폭음을 내고 클랙슨을 울리면서 그녀를 호텔까지 데려다 주었다. 그녀는 식당에서, 개머루로 뒤덮인 하얀색의 커다란 궁륭들 아래에서, 왕성한 식욕으로 아침식사를 했다. 개머루에는 아직도 새싹이 돋는가 하면, 여전히 수액이 엉겨 붙은 잎들이 군데군데 펼쳐져 있었다. 식사 후에는 수영장 앞에서 휴식을 취했다. 수영장에서는 늘 얼마간 김이 피어올랐다. 화산 때문에 물이 따뜻해서였다. 그녀의 눈앞에서, 러시아 사람들이 오기 두세 시간 전에 이미, 독일 사람들이 사방으로 물을 튀기며 물속으로 뛰어들었다. 그녀는 독일 사람들이 가서 수영장이 한산해지기를 기다렸다가 오랫동안 수영을 했다. 물을 줄줄 흘리면서 방으로 올라가, 샤워를 하고, 침대 속에 들어가 일을 했다.

캐서린 필립스[5]에게 헌정된 그녀의 사중주 소품도 그곳에서

제1장

작곡되었다.

나폴리에서 컴퓨터를 구입해 자기 방에 설치하고, 검토하려는 악보와 책들이 있으면 인터넷으로 주문했다.

---

5) Catherine Philips(1631~1664): 영국의 여류 시인. 16세의 나이에 의붓아버지의 전처 소생 아들인 54세의 제임스 필립스James Philips와 결혼했다. 그녀가 1667년 쓴 서정시 노트에서 영감을 얻어 헨리 퍼셀이 1687년경 「오 고독이여!」라는 송가를 작곡했다.

제2장

:

그녀는 수주일 동안 "O Oh how I"라고 노래했다.

캐서린 필립스는 17세기 영국의 위대한 여류 시인들 중 하나였다. 그녀가 「오 고독이여!」라는 제목의 엘레지를 쓰고, 이 시에서 영감을 받은 퍼셀[6]이 끝없이 떠도는 송가를 작곡했다.

시구(詩句)들이 그녀의 삶과 일치하기에 이르렀다.

그녀의 얼굴이 야위었다. 몸도 홀쭉해졌다. 이제는 뼈와 슬픔과 아주 새로운 기묘한 우아함만 남았다.

머리칼이 자랐다. 그녀는 다시 머리를 틀어 올리기 시작했다.

피부는 아주 팽팽하고 더 가무스레해졌다. 바닷물과 엥가딘의 광천수 요법으로 피부가 매끄러워졌다.

몸에 걸친 원피스는 아름답고, 약간 헐렁해서 멋지게 흘러내렸다.

수영을 한 덕분에 몸매는 더욱 날씬해졌다. 그녀는 혼자 수영

---

6) Henry Purcell(1659?~1695) : 영국의 궁정작곡가. 왕실 예배당의 오르가니스트로 활약하며 다수의 교회음악과 기악곡을 남겼으며, 「디도와 아이네아스」(1689)를 비롯한 오페라들을 씀으로써 영국 바로크 음악의 발전에 공헌했다.

제2장

했다. 혼자 걸었다. 혼자 먹었다. 혼자 구석에서 책을 읽었다.

O solitude
my sweetest sweetest choice
devoted to the Night
(오 고독이여
어둠에 바쳐진
달콤하기 그지없는 나의 선택이여)

퍼셀의 이 가곡에서 행진곡 같은 다음 후렴은 반드시 되풀이된다.
그녀는 언제나 꼿꼿한 자세로, 허벅지와 무릎을 활기차게 내뻗으며, 또박또박 걸었다.

O Oh how I
solitude adore!
(오 오 얼마나 나는
고독을 사랑하는지)

캐서린 필립스는 자신의 시에 다음과 같이 적어놓았다.

"영혼의 깊숙한 어디선가 햇살처럼 무게가 없는

제2장

고독한 목소리가 일어난다.
자연 한가운데의 황홀경,
시간의 탄생."

*

신발은 점점 더 흙투성이가 되어가고,
더러워지고,
지저분해지고,
풀잎이 잔뜩 들러붙을 정도로,
섬을 구석구석 걸어 다녔다. 지치지도 않고 걸었다. 온갖 길을 누비며 발자국을 남겼고, 그 자취 위로 다시 걸었고, 화산의 비탈길도 매일 빠짐없이 질주했다.

*

그녀가 작곡한 모든 곡이 작은 모음곡집에 수록되었을 것이다. 그녀는 연주를 거의 하지 않았다. 그녀가 기보한 곡들은 모두 취입되었다. 그녀는 작곡자나 연주자, 비평가, 음악이론가를 대단한 존재로 여기지 않았다. 그들을 만나느라 자기 삶을 복잡하게 하는 일이 결코 없었다. 그들의 전기(傳記), 서신, 부고란을 읽는 일도 없었다. 오직 작품, 그리고 그 안의 소곡들을 좋아할 뿐이었다. 그녀가 작곡하거나 전사(轉寫)한 음악 가운데서 좋다고 여겨지는 곡들은 전부 단 하나의 작은 책에 수록되었을 것이다. 혹시 편집자가 캐서린 필립스를 인용했다면, 『시간의 탄생 *Nativity of Time*』이란 한 권의 책에. 핵심은 아주 쉽게 옮겨지는 법이므로.

*

하루는, 어떤 조짐을 느끼고, 그녀는 밀라노로 갔다. 불가사의한 예견이 수일간의 일정을 수정하진 않았지만, 기회들은 제공했다. 불시에 대담한 행동을 부추겼기 때문이다.

그녀는 빈풍의 오래된 건물로 들어섰다. 낡은 상아 버튼을 눌러 승강기를 불렀다.

페르남부코산 목재[7]와 유리로 만들어진 낡고 허술한 승강기가 내려왔다.

땡그랑 소리가 나는, 아주 비좁은 두 개의 문 사이로 들어갔다.

소리를 내며 덜걱거리는 유리 박스에서 나왔다.

밀라노 아파트의 커다란 검은색 문 앞에서 불안한 마음으로 가만히 서 있었다.

예전에 그랬듯이 목이 메었다.

거의 숨이 막힐 정도로.

---

7) 브라질 동북부에 위치한 페르남부코 주가 원산지인 단단하고 밀도가 높은 적갈색의 목재.

제2장

그녀는 녹색(연한 녹색) 스커트에 검은 터틀넥 스웨터 차림이다.

그녀는 피아노 앞에 앉아 있다.

마에스트로가 그녀 뒤에 서 있다.

그녀가 방금 작곡한 곡을 그에게 설명하지만 소용이 없다.

그는 그녀를 이해하지 못한다. 그녀가 연주하는 곡을 이해하지 못한다. 그녀가 하는 말을 알아듣지 못한다. 스승이 그녀의 어깨에 손을 얹자 그녀는 도망친다.

*

왜냐하면 남녀 간의 삶은 영원한 폭풍우이기 때문이다.

그들의 얼굴과 얼굴 사이의 공기는 나무나 돌들 사이의 공기보다 밀도가 더 높다(더 적대적이고, 더 전격적이다).

이따금, 드물게, 진짜로, 벼락이 실제로 내리쳐서, 실제로 우리를 죽인다. 그것이 사랑이다.

그런 게 남자고, 그런 게 여자다.

그들은 뒤로 쓰러졌다. 바닥에 등을 대고 쓰러졌다.

제3장

:

어느 날 아침, 그녀는 노란색 큰 빌라 발코니에 내걸린 매가(賣家)라고 쓰인 표지판을 보았다. 안 이덴은 그리로 들어갔다.

대형 수영장에 깔린 다공질의 분홍색 돌을 따라갔다.

맞은편에는 매우 거무스레한 실편백나무 두 그루가 또렷이 하늘에 드러나 있다. 아름다운 덧문은 노란색 벽을 배경으로 회색이다. 그녀는 정원을 살펴본다.

그녀는 호텔 생활이 힘들게 느껴지기 시작했다. 시간 엄수가 요구되는 일정, 종업원의 속닥이는 소리, 늘 부담스러운 거의 훈련 수준의 일상적 리듬, 냄새. 특히 냄새는 견디기 어려웠다. 식사 때마다 풍기는 아주 강압적인 냄새, 수(水) 치료 냄새, 진흙 냄새, 유황 냄새, 담배 냄새, 복도에서 카트에 싣고 다니는 비누와 시트 냄새. 아무 데도 아닌 곳에, 고통이 부재하는 곳에, 바캉스[8]라 부르는 죽음의 경계에 있고자 하는 관광객을 위해 상당히 잘 만들어진, 보편적으로 쾌적하다는 이런 시설의 훌륭한 특성을 그

---

8) '휴가, 방학'을 뜻하는 vacances와 달리 단수로 쓰인 vacance는 '공석, 공백, 부재'를 의미한다.

제3장

녀는 참을 수가 없었다.

*

 갑자기 소나기가 퍼붓는다.
 그녀는 뛴다.
 매물로 나온 빌라에서 허겁지겁 나온다.
 암벽들의 색깔이 칙칙해진다. 도랑물이 화산의 경사를 타고 좔좔 흐른다. 산 어디서나 빗물이 발밑으로 흐른다. 수많은 작은 급류가 바다를 향해 돌진한다.
 그녀가 가로지르는 광장들은 텅 비었다.
 교차로에도 인적이 없다.
 성당 층계에는 포치 밑의 어슴푸레함 속에 몸을 피한 검은 옷의 여자들이 빼곡하게 들어차 있다.
 자동차 지붕 위로 떨어지는 빗방울 소리가 요란하다.
 "웬 비가 이렇게 내려!" 그녀가 호텔 회전문을 밀고 안으로 들어가서, 레인코트를 벗으며 말한다.
 "그래. 정말로! 지독한데 그래!"
 머리에 수건을 두르고 욕실에서 나와 방으로 돌아온다. 수건으로 머리를 말린다. 스웨터를 벗었다.
 "추워." 큰 소리로 말한다.
 호텔 방이 싸늘하다. 불기가 있으면 싶었다. 그녀는 이런 생각을 한다. '벽난로가 있어야겠어. 내겐 벽난로가 필요해. 지붕도 필요해. 가곡보다 더 구체적인 뭔가를 마련해서 정성을 쏟는 게 필요해. 올봄을 준비할 정원도 필요해. 집도 필요하고.'

머릿속으로 이런 말을 늘어놓을 때는 이미 스커트와 스타킹을 벗은 후였다.

침대 속으로 들어간다.

이불을 턱까지 끌어당기고, 볼펜 뚜껑을 입에 문 채, 책을 읽는다.

*

다음은 그녀가 읽었던 내용이다. "아우구스투스 황제[9]는, 인간을 좋아하지 않은 탓에, 한 장소를 대상으로 사랑에 빠졌다.

그는, 안개에 잠긴 카프리 섬[10]의 매력을 발견하자, 이스키아 섬을 주고 카프리를 사들였다.

멧돼지가 우글거리던 섬, 카프로이[11]는 그 당시 그리스 식민지인 나폴리 왕국에 속해 있었다.

---

9) Augustus(B.C. 63~A.D. 14): 로마의 초대 황제.
10) 이탈리아 나폴리 만의 입구 부근에 있는 섬. 선사시대부터 사람들이 살았던 이 섬은 후에 그리스 식민지가 되었고, 로마제국 초기에는 황제들의 휴양지로 이용되었다. 특히 아우구스투스 황제가 이 섬에 거주한 적이 있고, 티베리우스 황제는 여러 채의 별장을 지었다.
11) 카프리는 그리스어로 Kaproi. 멧돼지를 뜻하는 kapros에서 유래했을 가능성이 크다.

제3장

나중에 티베리우스 황제[12]는 그 섬을 황도 12궁[13]이 천장인 야생의 거주지로 삼았다(발루아 사람들[14]이 루아르 강을 선택했던 것처럼).”

안 이덴은 관광안내서를 모래사장에 내려놓았다.

대기에서는 최초의 온갖 장미꽃 향기가 풍겼다.

날씨는 따뜻했다.

그녀는 해수욕을 했다. 수영장 아래쪽에 있는 호텔 백사장에 몸을 쭉 펴고 누웠다. 호텔 도서관에서 빌려온 책을 읽었다. 자신이 사랑에 빠진 섬의 역사에 관한 책이었다.

백사장은 새벽하늘보다 더 흐릿한 회색빛이었다.

그녀는 푸른 산을 향해 몸을 돌렸다. 그러자 푸른 산에서 언뜻 파란 지붕이 보이는 것 같았다.

---

12) Tiberius(B.C. 42~A.D. 37): 아우구스투스의 양자로 로마의 제2대 황제. 그는 27년(그의 나이 67세) 로마를 떠나 이탈리아 남부 지방을 방문하던 중 카프리 섬에 잠시 들렸다가 다시는 로마로 돌아가지 않았다. 그곳에서 은둔한 채 폭군정치를 계속하다가 죽었기 때문이다.
13) 춘분점을 기점으로 황도(黃道)를 30도씩 12분하여 성좌명을 붙인 것. 백양궁(양자리), 금우궁(황소자리), 쌍자궁(쌍둥이자리), 거해궁(게자리), 사자궁(사자자리), 처녀궁(처녀자리), 천칭궁(천칭자리), 천갈궁(전갈자리), 인마궁(사수자리), 마갈궁(염소자리), 보병궁(물병자리), 쌍어궁(물고기자리)이 그것이다.
14) 프랑스 중동부 루아르 강을 중심으로 한 발루아 지역에는 봉건시대 말부터 근대 초까지(1328~1589) 프랑스를 다스린 발루아 왕조가 있었다.

제3장

*

그날은 성(聖)금요일이고, 3월 25일이었다.

조르주에게 말했다.

"집은 보지 못하고, 유칼리나무 숲속의 오솔길은 봤어. 모래사장에서는, 집이 수직으로 선 파라솔 소나무에 가려서 안 보여. 절벽 위의 좁은 길에서 보면 파란 지붕만 살짝 보여."

"난, 네 우편물을 챙기러 갔다 왔어. 세금 고지서가 나왔더라."

"인터넷으로 다 처리할게. 그게 훨씬 편해. 고마워, 조르주. 내가 직접 알아서 할게."

그리고 그녀는 몇 시간 전에 자신이 잡목 숲에서 발견한 빌라에 관해 그에게 말했다.

다시 그곳을 찾아갔다.

역시 바닷가에서 꽤나 멀었다. 무척 가파르고 나무가 우거져 어둡고 좁은 오솔길을 올라가서야 비로소 검은 화산암 석재로 지어진 빌라의 정면을 마주할 수 있었다. 지붕이 사실은 화산암 석재인데 어찌나 반짝이는지 파랗게 보였다.

훗날 이 집에서 살리라 꿈꾸기도 전에 그녀는 이 집을 스무 번도 더 보았다.

공간 속의 한 장소를 사랑할 수 있다는 생각이 들기도 전에 이 집을 사랑했다.

벼랑 위의 그 집은 사실상 거의 보이지 않았다. 바닷가에서,

제3장

혹은 정오에 그녀가 샐러드를 먹는 허름한 식당의 테이블에 앉아서, 혹은 길에서 바라보면, 산중턱에, 바다를 향한 산허리에 위치한 파란 지붕이 절반만 보였다.

집과 마찬가지로 테라스도 거지반 암벽 안에 들어가 있었다.

그 집은 매가가 아니었다.

아무도 살지 않았다.

*

암석 안에 안전하게 자리 잡은 빌라는 바다 전체를 굽어보고 있었다.

테라스에서의 조망은 무한했다.

전경 왼쪽에 카프리 섬과 소렌토의 곶. 그리고 아득히 펼쳐진 바다. 그녀는 바라보는 즉시 몸이 얼어붙었다. 그것은 풍경이 아니라 누군가였다. 사람은 아니고, 물론 신도 아니고, 한 존재였다.

특이한 시선.

어떤 사람. 말로 표현할 수 없는 구체적인 얼굴.

그녀는 남동쪽 바다를 굽어보는 길고, 좁고, 아무도 살지 않는 이 집의 소유자를 알기 위한 조사에 착수했다. 최소한 이 집의 역사라도 알고 싶었다.

부동산 중개업자들은 아는 바가 없었다.

그녀는 곶에 있는 작은 성당의 신부에게서 소유자의 이름을 알아냈다. 농사꾼 아낙이었다. 농가는 산안젤로San Angelo 부근의 카바스쿠라Cava Scura 섬 저편에 있었다. 그녀는 버스를 타고 갔다.

"난 아무것도 몰라요. 우리 할아버지가 1870년에 돌아가셨으니까."

"아!" 안이 외쳤다.

"시뇨라, 우리 할아버지가 1870년에 돌아가셨다는데 어째서 댁이 슬퍼해요?"

"시뇨리나." 안이 정정했다.

"프랑스 사람인가요, 시뇨리나?"

"네."

"그래 보여요. 시뇨리나, 할아버진 우리 할아버지잖아요. **당신네 조상이 아니란 말이죠.**"

"네."

"그러니까 당신이 눈물을 흘릴 필요가 없잖아요."

"네."

"게다가, 이탈리아에서의 1870년은, 프랑스에서의 1870년이 아니고요."[15]

"네."

---

15) 1870년은 프랑스가 보불전쟁(프로이센-프랑스 전쟁)에서 패한 해다. 그 결과 나폴레옹 3세가 폐위되고 제3공화국이 선포되었다. 반면 이탈리아는 프랑스의 패배에 힘입어(로마의 피우스 교황을 지원하던 프랑스 수비대가 철수했으므로) 로마를 점령하여 왕국을 통일하고 로마를 수도로 삼을 수 있었다.

그녀들은 입을 다물었다.

안 이덴이 다시 입을 열었다.

"그런데 이탈리아에서의 1920년은 프랑스에서의 1920년이 아니었죠."[16]

"그런데 시뇨리나, 이스키아는 **전혀** 이탈리아가 아니에요. 설명을 드리죠. 아무도 정원에 뭘 심어서 자라게 할 수 없었대요. 그래서 할아버지가 당신 누이를 위해 이 작은 집을 지으신 거래요. 아말리아 고모할머니를 위해서요. 근데 고모할머니가 돌아가신 거예요. 할아버지도 돌아가시고요. 우리 아버지 역시 돌아가셨어요. 아버지만은 그 집에서 좀 사셨죠. 수년간 홀아비 신세로 살다 돌아가셨어요."

"죄송해요."

"다시 말하지만, 시뇨리나, 우리 어르신들 죽음에 당신이 죄송할 게 뭐 있나요. 자, 이제 그만 일 좀 하게 해주세요."

아낙은 그녀를 집 안에 들이지 않았다.

---

16) 1920년은 이탈리아에서 파시즘이 태동하던 시기다.

제4장
:

 어느 날, 그 일을 까맣게 잊고 일을 하고 있던 농사꾼 아낙은, 이스키아 포르토의 젊은 여자 관광객이 다시 자신을 찾아와 귀찮게 굴자, 짜증이 나서 벌컥 화를 냈다. 제발 귀찮게 하지 말라고 단호하게 말했다. 심지어, 말귀를 알아듣게 할 셈으로, 그녀에게 고함을 지르기 시작했다. 그러자 안도 언성을 높였고, 산안젤로 아낙의 두 손을 꽉 부여잡고서 자신도 분통을 터뜨렸다. 터무니없이 소리를 질러댔다.
 "꼭 우리 어머니 같으세요! 엄마처럼 나한테 소리를 지르시는군요!"
 그러자 늙은 아낙이 울음을 터뜨렸다.
 두 여자는 손을 맞잡고 흐느껴 울기 시작했다.
 그러고 나서 농가 안으로 들어갔다. 아페리티프용 포도주 한 잔에 설탕 뿌린 비스킷을 적셔 먹으며, 각자 살아온 불행한 인생 이야기를, 이기적이고 색정적이고 권위주의적이고 겁 많고 한심한 남자들 이야기를 주고받았다.
 두 여자는 육체처럼 늙어가는 행복들을 떠올렸다.

제4장

*

이틀 후, 안 이덴은 택시로 아낙을 데리러 갔다. 산기슭에 이르자 차에서 내렸다. 그리고 파라솔 소나무에 가려진 집을 향해 걸어 올라갔다. 몹시 가파른 비탈이 돌출된 암벽에 이를 때까지 줄곧 이어졌다. 어지러울 정도는 아니지만 구불구불 굽이가 진 길이었다. 늙은 아낙은 앞장서서 기를 쓰며 올라가느라 숨을 헐떡였다. 그녀가 기름때에 절은 낡은 밧줄을 움켜쥐었다. 그때까지 안이 미처 보지 못한 그 밧줄은 가시덤불과 찔레꽃들 틈새로 화산에 고정되어 있었다.

아낙은 울타리 안에서 보이는 폐허가 된 낡은 성벽을 가리키며 말했다.

"옛날엔 사라센과 프랑스의 침입에 대비한 망루가 여기 있었어요."

"네."

"망루가 나귀들 축사가 돼버렸지요. 혹시 무라 장군[17]을 아나요?"

"네."

---

17) Joakim Murat(1767~1815) : 프랑스 제1제정 시대에 총사령관(1806~08)을 지냈으며, 나폴리 왕국의 왕(1808~15)이었다.

"그럼 여길 식민지로 삼았다는 것도 알겠네요?"

"네."

"그게 아무렇지도 않아요?"

"네."

"무슨 대답이 그래요?"

"저는 장군도 아니고 원수(元首)로 생을 마감할 생각도 없으니까요."

늙은 아낙이 뒤돌아보며 손으로 제 머리를 치더니 웃었다. 그리고 다시 산을 올라갔다.

이 집의 기묘한 매력은 동일 평면으로 이루어진 아주 길쭉한 단층집 앞에서 봐야 느낄 수 있다. 이 집을 다시 보게 되자, 카바스쿠라의 늙은 아낙도 그만 입을 다문 채 새삼스럽게 감탄을 금치 못하며 바라보지 않을 수 없었다. 덤불숲과 울타리는 거의 검은색에 가까운, 암벽처럼 거무스레한 진녹색을 띠고 있었다. 테라스도 매우 길었다. 화산의 암벽만큼 길었다.

보이는 것이라곤 집을 둘러싼 산의 나무들, 혹은 바다가 전부였다.

사면이 바다였다.

안은 이 장소가, 끝없이 바다로 트인 전망이 점점 더 좋아졌다. 아무 말도 하지 않았다. 다시 늙은 아낙의 손을 잡았고, 그녀가 하는 대로 내버려두었다. 그녀도 더 이상 말이 없었다.

일종의 비처럼 쏟아지는 빛이 집을 에워싸고 있었다. 그것은 약간 불투명하고 비물질적인 무엇이었다. 빛의 안개와도 같은 것, 공기 알갱이로 이루어진 격상된 실질 같은 것이었다.

"아주머니는 왜 여기 살지 않으세요?"

"몸에는 다리가, 마음엔 추억이 있어서요."

카바스쿠라의 아낙은 수수께끼 같은 말을 한 연후에 이렇게 덧붙였다.

"여름에 빛이 얼마나 강렬한지 댁은 모르실 거예요. 더위는 또 어떻고! 댁을 뭐라 부르나? 이름이 뭐예요, 시뇨리나?"

"안."

"난 아말리아예요."

"아주머니 할머니처럼 말이죠."

"할머니가 아니라 **고모할머니**처럼. 지아 아말리아는 할아버지 누이였어요. 할아버지는 당신 누이를 몹시 사랑하셨죠. 날 그냥 아말리아로 불러요. 나도 댁을 안나로 부를 테니."

"아말리아." 안이 따라서 말했다.

"자 그럼, 안나, 이곳 더위가 얼마나 기승을 부리는지는 말하지 않겠어요. 무시무시한 짐승 같은걸!"

아낙이 가방에 넣어온 열쇠들은 어느 것도 문의 자물쇠에 들어맞지 않았다.

올라온 일이 허사가 되자, 몹시 못마땅해진 아낙은 문 귀퉁이에 쌓여 있는 울타리용 나뭇가지와 말뚝들 위에 앉았다.

그녀 앞에는 의자, 탁자, 죽은 레몬나무가 심어진 낡은 궤짝,

제4장

빈 항아리 들이 놓여 있는 기다란 테라스가 있었다.

그녀 뒤편의 안쪽 벽은 시커멨다. 화산의 드러난 용암이었다. 외벽들은 노란 응회암으로 만들어졌다. 연이은 먼지투성이 창문들은 만의 푸른 망망대해를 향해 있었다.

때 묻은 타일들 뒤편으로 얼핏 백악질의 큰 벽난로 두 개가 보였다.

침묵이 테라스로 올라가, 거의 어디에나 놓인 녹슨 주철 의자와 탁자 들 사이로 미끄러져 들어갔다.

안은 아말리아 옆에 와서 쭈그리고 앉았다. 문에 등을 기댄 채. 그녀들은 휴식을 취했다.

*

아말리아가 말했다.

"필로세노 오빠에게 열쇠가 어디 있는지 물어봐야겠네."

"발 조심하세요." 안 이덴이 소리쳤다.

"필로세노는 알 테지."

안은 아말리아를 부축했다. 그녀는 가파른 오솔길을 내려가는데 올라올 때만큼 힘들어했다.

"우리 아버지는 아가씨를 좋아했을 거예요." 여전히 한 팔을 부축받은 채로 아말리아가 불쑥 말했다.

그러자 안이 속삭였다.

"그 말씀이 얼마나 듣기 좋은지 모르실걸요……"

"왜 그렇게 듣기 좋은데요?"

"우리 아버진 절 좋아하지 않으셨거든요."

"아버님이 돌아가셨나요?"

"아뇨. 떠나셨어요. 제가 아주 어릴 적에."

큰길에 도착하자, 아낙이 말했다.

"안나, 내가 자주 아가씨 집에 들러 댁을 귀찮게 하지 못하리라는 걸 눈치챘을 게요!"

"그렇다면 수락하신다는 말씀이군요!" 안 이덴이 소리를 질렀다.

그리고 아낙을 끌어안았다. 그녀는 행복의 절정에 있었다.

*

임대 결정은 오래 걸렸다. 임대료 때문이 아니었다. 액수도 얼마 안 되는 데다, 신속하게 서로 합의를 보았다. 즉 필요한 공사비 일체를 '안나'가 부담하는 대신 1년간 임대료는 거의 내지 않아도 되었다. 하지만 공사에 들어가려면 아말리아 집안 다른 가족의 동의를 얻어야 했기 때문이다.

집 열쇠도 없으면서, 안은 계속 가파른 오솔길을 올라 다녔다.

그녀는 집과 사랑에 빠졌다 — 즉 사로잡혔다.

그날 이후로 그녀의 안중에는, 조르주가 오두막이라고 부르는

제4장

테이의 욘 강변의 집도, 자신이 매물로 내놓은 파리의 집도 더 이상 없었다. 브르타뉴의 어머니 집마저도.

그녀는 지아 아말리아의 집을, 테라스를, 만(灣)을, 바다를 열정적으로, 강박적으로 사랑했다. 그녀는 자신이 사랑하는 대상 속으로 사라지고 싶었다. 모든 사랑에는 매혹하는 무엇이 있다. 우리의 출생 한참 후에야 습득된 언어로 지시될 수 있는 것보다 훨씬 더 오래된 무엇이 있다. 한데 그토록 그녀가 사랑하는 대상은 이제 남자가 아니었다. 그녀에게 오라고 부르는 집이었다. 그녀가 매달리려는 산의 내벽이었다. 풀과 빛과 화산암과 내부의 불이 있는 후미진 곳이었다. 그녀는 그곳에서 살고 싶었다. 용암의 상부 돌출부에 이를 때마다 매번, 강렬하고 임박한 어떤 것이 그녀를 맞이했다. 그것은 행복감을 주는 정체불명의 존재 같은 것이었다. 그 존재가 어떻게 그녀를 알아보고, 안심시키고, 이해하고, 알아듣고, 인정하고, 편들고, 사랑하는지 그녀 자신도 알지 못했다.

*

그녀는 아래쪽에서 동굴 하나와 내포(內浦) 두 곳을 찾아냈다. 거기서는 누구의 눈에도 띄지 않으며 수영을 즐길 수 있었다. 통행이 까다로운 해안이었다. 내포는 두 곳 다 몹시 협소했다. 내포 위로 까마득히 솟은 화산암 때문에 접근이 여간 어려운 게 아니었다.

기어 올라가서, 아래쪽의 거무스레한 모래사장에 아무도 없는지를 살펴본다. 때로는 배를 붙들어 매는 쇠고리를 이용하거나, 혹은 몇 개의 시멘트 계단을 이용하면, 뛰어들지 않아도 티레니아 해[18]로 내려갈 수 있다.

그녀의 머리가 다시 길게 자란다. 새벽과 저녁마다 수영을 하는데도 어깨는 여전히 좁다. 이제 그녀는 매일 이곳 내포에서 수영을 한다. 옷은 작은 축사에 놓아둔다.

---

18) 이탈리아 반도 서쪽의 지중해 해역. 서쪽으로 코르시카 섬과 사르데냐 섬, 남쪽으로 시칠리아 섬이 있다.

제5장

:

 어느 날, 빌라에 당도하자, 완벽한 침묵 속에 아낙과 늙은 남자가 앉아 있는 모습이 보였다. 저녁이었다. 그들은 빛의 안개에 잠긴 테라스에 있었다. 녹슨 탁자 앞의 철제 의자에 자리 잡고 있었다. 서로 대화를 나누지 않았다. 멋진 전망에 등을 돌린 채였다. 잠든 것처럼 보였다. 사실은 해를 등지고 앉아 그녀가 비탈을 벗어나 자기들 쪽으로 다가오는 것을 바라보고 있었다.
 "아! 마침내 아가씨가 왔네!" 아말리아가 말했다. "일어나지 않을게요. 녹초가 됐거든. 안나, 우리 오빠 필로세노를 소개해요. 이 집을 개조하기 전에 기어코 순례를 오겠다고 해서요."
 필로세노 노인이 자리에서 일어섰다. 안나에게 뭔가를 보여주겠다고 했다. 그녀를 테라스 끄트머리로 데려갔다. 노르스름한 암벽 뒤로 수직으로 깎아낸 일종의 테라스가 있었다.
 "내가 아버지를 위해 저걸 파냈다오. 좀 봐요, 시뇨리나." 그가 자랑스럽게 말했다.
 안 이덴은 그가 내민 힘찬 손을 잡았다. 내려가야 했다. 배를 깔고 납작 엎드려야 했는데, 그렇게 하라고 백발노인이 시켰기

제5장

때문이다.

인공 테라스 위에서, 수직 벽에 기대 몸을 숨긴 채 앞으로 숙이니 카스텔로, 호텔, 유원지 항구가 보였다.

거의 움직이지 않는 요트들.

반짝이는 새하얀 수면.

그들은 감탄했고, 다시 몸을 곤추세웠다. 노인과 안나는 테라스로 올라왔다. 서로 옷을 털어주었다. 천천히 아말리아에게 돌아왔다.

그가 정식으로 그녀에게 집 열쇠를 건넸다.

그가 합의를 확인할 셈으로 그녀에게 악수를 청했다.

그녀는 그와 악수를 했다.

그러자 침묵 속에서, 그들이 '안나'라고 부르는 여인은 뭔가 말을 해야 한다고 느꼈고, 그들에게 감사를 표하는 말을 길게 늘어놓았다.

아말리아는 앉은 자세 그대로 눈을 내리깐 채 주의 깊게 들었다. 안이 말을 마치자, 아말리아가 자리에서 일어났고, 안에게 다가가 이마에 요란하게 입을 맞추었다.

그러고 나서 세 사람이 함께 문으로 갔다. 안이 열쇠를 다시 노인에게 건네려고 하자, 그는 명령조의 몸짓을 해 보였다. 그녀가 열쇠를 문에 밀어 넣었다.

열쇠는 쉽사리 돌았지만, 노인이 어깨로 커다란 나무 문을 세게 밀치고 나서야, 갑자기 문이 열렸다.

제5장

셋이 모두 들어갔다.

집 안은 건조했다. 고양이 냄새, 재스민 냄새, 먼지 냄새가 뒤섞여 났다.

안도 노인도 도저히 창문들을 열 수 없었다. 하나만 빼고.

바람이 안으로 불어들자 먼지가 엄청나게 일었고, 숨이 막히기 시작했다. 세 사람 모두 허리를 굽히고 기침을 하느라 숨조차 제대로 쉬지 못했다.

아말리아는 눈물을 흘리며 도로 나가버렸다.

안은 발작적으로 심한 기침을 하면서도 기다란 방 둘을 모조리 훑어보았다. 기침 소리는 거의 텅 빈 실내에서 기이하게 울렸. (집 안에는 식탁 하나와 의자 여덟 개, 유럽을 들어 올린 대형 제우스 석고상, 밑바닥이 꺼진 안락의자들이 남아 있었다. 이것들은 나중에 안이 모조리 들어냈고, 벽난로 위의 금도금된 거울들만 도금을 벗겨서 썼다.)

"우리 아버지의 아버지는 폰테[19]의 공증인이셨고, 남동생은 세라라[20]의 사제였다오." 필로세노가 설명했다.

한 걸음 뗄 때마다 먼지가 풀썩 일었다. 모기도 날아올랐다.

그들이 다시 밖으로 나와서, 거친 기침이 멎자, 노인이 말했다.

"안나, 보여줄 게 한 가지 더 있어요. 바깥에 뜨거운 물이 솟는 샘이 있다오."

---

19) 이스키아 섬 북쪽에 있는 항구 근처의 마을.
20) 이스키아 섬 남쪽의 마을.

제5장

커다란 천 뭉치로 구멍을 막은 바위에서 솟는 자연 샘이었다. 필로세노가 천 마개를 뽑았다. 펄펄 끓는 물이 화산의 뜨거운 유황수로 파인 수반(水盤)으로 똑똑 떨어졌다.

*

해가 지고 있었다.
집이 붉게 물들기 시작했다.
그들은 서 있었다.
더 이상 할 말이 없었다. 그래서 집에 돌아가기로 했다.
안은 그들을 아말리아 오빠의 소형 트럭이 있는 곳까지 배웅했다. 필로세노 노인은 열쇠 회수를 거부했다.

*

그들이 떠난 후에, 안 이덴은 다시 올라갔다. 오솔길을 벗어나 테라스에, 새빨갛게 물든 첫번째 창문 앞에 이르렀다. 커다란 붉은 까치밥나무 덤불이 석양빛을 받아 타오르는 것 같았다.

그 옛날 파리의 침대에 누워 있던 동생이 생각나서 가슴이 저렸다.

테라스의 녹슨 낡은 철제 의자에 주저앉지 않을 수 없었다.
거의 불가사의한 정적(아마도 화산 내벽으로 물러앉은 테라스와 기다란 방을 이룬 두 개의 빈 공간 탓이겠지만) 가운데서 이 장소가 행하는 자연과의 기이한 포옹이 온몸으로 느껴졌다. 다른 집들은 보이지 않았다. 보이는 것이라곤 오직 바다와 하늘뿐인데, 그나마 이제는 모두 어둠에 묻히고 있었다.

제6장

:

 여전히 호텔 방을 유지하면서도 그녀의 몸은 산 위의 빌라에서 살았다. 무엇이든 뜨거운 물이 솟는 샘의 물로 씻었다. 그곳에서 자는—적어도 눕거나 잠드는—일도 있었는데, 불면의 기미만 보여도 올라왔기 때문이다.

 어둠이 걷힐 무렵 짐승들을 몰고 이미 산에 올라와 어슬렁거리는 목동들과 인사를 나누기도 했다.

 순식간에 해가 해수면을 찢고 올라와 사방 천지에 빛을 뿜었다. 이 장소도 차츰 깊이를 되찾았다. 거리감은 우선 도처에서 발생되는 소리에서 비롯되었다. 모든 게 최초의 순간에는 일종의 크림빛 물질로 발현되다가 차츰 보라와 검은색이 섞여들었다.

 나무들 주변과 산언덕의 녹색이 섞여들었다.

 형태 주위에 그림자가 나타났다. 그림자로 인해 집과 동물들의 입체감이 생겨났다.

 바다가 보이는 기다란 빌라에 입주할 날을 기다리면서, 안은 버리고, 삽질하고, 꽃들을 배달시키고, 부식토 포대며 화분, 묘목, 레몬나무 들을 가져다 놓았다.

제6장

*

 장소 자체를 위해서는, 전기와 도장 공사가 완료될 때까지, 구입한 것이 별로 없었다. 그저 연노랑 벨벳 쿠션이 깔린 초대형 안락의자(해체해서 밧줄로 끌어올려야 했다)와 가죽 안락의자 정도였다.
 나머지(책장, 주방, 선반, 붙박이장)는 거의 모두 목수가 널빤지들을 당나귀에 싣고 와서 그 자리에서 만들었다.
 시멘트, 섀시, 문설주, 선반, 전선 두루마리, 곡괭이, 흙손, 삽, 게다가 10여 미터 위에 있는 저수통의 물과 샘에서 솟는 뜨거운 물을 끌어올 구리 파이프를 운반하기 위해 당나귀가 두 마리 필요했다.
 산 중턱의 축사에는, 그때까지 그녀가 내포로 수영하러 가기 전에 벗어놓은 옷들을 보관했지만, 이제는 인부들이 목재 반 흙 반으로 만들어진 낡은 궤 안에 부대와 페인트 통 들을 쌓아두었다.

*

 비가 쏟아졌다. 집으로 가는 비탈길은, 비가 오자마자, 혹은 안개가 끼면, 가파른 진흙탕으로 변했다. 그녀를 따라온 피아노 판매상은 불가능하다며 고개를 내저었다. 자신은 스탠드 피아노

제6장

를, 비록 아주 싸구려든, 심지어 플라스틱 제품일지라도, 지아 아말리아의 빌라까지는 절대 들어 올리지 못하겠다고 말했다.

나폴리에도 가봤으나 헛수고였다. 그런데 무엇보다 중요한 것은 소리가 아니었다. 그녀는 판매되는 건반으로는 어떤 것들이 있는지 컴퓨터로 검색했다. 건반만 있어도 아티큘레이션과 터치는 가급적 잃어버리지 않을 수 있었다.

음악회를 포기한 지는 15년이나 되지만, 그녀는 자신이 작곡한 피아노곡들은 자신이 직접 연주할 수 있기를 바랐다. 그 곡들을 녹음할 때도 늘 자신이 연주하기를 희망했다. 게다가 최초 버전으로. 그것은 곡에 템포와 특성을 부여하기 위해서인데, 그래야만 이후의 연주에서 최소한 자신이 원하는 바가 무엇인지를 떠올릴 수 있었기 때문이다. 그녀는 음악회에서 아주 훌륭하게 연주하기도 했지만—더욱이 초기에는 성공을 거두었다—, 연주가 생기 없고, 답답하고, 서툴고, 맥 빠지고, 끔찍할 때도 있었다. 그래서 페스티벌 같은 연주회 주변에서 수년이나 앞당겨 슬그머니 사라졌다. 그녀는 가르치는 것을 싫어했다. 텔레비전 카메라 앞이나 심지어 라디오 스튜디오의 희미한 빛 속에서 연주하는 것도 싫어했다. 그녀는 자신이 두려워지기 시작했다. 자신이 어떤 태도를 취할지, 이러저런 방해를 받으면 어떻게 반응할지, 이러저런 감정에는 어떻게 대처할지 전혀 확신할 수 없어서였다. 자신이 두 시간 동안 줄곧 집중할 만큼, 예술 안에서 솟구치는 격정을 열정적으로 연주할 만큼 충분히 불안감을 느끼는지조차 알

제6장

수 없어서였다.

결국 그녀는 디지털 건반을 구입했다. 밀라노에서 배달되었는데(배달원이 직접 해변의 빌라—**팔라초 아 마레**_Palazzo a mare_라고 그가 말했다—까지 올렸다), 극도로 복잡하고 지극히 가벼운 것이었다. 그녀는 이내 그 건반이 싫어졌다.

*

모든 연인은 두려워한다. 그녀는 자신이 집에 어울리지 않을까 봐 몹시 두려웠다. 공사를 벌이는 것이 제대로 행동하는 것인지 몰라 두려웠다. 집의 매력을 손상시킬까 봐 두려웠다. 균형을 깨뜨릴까 봐 두려웠다. 실망하게 될까 봐 두려웠다. 처음 빌라를 보았을 때 예상한 만큼 행복하지 않을까 봐 두려웠다.

봄이 두려움을 쓸어냈다.

봄은 커다란 야생 재스민 꽃이었다.

장미꽃 봉오리였다.

아름다운 꽃자루가 달린, 색이 아주 진한, 수없이 많은 아네모네였다.

양귀비였다.

그녀는 브르타뉴를 떠올리게 하는 차가운 바다에서 수영하는 걸 좋아했다.

봄이 오자 물이 더 따스하고 그늘이 더 많이 지는 바다에서 지

제6장

치도록 수영하는 게 좋았다. 피로는 형언하기 어려운 일종의 행복감, 육체적 황홀경을 느끼게 해주었다. 초록 혹은 파란 바다가 어깨 위로, 목덜미로, 다리 사이로 미끄러져 들어왔고, 흐름과 힘으로 그녀를 감쌌다. 그녀는 크롤로만 헤엄쳤고, 기진맥진해서야 돌아갈 생각이 났다. 그러면 하늘을 보고 누운 자세로 꿈을 꾸며 천천히 돌아왔다. 여전히 누운 채, 바위에 부딪히지 않으려고 몸을 살짝 틀면서 팔매 헤엄으로.

제7장

:

늙은 여인이 정류장 바람막이 안에 들어가 멈춰 서 있다.

꼼짝도 하지 않는다.

하얀 플라스틱 의자에 장바구니를 올려놓았다.

죽음이 멀지 않은 사람들, 그들의 근육은 풀어지고, 시선에서 초점이 흐려진다.

늙은 여인의 한 손에는 꽃다발이, 다른 손에는 핸드백이 들려 있다. 핸드백은 희한하게도 저절로 낡은 검은색 그물망 장바구니 안에 들어가 있다.

"엄마!" 그녀가 작은 목소리로 말한다.

"엘리안, 너로구나!"

이델스텐 부인은 턱으로 꽃들을 가리킨다.

"널 위해 샀단다."

"고마워, 엄마."

5월이다.

안 이덴이 돌아와 있다.

"딸아, 도와주렴."

제7장

그녀들은 브르타뉴의 바람에 맞서느라 고개를 숙이고 걸어간다.
한 여자는 핸드백과 꽃을 들고, 다른 여자는 여행 가방과 바게트가 삐죽 나온 장바구니를 들었다.

*

안은 엄마의 장바구니를 개수대 위에 놓는다. 주석 꽃병에 물을 채운다. 목걸이 메달이 벌어지며 개수대의 알루미늄 테두리에 걸린다.
그녀는 메달을 카디건 주머니에 밀어 넣는다.
서둘러 어머니 곁으로 간다. 팔이 아픈 어머니는 주방 문 앞에서 외투를 벗지 못하고 있다.
어머니는 야위었다. 블라우스의 짧은 소매 밖으로 나온 길고 가는 팔은 헐벗은 나뭇가지 같은 뼈에 출렁거리는 살가죽이 붙어 있는 형국이었다.
"어째서 요즘 혼자 지내는 거냐? 널 이해할 수 없구나." 엄마가 단도직입적으로 말했다.
"중요한 건, 엄마, 내가 나 자신을 이해하는 거야."
하지만 결정적 발언은 늘 어머니 몫이다. 어머니는 렌즈콩을 넣어둔 찬물이 가득 담긴 수프 그릇을 부들부들 떨면서 옮긴다. 그녀가 말했다.
"아무도 저 자신을 이해할 순 없단다, 엘리안."

제7장

"그런 엄마도 혼자가 아닌가? 40년 동안 혼자 산 게 아니냐고?" 안이 심술궂게 말했다.

"그럼, 난 혼자 사는 게 아냐. 난 유부녀야. 남편을 기다리는 거지. 아무튼 난 말이지, 얘야, 기다리든 아니든 간에, 나 자신을 이해한다는 주장 따윈 하지 않는다고."

*

매번 만날 때마다 늘 이 모양이었다. 엄마와 한 시간 이상 있게 되면, 안은 더 이상 참을 수가 없었다.

파리의 집 잔금 일자는 5월 20일로 확정되었다. 안 이덴은 여행하는 김에 어머니 곁에서 며칠 지내기로 했다. 조르주 로엘은 그녀와 브르타뉴에 오고 싶어 하지 않았다. 공항으로 그녀를 마중 나왔다. 그리고 몽파르나스 역까지 태워다 주었다. 그들은 역에서 백여 미터 떨어진, 대로변의 생선요리 전문 식당에서 함께 점심식사를 했다. 그는 유년기의 현장으로 돌아가길 막무가내로 원치 않았다.

"네 애인이 전화를 했더구나."

"아!"

"네 주소를 알려달래."

"그래서 뭐랬어?"

"사실대로 말했지. 나도 주소 모른다고. 맞잖아. 넌 나한테도

주소를 가르쳐주지 않았잖니." 어머니가 지적했다.

"엄마, 다시 말하는데, **나 주소 없다니까.**"

"딴 사람들한테나 그리 말해라, 애야. 하지만 네 맘대로 하렴. 네 애인이 '이럴 줄 몰랐어요'라고 말하더구나. 그리고 되풀이해서 '이럴 줄 몰랐어요, 부인. 정말이랍니다, 부인' 하고 또 말하더라고. 전화통에 대고 울기까지 하던걸. 듣기에도 정말 슬픈 이야기더라."

"그래야 정신 좀 차려서 눈이 반짝거릴걸."

"맙소사!"

"반짝이는 눈으로 자기 삶의 본질을 더 열심히 살펴보게 될걸."

"애야, 너 정말 웃기지도 않는구나."

*

어머니는 어린애처럼 화를 냈다.

예수 승천절[21]이었다.

마르트 이델스텐은 기필코 딸을 대동하고 미사에 가려고 했다.

"난 이제 신앙심 없어, 엄마."

"나하고 5백 미터만 가서 내 옆에 45분만 앉아 있어줄 수 없겠니?"

---

21) 부활절 40일 후.

"물론 있지, 엄마."

"그럼 가자."

"그건 바보 같은 짓이야, 엄마. 내 맘이 내키지 않는다고 말하잖아. 그 모든 게 부담이 된다니까."

"넌 그런 게 나한텐 전혀 부담이 되지 않는다고 생각하는구나!"

"근데, 엄마, 환상이 사라졌어. 나 이젠 성당에 다니지 않아."

"억지로라도 다녀봐."

"싫어."

"기도 좀 드린다고 해가 되진 않을 게야."

안은 마지못해 양보했다.

그러고 나자 동그란 은장식이 달린 지팡이를 찾아야 했다. 외할아버지께서 당신 딸에게 주신 것으로 집 안 어딘가에 있을 터였다. 둘은 함께 성당으로 갔다.

온 마을 사람들이 느린 걸음으로 지나가는 그녀들을 바라보았다.

이델스텐 노부인은 안이 당신 머리 위로 받쳐 든 우산 밑에서 비틀거리며 걸었다.

일단 성당에 도착해서 자리를 잡고 앉자, 어머니는 핸드백에서 당신의 미사 경본뿐만 아니라 딸의 것도 꺼냈다. 아직도 열두 살짜리인 듯 여겨져 잊지 않고 챙겨왔던 것이다.

어머니는 딸에게 그날의 페이지를 펼쳐주었다. 딸이 열두 살짜리인 것처럼.

제7장

사실 안 이덴에게는 행운이었다.

그녀는 미사 내내 경본에 탐닉했다.

예수 승천절은 떠남을 기리는 축일이다.

하느님이 말씀하셨다. "내 아버지에게서 떠나 이 세상으로 왔으나 나는 지금 이곳을 떠나노라."

한 사람이 다음과 같이 말하는 목소리를 들었다고 믿었다. "일어나서 가라. 네 집을 떠나 장소를 찾아 나서라. 내가 그곳을 알려주리니."

그는 떠났다.

그는 한 땅이 아닌 다른 땅으로 가서 얼굴을 내밀었다.

*

"헥소메디네 트란스쿠타네, 누로펜, 리산시아, 토코 500."

"안녕, 베리."

"안녕, 엘리안."

안은 성당에서 나왔다. 베로니크는 보조약사에게 약국을 맡겼다. 두 여자는 이델스텐 부인이 기다리는 항구의 한 카페로 갔다.

"토마가 내게 전화했어. 너희들 이야기 땜에 골치 아파."

"난 너한테 그런 말 안 했잖아."

"토마를 몇 번 보기도 했어. 너 그 사람에게 전화해라. 적어도 한 번은 당사자들끼리 진지하게 대화를 해봐."

안 이덴은 대답하지 않았다.

"슈아지르루아의 바보 같은 연애사건은 잊어버려."

안은 대꾸하지 않았다.

"그 여자하곤 헤어졌다니?"

"내 알 바 아냐. 저 하고 싶은 대로 하라지. 뭘 하든 상관없어."

"제발 그만들 좀 해."

"안 할게."

"난 네 친구야."

"아니, 지금처럼 말할 땐 내 친구 아냐. 암튼, 왠지 모르지만, 네가 거짓말한다는 느낌이 들어."

*

어느 날 어머니는 정신이 오락가락했다.

주방에서부터 사실상 움직이지 못했다. 여든여섯 살이었다. 아주 가벼운 관(棺)들로 만든 접이식 안락의자에 몸을 옹크리고 있었다. 마치 덤불 속에서 떨고 있는 산토끼처럼.

어떤 동물들이 식물의 형태나 부동자세를 취함으로써 포식자나 동족의 동물 혹은 경쟁자를 속이는 것과 마찬가지로, 그녀는 베개와 이불 속에 몸을 숨기고 죽음을 속이려고 했다.

마르트 이델스텐은 딸이 아닌 전혀 다른 사람에게 하듯 알아듣

제7장

지 못할 말을 계속 중얼거렸다.

"나마저 이 집의 열 개나 되는 방에서 길을 잃는다니까. 이런저런 걸 어디 두었는지 통 모르겠네." 그것은 다른 시간이었다.

그러다 갑자기 소리쳤다.

"엘리안! 엘리안, 누가 네 아버지 침대를 훔쳐가지 않았는지 가서 좀 보라니까! 엘리안, 렌의 할머니 찬장이 어디 있는지 아니?"

*

그녀는 늙은 어머니를 두 팔로 안아 일으켰다. 어머니는 아주 작고 가벼워졌다. 뼈에 붙은 살이 늘어졌다. 웃고 있었다. 두 눈은 다시 어린애의 눈이 되었다.

무슨 말을 하려는 게 역력해 보였다. 얼굴과 머리칼과 두 손을 움직여 의사 표시를 하기 시작했다.

하지만 이내 그만두었다.

무슨 말을 하려고 했는지 잊어버렸기 때문이다.

키는 더 줄어들고 몸은 훨씬 더 가벼워졌다. 그 후로 대부분의 시간을 안락의자에 앉아 지냈다. 목을 움츠린 얼굴이 딸을 마주 보았다. 딸을 향해 힘껏 내민 얼굴, 불안이 가득한 커다란 두 눈.

어머니는 왼손가락에 낀 에메랄드 반지를 오른손으로 빠르게 돌렸다.

뭔가를 기다리는 거였다. 어머니가 누구를 기다리는지 딸은

훤히 알고 있었다. 안은 그 기다림에 답을 줄 수 없었다. 어머니의 두 눈에 담긴 눈빛에 답할 수 없었다. 생각조차 하기 싫었다. 생각하지 않는다. 자리에서 일어선다.

"엄마, 우리 퍼즐 할까?"

"아니, 싫다. 얘야, 내가 아직은 완전히 어린애처럼 된 거 아니잖니."

*

아침 6시 15분 전이다. 해가 이미 하늘에서 빛나고 있다. 그녀는 어머니에게 작별 인사를 하려고 한다. '너무 일러. 아직 주무실 거야.' 속으로 생각한다. 살그머니 거실 문을 연다. 그런데 어머니는 이미 옷을 입고서, 침대 위에 앉아 있다. 거의 미소가 사라진 얼굴이다. 딸을 향해 얼굴조차 돌리지 않는다.

"나 갈게." 안이 말한다.

어머니가 고개를 끄덕인다.

딸이 그녀를 포옹하려고 몸을 숙인다.

어머니가 고개를 뒤로 뺀다.

"전화할게." 안이 말한다. 포옹은 하지 않는다.

그런데 어머니가 어깨를 으쓱한다. 안의 눈가에 눈물이 맺힌다. 어머니가 말한다.

"엘리안, 기차 놓치겠다. 가봐."

제7장

"엄마, 내가 아침 차려올까?"
"가라니까, 내가 말하잖니, 애야. 날 두고 가려무나."

제8장

:

 그녀는 아침이 끝나갈 무렵 몽파르나스 역에 도착했다. 지하철로 들어갔고, 옛집으로 갔다. 텅 비어 울림통으로 변한 집에는 침묵이 터질 듯이 가득했다.

 집은 회한으로 미어질 것 같았다.

 퀴퀴한 냄새를 풍겼다.

 시커먼 먼지의 얇은 막을 뒤집어쓰고 있었다.

 석 달이 흘렀다. 철책 안쪽의 작은 정원에 봄기운이 아른거렸다. 그녀는 바싹 마른 땅에 물을 주었다. 사서함에서 빠진 우편물 몇 통을 우편함에서 챙겼다. 그런 다음 8구역의 공증인 사무실에 갔다. 그녀는 본명으로 서명하고, 열쇠 꾸러미를 건네고, 은행 수표를 받고, 자신의 세계에 작별 인사를 했다. 조르주가 상스 역에서 그녀를 맞았다. 그들은 곧장 테이 항구의 식당에 가서 저녁식사를 했다. 조르주는 그녀가 무척 변한 것 같다고 말했다. 그녀는 야위었다(하지만 그는 두 달 사이에 그녀보다 훨씬 더 수척해졌다). 피부는 검게 그을었다. 그날 저녁 그녀는 보드랍게 휘감기는 회색 실크 롱스커트에 검은색 모직 코트를 걸치고, 회색 반장화를 신고 있었다.

그녀는 편하게 말을 할 수 없었다. (소고기, 깍둑 썬 순무)

마음속에 더 많은 경계심, 교육, 두려움, 절제가 자리 잡고 있어서였다. 너무 홀로 지낸 탓이었다.

아마도 너무 이탈리아 여자가 되어버린 탓인지도 몰랐다. 그는 고작 그 말을 그녀에게 했을 뿐이다. (아귀, 상추 수프.)

그녀는 대꾸하지 않았다.

그들은 걸어서 돌아왔다.

그녀가 수표를 조르주에게 건넸다. 둘 중 한 사람이 죽을 경우에 대비해서 오세르 지점에 가서 은행 계좌 대리권을 복수 명의로 변경할 필요가 있다고 그가 말했다.

그녀는 웃기 시작했다.

"안-엘리안, 우리는 동갑이야."

"브라보."

"내가 늙으면, 너도 늙어."

"네 말은 그 자체로 그럴듯해."

"우리 합치자."

"너 미쳤구나."

"내 침대로 들어오라는 뜻이 아니야."

"그럴 테지."

"우리 결혼하자."

"안 돼."

제8장

*

 조르주는 사실 환자였다. 현관의 커다란 문구함 위에 놓인 병원에서 온 편지를 몰래 읽어서 알게 된 사실이었다. 그녀는 그 편지를 꺼내 읽어보았다. 그가 부인했다. 아무튼 그녀는 이탈리아와 관련된 자신의 비밀을 지켜준 그에게 감사했다.
 "너 짐작하고 있었니?"
 "그럼."
 "넌 친구도 아니야."
 "난 남자들을 믿지 못하는데, 너도 남자라서."
 "남자였지."
 그러더니 그가 울기 시작했다.
 어느 날 저녁, 주아니 대로의 식당에서, 그녀는 섬과 바다가 보이는 빌라, 멋진 테라스, 산안젤로의 농사꾼 아낙인 아말리아, 아름다움에 대해 이야기했다. 그가 자신의 건강이나 그 자신, 앞으로 남은 시간에 대한 언급을 꺼렸기 때문이다. 언제 섬에 와볼 것인지? 그녀는 그를 위해 침대를 올려다 놓았다.
 조르주 로엘링거는 다음 달에 섬에 오겠다고 약속했다.

제8장

*

"춘계 대청소인가요?"

들로르 씨는 그렇다고 했다.

문 앞과 욘 강변에 온갖 것이 나와 널려 있었다. 빗자루, 사다리, 마포가 담긴 양동이, 수세미가 담긴 양동이, 자벨수, 세제인 생마르크와 미스터 프로프르.

그녀는 솔렉스를 작은 앞뜰에 주차했다. 럭키 담배 한 보루를 손에 쥔 채로.

*

욘 강을 마주 보며 아페리티프를 마실 만큼 햇빛이 좋았다. 조르주는 안과 단둘이 풀밭 가장자리에 앉아 오두막-굼펜도르프, 검은 보트, 보트 그림자에 몸을 숨긴 갓 태어난 새끼오리들을 바라보는 게 행복했다. 신기한 일이 일어났다. 그들은 고요함 속에서 편안하게 아페리티프를 마시며, 말은 나누지 않고 있었다. 그때 갑자기 커다란 티티새 한 마리가 나타나 종종걸음으로 조르주에게 오더니 대번에 그의 신발 위에 올라가 앉았다.

커다란 티티새는 꼼짝도 하지 않았다.

조르주도 움직이지 않았다.

커다란 티티새는 네 번 울더니 날아갔다.

제8장

안은 매료되었다.

"이건 징조야, 징조라고! **길조**라니까, 조르주!" 그녀가 말했다.

그녀는 금요일 저녁에 다시 떠났다.

제9장

:

섬이 안개 속에서 모습을 드러냈다. 듬직하고, 마술적이다. 그녀는 죽음에서 도망쳤다. 어머니에게서 도망쳤다. 조르주에게서 도망쳤다. 아직은 다소 불편한 집이긴 해도 입주했다. 스웨터를 한두 장 꿰어 입고 테라스에 나가, 여명에 앞선 회색빛 어둠 속에서 아침식사를 했다. 시커먼 작은 소나무 뒤편으로 동이 트는 것을 바라보았다. 최초의 빛을, 때로는 연한 금빛 햇살을, 때로는 궁수(弓手)의 머리칼처럼 하얀 햇살을.

그러고 나서 최초의 푸른빛을.

그러고 나서 바다에서 빠져나와 난폭하고 잽싸게 가차 없이 솟구치는 빛을.

산꼭대기에 있자니 공허함과 무력감이 느껴지며 일이 손에 잡히지 않았다.

육체로 말하자면, 호텔 방을 유지하면서 활동하고, 외출했다가, 서둘러 돌아와서, 옷을 입고, 저녁식사하러 내려가고, 인사하고, 미소 짓는 정도로 호텔 생활에 의존했다. 하지만 차츰 몇 시간씩 몰입해서 악보를 읽는 기쁨을 되찾았다. 식물이나 구름이

나 파도처럼 악보가 조금씩 몸을 일으켰다. 이제 그녀는 남자가 없는 삶, 준비할 것도, 씻을 필요도 없는 삶, 정성껏 센스 있게 신경 써서 옷을 차려입거나, 화장하거나, 머리를 매만지지 않아도 되는 그런 생활에 익숙해졌다. 안락의자에 퍼질러 앉는 기쁨, 담배 한 대를 맛있게 빨며 지그시 눈을 감는 기쁨, 그렇다고 누가 고함을 지르거나, 멀리서 웅성대거나, 다가오거나, 말을 걸거나, 날씨, 하루, 흐르는 시간에 대해 이러쿵저러쿵 지껄이거나, 괴롭히는 이가 아무도 없는 삶의 기쁨을 다시 누리게 되었다.

침대에 누우면 만이 보였다.

그녀는 책장과 침대를 창가 오른쪽에 배치했다. 침대 머리가 책장에 맞대어 있었다. 높이가 꽤 낮은 낡은 전기스탠드가 낮은 빛, 즉 머리를 덥히거나 눈을 시게 하지 않으면서, 그녀의 일감과 손가락들만을 분명하게 비추는 조명을 제공했다.

책장은 아직 비어 있었지만, 이내 인터넷으로, '출력한 주문서'로, 오려둔 정보로 주문한 책들이 가득 채우게 될 것이다.

그녀는 이제 곧, 자신의 미니멀 가곡 속에 편입되어 만을 볼 것이고, 그러면 더 이상 만을 보지 않게 되리라.

밤낮으로 만을 바라보겠지만, 보면서도, 내면세계만을 보게 될 터이므로.

만의 소리를 **듣게 될** 것이고, 그 소리에 자신도 참여하게 될 터이므로.

왼쪽에는 필로세노 마을 광장에서 구입한 회전식 서가—하나

제9장

같이 오만한, 극단적인, 부고란 같은, 정치적인, 허풍스런, 종교적인, 음산한, 프랑스나 이탈리아 잡지들로 이미 가득 찬—가 놓여 있었다. 그녀는 그 위에 찻잔을 내려놓곤 했다.

*

잎사귀, 꽃, 화분, 찻잔, 탁자, 나뭇가지 들이 테라스에서 수정처럼 반짝였다.

그녀는 콩포티에,[22] 람캥,[23] 짝이 안 맞는 찻잔 들을 쟁반에 담아가지고 밖으로 나가 요기를 했다.

나폴리 만의 빛은 아마도 이 세상에서 볼 수 있는 가장 아름다운 빛이리라. 멀리서 끊임없이 반짝이는 작은 파도, 빛의 물결, 소나기가 내리면 빗줄기의 삽질로 갈색과 검은색의 짧은 파도처럼 다시 갈아엎어져 싱싱해지는 정원의 흙, 이 모두가 물 냄새를 풍겼고 물과 흡사했다.

그녀는 바다 한가운데서 사는 것 같은 느낌을 주는 경관에 정말로 애착을 느꼈다. 그래서 자연의 한 조각을 정성껏 가꾸었다. 그곳에서 자라는 생명, 그곳으로 흘러드는 생명, 그곳에서 번식하는 생명을 노심초사하며 돌보았다. 조금이라도 이상한 소리가 나면 한밤중에도 다시 일어났다. 혀 모양의 땅, 좁고 기다란 빌

---

22) 과일 조림 따위를 담는 잔 모양의 그릇.
23) 오븐 요리나 중탕에 쓰이는 그릇.

제9장

라를 질투가 날 정도로 관리했다. 빌라의 가장자리를 꽃으로 장식하고 화산의 암벽을 씻어냈다. 그녀는 빌라의 문마다, 창문마다, 계단마다, 구석마다 애정을 느꼈다.

*

새벽은 매번 그녀를 **감동시켰다.**

동이 트는 것을 바라보기 위해 그녀는 커다란 하얀색 소파(그녀가 '조르주의 침대'라고 불렀던 것)를 들여놓았다.

첫번째 홀의 벽난로 앞에는 거저나 다름없게 구입한(너무 커서 헐값에 팔았다) 빛바랜 파란색 낡은 대형 카펫을 깔았다.

주방의 벽난로 앞에는 아름다운 식탁 하나와 의자 열 개를 놓았다.

*

일요일이면 미사가 끝났을 시간에 어머니에게 전화를 걸고, 번번이 욕을 얻어먹곤 거칠게 끊었다. 그녀는 미니 택시로 이스키아 포르토(항구)에 가서 구입해온 책들을 정리해서 꽂기 시작했다. 두꺼운 오페라 책을 제일 높은 선반에 꽂으려고, 두 손을 뻗고, 발뒤꿈치를 들어 올려서, 선반 깊숙이 책을 밀어 넣다가, 갑자기 바닥으로 나둥그러지고 말았다.

제9장

페인트공이 그녀를 발견했다.

그녀는 정신을 잃었는데, 단순 기절이라기보다는 좀 심한 상태였다. 나폴리의 병원에 2주간 입원해야 했다. 의사를 제외하곤 무뚝뚝한 노인들만 있는 터라 거의 친구를 사귈 수 없는 곳이었다. 의사(레온하르트 라드니츠키)는 독일인이고, 대단한 음악애호가(그를 떠난 이탈리아인 아내는 꽤 유명한 성악가였다)인 데다, 안을 알고 있을 뿐 아니라, 그녀의 음반들을 아주 좋아했다. 그가 그녀를 잘 돌보았고, 그녀는 회복되었다.

빌라 아말리아에서 너무 멀리 있다고 느낀 그녀는 돌아가려는 일념에 사로잡혔고, 오매불망 그 생각뿐이라서, 라드니츠키 박사에게 지나칠 정도로 졸랐다.

마침내 데모르 호텔에 머문다는 조건으로 이스키아에 돌아가도 좋다는 허락이 떨어졌다. 호텔 체류는 잠정적이었다. 회복기 동안만, 보충적이거나 심층적인 검사를 하는 동안만.

만에서의 단독 수영은 금지되었다.

그녀는 낮에 빌라 아말리아에 갔다. 전기 기사와 미장공은 이미 일을 끝냈다. 목수와 페인트공도 일을 마쳤다. 인부들이 떠나자, 테라스에서 책을 읽었다. 어둠이 내리는 즉시, 빌라에서 겨우 백여 미터 거리의 호텔로 향했다.

제10장

:

데모르 호텔 리셉션 오른쪽에 엄청나게 넓은 로비가 있었다. 로비는 세 개의 커다란 공간으로 나뉘었다. 하나는 바가 있는 큰 홀인데, 수많은 가죽 안락의자와 나지막한 소형 탁자 들이 있고, 늘 사람들이 북적대는 '피아노 바'였다.

다른 하나는 조명이 아주 침침한 도서실이다. 사용이 금지된 18세기의 아름다운 벽난로와 널찍한 회색 안락의자들이 놓여 있었다.

끝으로 예전에 오락실로 사용되던 홀이 있었다. 중앙에 놓인 당구대 융단 위에는 무척 아름답고 꽤 옛날 것으로 보이는 쪽매 붙임으로 세공된 문짝 두 개, 무어풍의 가죽 쿠션 의자들, 먼지가 좀 쌓였지만 무척 편한 긴 의자 하나가 얹혀 있었다. 아무도 출입하지 않았다. 그곳에서 그녀가 혼자 아페리티프를 마셨다. 유리로 된 뚫린 공간에는 부겐빌리아와 등나무 꽃송이 들이 뒤덮여 있어서 홀이 꽤 어둡고, (비라도 내리는 날이면) 상대적으로 답답한 느낌마저 들었다. 그곳은 평화로울 뿐 아니라 (여름에는) 서늘한 안식처였다.

제10장

어느 금요일 저녁 그곳에 라드니츠키 박사가 나타났다.

혼자 나폴리에 남게 되면 주말에 종종 이 호텔에 묵는다고 말했다. 안에게 휴식이 필요하다고 판단해서 이 호텔 주소를 알려준 것도 그래서였다. 그는 바다 낚시를 즐겼다. 이번에는 비바라와 프로치다[24] 사이에 있는 소위 페트로니우스[25]의 곳이라고 불리는 곳에서 잠수할 준비를 하느라 부산했다.

그가 당구대의 쪽매붙임 문짝들 위에 그 지역 지도를 활짝 펼쳐놓고서 몸을 숙여 들여다보았다.

지도 상의 섬들에는 사람의 발길이 전혀 닿지 않은 내포나 극히 사소한 오솔길까지 빠짐없이 나타나 있었다.

그녀가 손가락을 내밀어 지붕이 파란 집을 가리키며 말했다.

"여기예요."

"뭐가요?"

"파라다이스가 있는 곳이요."

그녀는 오솔길 끝머리에 표시된 까만색 작은 네모를 가리켰. 갑자기 옆에서 그의 몸이, 몸의 존재가 느껴졌다.

"실제로는 파란색이에요."

"푼타 몰리나 전방, 빌라 뇌치 보치 전방이군요."

"해안가 대로로 가야겠지요."

---

[24] 이스키아 섬 근처의 작은 섬들.
[25] Gaius Petronius Arbiter(? ~66) : 1세기 로마의 문인. 『사티리콘』의 저자로 알려져 있다.

제10장

"아뇨."

"여길 좀 보세요."

그녀는 전등을 쪽매붙임된 패널 위로 끌어당겼다. 얼굴이 기쁨으로 환히 빛났다. 불현듯 그는 여인의 얼굴을 바라보기 시작했다. 섬은 파란색에 에워싸여 있었다. 그녀의 이마가 그의 이마에 닿았다. 그들은 서로를 바라보았다.

*

그들은 함께 저녁식사를 했다. 그는 모레 저녁이 특별한 날이라고 했다. 뉴욕에서 아내가 딸을 데려올 참이었다. 그는 불안했다.

"이름이 뭐예요?"

"마그달레나."

그들은 함께 레온하르트의 방으로 올라갔다.

테라스에서, 한밤중에, 그녀는 레오 라드니츠키에게 말했다.

"내 안에는 삶을 불행하게 만든 수동적 고집의 본성이 있다는 생각이 들어요."

"수동적이라고요?"

"네. 이해하기 힘들지만 내 생각엔 그래요."

"하지만 당신은 독신이고, 자유로운 여인이잖소. 매우 아름다운 곡들도 작곡했고……"

제10장

"작곡한 곡은 얼마 안 돼요. 독신이 된 것도 최근이고요. 날 사랑하지도 않는 남자들과 사느라 시간을 허비했죠. 당신은 이혼했나요?"

"네."

"여자 친구는 있어요?"

"없어요."

*

다음 날 그들은 배를 타고 프로치다 섬에 갔다.

그는, 말했듯이, 그로타 델 페트로네(페트로네 동굴) 해저로 잠수했다.

그녀에게도 자기 옆에서, 자기 감독하에, 다시 수영을 해도 좋다고 허락했다. 그들은 낮 시간 내내 그리고 이틀 밤을 함께 보냈다. 그녀는 그에게 자기 집을 보여주었다.

제11장

"아뇨, 음악으로 말하자면, 옛날에, 어릴 때, 벼락을 맞듯 대번에 빠져들었다고 할 수는 없어요. 소명이라고도 하지 못해요. 그랬다면 훨씬 끔찍했을 거예요. 소명으로 여기기엔 내가 아직 너무 어렸거든요. 느닷없는 심한 현기증과 비슷한 느낌이더라고요. 아버지가 음악가였지만, 아버지완 전혀 무관한 느낌이에요. 마치 불안에 빠져든 것 같았죠. 갑자기 감동의 소용돌이에 휩쓸려 헤어 나올 수 없을 것 같더군요. 다시는 떠오를 수 없겠구나, 침몰하는구나, 속수무책이야, 균형을 잡을 수 없어, 사랑에 빠지면 이런 느낌이 들죠. 이게 내 나름의 정의예요. 이런 현기증을 느끼세요? 그건 징조예요. 심연이 여기 있고, 실제로 입을 벌리고, 실제로 빨아들이고 있다는 거라고요. 나는 이런 총체적 느낌, 육체와 영혼을 단번에 쓰러뜨리는 느낌을 경험했던 적이 있어요. 아주 어릴 때였어요. 정확히 몇 살이었는지는 모르겠고요. 아직 글을 읽지 못할 때였죠.

우리는, 두 어린애는 할아버지가 계신 층으로 올라가면 안 되었어요.

제11장

외할아버지를 말하는 거예요. 친할아버지는 뵌 적도 없는걸요.

나는 계단을 뛰어 올라가, 복도의 검은 마루를 달려가고, 무슨 이유에서 그랬는지, 반항심으로 그랬는지조차 이제는 기억나지 않는데, 아무튼 문을 열어요. 모두 넷이서 연주를 하고 있더군요. 무척 강렬한 소리가 났어요. 대양보다 더 힘찬 소리가. 그토록 강한 소리는 한 번도 들어본 적이 없었죠. 각자 옆에는 전기스탠드가, 앞에는 목재 보면대가 놓여 있었고요. 할아버지는 바이올린 위로 얼굴을 기울이고 있었어요. 할아버지가 넷 중에서 가장 연로했고, 두 눈을 감고 있었어요. 아버지— 온갖 재능을 두루 지니신— 는 어떤 악기든지 연주할 수 있었죠. 아버지가 알토 파트를 맡은 것 같았어요. 아무도 내가 들어오는 기척을 알아채지 못했어요. 그들은 굉장히 빠른 곡을 연주하고 있었어요. 아주 놀라운 곡이었죠. 지금 생각해보니 슈베르트예요.

바이올린 주자인 매우 아름다운 젊은 여인은, 두 눈을 크게 뜨고서도, 더욱이 바로 내 앞에서, 나를 바라보지 않았어요. 내게 미소를 지으면서도 날 보는 게 아니더군요.

너무도 큰, 엄청난 슬픔이 밀려오더니, 잦아지기는커녕 점점 더 커져만 갔어요.

어린애에게 아주 큰 슬픔이란 있을 수 없는데도 정말 큰 슬픔이었어요. 어린애가 최초의 공포, 초판의 공포, 경험에서 준거를 찾을 수 없는 공포, 앞으로의 인생 여정에서 다시는 나타날 수 없는 것으로서의 공포를 느끼는 거예요. 최악의 공포를. 한없이 깊은 슬픔을.

나는 문에 등을 기댄 채로 바닥에 앉아 있었어요. 내 살갗에는 온통 소름이 돋았어요. 어린애의 갓 자란 솜털마저 곤두섰고요. 몸도 와들와들 떨렸어요. 그건 행복이나 불행 때문이 아니었어요. 심리적인 이유에서도 아니고요. 어째서 몸이 떨렸는지 이유는 모르겠어요. 나는 연주를 끝까지 들었어요. 연주가 끝나고, 그들이 검정 케이스에 악기를 챙겨 넣는 동안, 나는 할아버지에게 가서— 귓속말로 아주 작게— 다음 연주 때 또 와도 되는지 물었지요.

"오늘처럼 구석에 얌전히 앉아 있을 거라면, 물론 와도 된단다, 엘리안."

할아버지가 시선으로 다른 연주자들의 동의를 구하자, 그들은 머리를 끄덕였고, 우리 아버지만은 어깨를 으쓱하시더군요.

사중주가 있는 날은 시간 전에 할아버지 서재에 먼저 올라가서 문가에 자리 잡고 앉았지요.

그들은 방에 들어서며 물론 나를 보고서도 못 본 척하더군요. 어쩐지 중국산으로 보이는 네모난 회전식 흑단 책장에 가려진 채, 벽에 등을 기대고 난방 배관 파이프 옆에 앉은 어린 소녀를요. 나 역시 짐짓 복사본 그림, 음악가와 위인 들의 사진, 온갖 종류의 책들이 빼곡히 들어찬 서가를 바라보는 척했고요. 그들은 할아버지 책상을 한쪽으로 밀어내더니 의자와 보면대와 악보 들을 놓았어요. 그리고 갑자기 침묵했어요. 느닷없이 음악 소리가 솟아올

랐죠. 그들의 존재와 전혀 별개의 음악 소리가 말이에요. 그 소리는 우리가 음반을 들을 때 감동을 줄이려고 저절로 볼륨을 낮추게 될 때보다 훨씬 더 컸어요. 나는 매번 목이 메고, 살갗이 일어나고, 심장의 근육이 떨리고, 흐느껴 울고 싶고, 어떻게 숨을 쉬어야 할지 몰랐고, 음악 속으로 휩쓸려 들어갔어요."

*

"내면의 세계가 그렇게 내 안에서 열렸던 거예요. 어렴풋이 열리자 내 육체는 지상을 추월해서 벗어나는, 외부 공간을 떠나는 버릇을 지니게 되었지요."

*

"이따금, 곡의 어느 한순간이 참으로 아름답게 느껴졌어요.
강렬한 아름다움에 고통이 섞여들었죠.
나는 더 이상 옴짝달싹 못했고, 내 삶은 멈췄어요.
어린애는 아름다움을 만나면 우선 몸이 마비돼요. 아연실색한 거죠. 그 안에서 죽어가는 거예요."

제11장

*

레온하르트 라드니츠키가 말했다.

"내 딸 레나가 음악을 좋아하게 될지 모르겠어요. 나는 오페라를 좋아해요. 밤에는, 이어폰을 끼고, 오페라 아리아를 부르거나 들어요. 음악 자체보다 목소리가 더 좋더라고요. 노래도 부르세요?"

"아뇨."

"나는 당신 목소리의 높은 톤과 음색이 좋아요. 노래를 부르지 않을지라도 말이죠. 그 애 엄마는 노래하는 사람이에요. 아무튼 그 당시엔 노래를 했어요. 내가 그 목소리를 좋아했죠. 그녀를 사랑하게 된 것도 목소리 때문이고요."

"아직도 그녀를 사랑하세요?"

그는 머뭇거렸다.

"네. 약간. 그녀가 떠났어요. 레나는 내일 엄마 집에서 오는 거예요."

"음악이 어린애들을 **혼비백산하게 만드는** 것은, 무엇보다도, 어느 어린애에게나, 출생에 앞선 청취, 그 아이들이 세상에 오기 전에 행해졌던 청취의 기억이 내장되어 있어서라는 게 실제로 제 생각이에요."

"딸애는 내일 와요."

"딸애가 온다는 말을 최소 두 번이나 한 거 아세요?"

제11장

"서로 석 달씩 번갈아 애를 맡아요. 판결이 그렇게 내려졌거든요. 2년 3개월 된 딸을 혼자 맡아 기르다니, 과연 내가 해낼 수 있을지 모르겠어요. 겁이 나요, 정말로. 그래서 자꾸 말을 하는가 봐요. 애를 기를 능력이 있다면 참 좋을 텐데요. 딸애를 만나볼래요?"

"그러죠."

"너무 일찍은 오지 마세요. 내일 말고, 모레도 말고……"

"아주 가지 않아도 돼요."

"너무 예민하게 굴지 마요. 목요일에 오세요."

*

레온하르트 라드니츠키 박사는 신체상의 문제나 가족 간의 갈등에 대한 강박증, 직업상의 걱정거리에 관해 한결 느긋해졌다. 기쁨에 넘쳐 갑작스런 욕구와 느닷없는 식탐을 보이는가 하면, 즉흥적인 산책을 하거나 불현듯 잠수를 하기도 했다.

*

안은 베리에게 이렇게 말했다.

"마음이 끌리는 남자들 품에서 느끼는 쾌감이 점점 더 허하게 여겨져."

제11장

*

두려움 섞인 시답잖은 열기.

그 후로 그녀에게 욕망의 대상인 남자는 꿈속의 남자들이었다. 그들도 예전의 남자들처럼 이동했지만 좀더 떠다녔다. 드물게 살아 있는 남자들을 알아보는 그녀 나름의 방식이, 예전에는, 그들의 부동성, 침묵, 주변에 지독한 절제의 형태로 퍼진 비밀을 보고서였다. 하지만 그 후로는 이런 판단 기준을 불신했다. 이제는 오직 남자가 두 발을 땅에 내딛거나 두 눈이 휘둥그레지는 매우 특이한 방식에 의거해 판단했다.

제12장

:

 그는 4번지에 살았다. 골목으로 들어서기 전에, 그녀의 머릿속에는 무슨 일이 일어나리라는 예감이 번개처럼 스쳐갔다. 하지만, 자신에게 완전히 솔직해지자면, 라드니츠키에 대한 감정은 그저 우정— 관능적 우정일 뿐 사랑이 아닌— 에 불과했다. 그녀는 그런 사실을 알았고, 자기 자신도 알고 있는 터였다. 그런데, 무슨 일이 몇 시간 내에 일어나려고 했다. 심장이 죄어들었다. 몸을 더 꼿꼿이 세웠다. 화장을 한 그녀는 무척 아름다웠다. 나폴리에서 아이 아버지에게 줄 커다란 백합꽃과 아이 몫의 초콜릿을 샀다. 20시에 그 집 초인종을 눌렀다. 동화 속의 공주처럼 아리따운 두 살짜리 어린애가, 맨발로, 희한하게도 발끝으로 서서, 크고 검은 눈을 치켜뜨고, 영어가 잔뜩 섞인 어린애의 나폴리 사투리로 뭔가 이야기를 늘어놓으며— 처음에 안은 한마디도 알아듣지 못했다— , 커다란 중산층 아파트 안으로 그녀를 정중하게 맞아들였다.

 책장— 책이 한 권도 없는— 이 빼곡히 들어찬 거실로 들어갔다. 책장 위에는 수백 장의 옛날 사진이 놓여 있었다.

벽은 파란색이었다.

창가에는 하얀 제라늄 꽃들이 줄지어 피어 있었다.

커다란 하얀색 전자 그랜드피아노가 한 대 있었다.

"너희 집 참 예쁘구나." 그녀가 아이에게 말했다.

"우리 집 예뻐요."

"하얀 제라늄 천지라서 신기하네."

"네. 제라늄 천지라서 신기해요."

하얀 꽃들 위로 빛이 쏟아졌다. 작은 꽃잎들은 낚싯배 색깔처럼 새파란 벽 위로 빛을 내뿜었다.

"나는 안이라고 해." 그녀가 아이에게 말했다.

"나는 마그달레나예요. 엄마는 마그다라고 부르고, 아빠는 레나라고 불러요."

"나는 뭐라고 부르면 좋겠니?"

"아빠처럼."

병원에서 아버지에게 전화로 응급 호출이 왔다. 아이를 돌보던 나폴리 여자 둘은 주방으로 돌아가서, 저녁식사 코스 요리를 준비하느라 한창이었.

그녀들 중 한 여자가 백합을 꽂은 길쭉한 화병을 들고 갑자기 나타났다가, 올 때처럼 다시 갑자기 사라졌다.

마그달레나는, 무척 당혹스러운지, 안락의자에 푹 파묻혀 양 무릎을 꼭 붙인 자세로 있었다.

안은 어찌해야 좋을지 몰랐다. 자리에서 일어났다. 전자 피아노로 가서, 건반을 열고, 음과 터치를 조절했다. 그리고 아이에게 피아노 연주를 들려주었다.

아이는, 입을 벌린 채, 그녀를 뚫어지게 바라보았다.

"또."

꼬마 아가씨는 좌우로 몸을 흔들기 시작했다.

"또."

아이는 저녁식사를 하러 식당에 가지 않으려고 했다. 하는 수 없이 피아노 앞에서 밥을 먹여야 했다.

안은 연주를 계속했다.

아이는 자러 가려고도 하지 않았다.

안 이덴이 연주를 그치는 즉시 서운해 마지않는 어린애—눈물까지 글썽거리는 유아—라니, 꽤나 놀라운 일이었다.

레온하르트는 귀가하는 즉시 어린 마그달레나를 재우러 방으로 데려갔다.

아이가 안을 요청했다.

"미안해요." 그가 말했다. "애가 코 자 뽀뽀를 해달래요. 애 엄마도 음악가잖아요. 당신을 보고 엄마를 떠올린 모양이에요."

"애 엄마도 피아노 연주를 해요?"

"아뇨. 잘 치지 못해요. 피아노는 내가 쳐요. 밤에 잠이 깨면, 이어폰을 끼고 피아노를 치곤 하죠…… 안, 이런 일을 부탁해서 미안해요. 근데, 어떡해요, 어린 것이 코 자 뽀뽀를 해달라는데."

안이 일어섰다.

제12장

 반쯤 열린 아이 방의 문을 밀었다. 자신이 연주했던 루마니아 노래들 중 하나를 아이의 볼 가까이에서 흥얼거렸다. 아이 침대와 벽 사이의 바닥에 주저앉아서였다. 그녀는 노래를 읊조리며, 어린애의 우유 냄새, 크림 냄새, 밀가루 반죽 냄새, 설탕 냄새에 코를 박고 있었다. 마그달레나가 한숨을 크게 내쉬며 대번에 잠들었다.

제13장

:

그녀들의 육체가 침묵을 **만들어냈고**, 그 안에서 그녀들이 살았다. 안 이덴의 몸을 불가사의한 친구인 양 에워싸고 있는 침묵이 어린 라드니츠키는 음악보다 더 좋은 듯했다. 침묵과 빛이 그녀들 주위로, 다리로, 배로, 상반신으로 몰려들며 기이하게도 강렬해졌다. 소리가 어찌나 잦아들었는지 그녀들의 존재감이 증대했다. 고양잇과 동물 주위에서 일어나는 현상과 마찬가지였다. 참으로 희한한 일이었다.

어린 레나는 계속 그녀를 제 옆에 붙잡아두고 싶어 했다.

대체로 만 두 살이 지나면, 어린애는 쉽게 그리고 분명하게 언어를 구사하기 시작한다.

그런데 마그달레나는 말을 잘하지 못했다. 안은 아이가 제 엄마의 신호를 기다린다는 생각이 들었다.

"신호라뇨?" 레온하르트가 반문했다. "방금 엄마를 떠나왔는데요!"

"맞아요, 신호. 확신. 뭐 그런 것을요. 이 방면에선 제가 전문가예요."

제13장

"내키지 않지만, 애 엄마에게 전화를 해보죠. 첫 번 맞는 3개월이거든요. 그런 일을 물어보는 게 맘에 걸려요. 보나 마나 애를 데려가겠다고 할 거예요. 뭐든 애를 도로 데려갈 빌미로 삼을 게 뻔하니까요."

그는 결국 전화하지 않았다.

"잘못하시는 거예요." 안이 거듭 말했다. "아이가 전화하게 하세요."

레나는 얼굴이 노스탤지어 그 자체인 어린애였다. 안 이덴은 라드니츠키 박사의 집에서 전처의 초상을 보았다. 레나 엄마는 이혼 후에 미국 오케스트라 지휘자와 살고 있었다.

어린 레나(마그달레나 파울리나 라드니츠키)는 저 혼자 소리[音]에 대한 사랑을 발견했고, 불가사의하게도 그것에 친숙해졌다.

안이 아이를 위해 브르타뉴의 옛 동요, 가톨릭 성가, 루마니아의 가곡을 다시 피아노로 들려주기라도 하면, 아이는 매번 그 즉시 일종의 열정, 거의 격정에 사로잡히곤 했다.

그 후에는, 안이 빌라 아말리아에서, 섬에서, 테라스에서, 레나에게 봄의 소리를, 갓 돋아난 잎의 소리를, 햇살을 즐기며 지저귀는 새들의 소리를, 밤에 부는 바람 소리를, 이따금 멀리서 들려오는 목소리를, 절벽 아래서 부딪치는 파도 소리를 듣게 해주었다.

우선은 아이의 귀가 들리는 소리의 의미에 익숙해질 필요가 있었다.

제13장

그런 다음, 좀더 뜸을 들여가며, 처음에는 이해 불가능한 시간의 심포니를 공간 안에서 관현악으로 편곡할 수 있도록 말로 가르쳤다.

"왜냐하면 자연의 모든 것, 가령 새, 밀물, 꽃, 구름, 바람, 별들의 시간, 이런 것은 시간에게 자신의 시간을 말하기 때문이란다"라고 레나에게 설명했다.

레나는, 아연실색한 채, 새 친구가 속삭여주는 말들을 모조리 집어삼켰다.

며칠 만에 아이는 산꼭대기의 모든 장소를, 집 주변의 모든 삶을 소리(音)로 바꿀 수 있게 되었다.

*

홀의 큼직한 타일 위에서, 머리를 앞으로 내밀고 네 발로 기는 자세로, 아이는 입으로 붕붕 소리를 내며 장난감 소방차와 앰뷸런스 행렬을 벽난로 쪽으로 밀고 있었다.

안 이덴이 건반에 선명한 색이 칠해진 실로폰을 주었지만 마그달레나는 손도 대지 않았다.

*

하루는, 천둥 번개가 치며 비가 내렸다. 둘은 라드니츠키 박사의 집 발코니에서 바다에 쏟아지는 폭풍우를 바라보았다.

만(灣)은 밤보다 더 캄캄한 어둠에 잠겼다.

번개가 하늘을 갈랐다.

다음은 안이 베리에게 한 말이다.

"그때 내 손가락들 사이로 살며시 들어오는 조그마한 손이 느껴지더라. 아이는 떨고 있었어. 얼음처럼 차가운 아이의 손가락들을 내가 비벼서 녹여주었지.

'괜찮아? 말해봐, 마그달레나, 괜찮은 거니?'라고 내가 물었어.

아이는 내 무릎을 밀면서 품 안으로 올라왔어. 내게 착 달라붙더니, 품 안에서 몸을 옹크렸지. 고개는 바다를 향한 채로. 그리곤 기쁨으로 몸을 떨었어."

굉장한 폭풍우였다.

그날 이후로 아이는 폭풍우와 급변, 그리고 주변에서 일어나는 놀라운 현상을 사랑하게 되었다. 폭풍우에 반했노라고 선언했다(최소한 안의 품에서라면 폭풍우조차 사랑의 대상이 되었다). 꼬마 아가씨는 이제 자신의 신을 지니게 되었다.

신들 중에서 가장 오래된 신을 단번에 골라낸 것이었다.

폭풍우를 일으키는 여자 친구를 집에 불러달라고 제 아버지를 들볶았다.

제13장

*

 마그달레나 라드니츠키의 허벅지는 몹시 가늘었다. 허벅지도 종아리도 새 다리처럼 가녀렸다. 특별히 귀여운 편이 아닌데도, 숱 많은 긴 머리에 상체가 통통한 어린 소녀가 아름다워 보이는 건 순전히 생기 있는 표정 때문이었다. 아이가 행복해지는 순간이면 몸에서 놀라운 빛이 뿜어져 나와 주변으로 퍼졌다. (안이 피아노 앞에 앉는 것을 볼 때, 바다의 파고가 높아지는 것을 볼 때, 만의 섬들 위로 폭풍우가 몰아칠 때가 그런 순간이었다.) 안과 레나는 서로 만나는 즉시 그녀들의 내면에 놀라운 에너지가 발생했다. 서로 사랑한다고 말할 수 있을 정도였다. 둘 중에서 누가 더 사랑하는지는 알 수 없었다.

제14장

:

비가 내렸다. 안 이덴은 부교(浮橋)에서 조르주 로엘을 기다렸다.

구부정한 등, 흠뻑 젖은 머리칼, 그가 어깨에 커다란 검은색 가죽 배낭을 메고 부두로 내려왔다.

선창에서 3미터 지점, 라드니츠키의 검정 피아트 뒷좌석에 서서 허공을 바라보는 어린 소녀를 알아본 것은 조르주였다. 아이는 차창에, 생선 경매장에 내리는 비를 바라보았다.

그들이 다가오는 것을 보자, 아이의 얼굴이, 도저히 잊을 수 없는 방식으로, 단박에 환해졌다. 아이는 두 주먹으로 힘껏 차창을 두드리기 시작했다. 안이 아이에게 미소를 짓더니, 차문을 열었고, 당황해 마지않는 조르주에게 아이를 소개했다.

조르주 로엘은 골머리를 앓기 시작했다.

그는 어떻게 처신해야 할지 몰라 아이들을 좋아하지 않았다.

게다가 빗속에서 열린 차문을 통해 포옹하는 둘의 모습을 보는 순간 느낀 즉각적인, 맹렬한, 가차 없는, 어찌할 수 없는 질투심도 한몫을 했다.

더욱이 섬에 대한, 아마도 바다 자체에 대한 원한과 증오심도 있었다.

이슬비가 내렸다.

그들이 접어든 골목길 여기저기에 산재한 굵은 돌들이 미끈거렸다. 돌에 뒤덮인 이끼가 잔뜩 물을 머금었다.

집으로 가는 오르막은 유독 진흙탕이었다. 그는 넘어질 뻔했다. 가파르면서 미끄러운 오솔길을 올라가기란 어려웠다. 하지만 편도나무들이 있었다. 장미꽃들도 있었다.

조르주는 어린 마그달레나뿐만 아니라 이탈리아어 때문에도 주눅이 들었다.

"여기서 내가 얼마나 행복한지 좀 봐!" 안이 말했다.

그는 안의 배에 바짝 몸을 붙이고 옹크린 마그달레나를 지켜보았다.

그는 어디에나 비가 내리고 있음을 알았다.

*

그는 이 섬에 있는 식당들이 싫었다.

*

폭우가 15분 간격으로 다시 내렸다.

"비가 또 오기 시작하는군." 빵집 주인이 말했다.

제14장

"비가 또 오기 시작하는군." 마그달레나가 그의 말을 따라 했다(한창 모방의 시기에 있는 아이였다).

빗줄기가 무척 세차서, 안은 빵집을 나서지 못하고 머뭇거렸다.

비옷 차림에 검정 나일론 모자를 눌러쓴 조르주가 손에 접힌 우산을 들고서, 길 건너편의 이스키아 신학교 앞에서 그녀들을 기다리고 있었다. 선 채로 자는 것처럼 보였다.

*

그는 파란 지붕 집에서 멀리 가기를 꺼려 했다. 더러운 데다가 때때로 운전마저 어려워지는 길이 특히 싫어서였다. 그는 브르타뉴에서와 마찬가지로 줄곧 바다에 비가 내리는 탓에 울적해진다고 안에게 말했다. 브르타뉴를 떠나 이곳에 온 것은 혹시나 해서였건만. 그래서, 그는 안의 마음을 상해가면서, 숙박하러 호텔로 갔다. 그리고 대부분의 시간을 그녀와 먼 곳인 항구에서, 길게 늘어선 수많은 카페에 앉아 보내곤 했다. 그는, 폭우와 폭우 사이에, 하얀 플라스틱 안락의자를 부두 쪽으로 약간 끌어당겨서, 드물게 반짝 나타나는 해를 보고, 범선에서 보트나 모터보트로 옮겨 타고 제방 중앙을 향해 오는 선원들을 유심히 관찰했다. 배에서 내리는 피서객들을, 정박하러 다가오는 배들을 바라보았다. 그는 나른한 상태로 졸거나, 지루해하거나, 취하거나, 꿈을 꾸었다.

제15장
:

안은 나폴리에 있는 레오의 아파트에서 에스프레소를 한 잔 내렸다.

레나는 그녀 옆에 있었다. 두 손으로 개수대를 움켜쥐고서 똑바로 서 있었다.

레오가 아이의 머리칼을 잘랐다.

안은 주방 타일 위로 떨어지는 고불고불한 머리칼을 바라보았다.

"더 짧게." 레나가 말했다.

"이보다 더 짧게?" 아버지가 물었다.

"응. 더 짧게. 어깨까지 오게. 안처럼."

레오는 한숨을 쉬고 나서, 다시 가위로 딸의 머리칼을 자르기 시작했다.

레나의 엄마가 아이를 마그달레나라고 불렀던 것은 바흐 때문이다(반면에 레온하르트 라드니츠키는 자신이 요제프 하이든의 악보 필경사였던 요한 라드니츠키의 직계 자손이라고 주장했다. 요한 라드니츠키는 빈에서 마흔 살에 죽었다. 1790년 1월 어느 날 아침, 하이든의 악보를 베끼던 자세 그대로, 자기 방에서 차가운 시신으로 발견되었다).

"우리 아버지는, 베를린 필하모닉과 협약을 맺기 전에, 루마니아의 오케스트라 단원이었어요. 떠나실 때까지 내 스승이었죠. 나는 네 살부터 여섯 살 때까지 매일 두세 시간씩 피아노 레슨을 받았어요. 남동생이 나와 놀고 싶어서 문 밖에서 악을 쓰며 울던 생각이 나요. 걔는 음악을 싫어했어요."

"그래서요?"

"레오, 커피 한잔 마실래요?"

"아뇨."

"그다음은 모르겠어요. 기억이 잘 나지 않아요. 아버지가 떠나자 1년은 내가 삐쳐 있었을 거예요."

"1년씩이나 삐치다니!"

"실제론 1년이 넘어요. 18개월이나 2년이죠. 게다가, 니콜라가 죽었어요."

"그래서요?"

"그러자 어머닌 내가 줄곧 작곡을 하고, 가곡이며 성가, 음악을 몇 시간씩 기보한다는 사실을 알게 되었어요. 날 밀어주셨죠. 아버지와 막역한 사이의 유명 연주자가 가끔 렌의 컨서바토리까지 날 보러 왔고, 그렇지 않을 땐 내가 파리에 가서 그를 만났어요."

"그가 누구예요?" 레오가 물었다.

"이름은 말할 수 없어요."

"누군데 그래요?" 레오가 되물었다.

"여전히 밀라노에 살고 있는데, 전보다 더 유명해졌더군요. 인간적인 이유로 그때의 경험이 끔찍해서……"

"어떤 이유인데?"

"묻지 마요, 레오, 소용없으니까. 아무튼 그가 훌륭한 교수라는 사실은 기꺼이 인정해요. 교육자로선 낙제죠. 인간으로서도 낙제고요. 하지만 매혹적인 거장, 영혼을 사로잡는 피아니스트예요. 그 후론 남자 사귀기가 힘들어지더군요."

"알고 있어요."

"알고 있다니, 무슨 뜻이에요?"

"당연한 일이잖아요."

*

자신의 잠을 타인에게 맡기는 것은 아마도 유일한 외설이리라.

자고 있는 중인, 허기져 하는 중인, 꿈꾸는 중인, 팽팽해지는 중인, 도주하는 중인 자신을 바라보게 하는 것은 기이한 봉헌이다.

불가사의한 봉헌.

그녀는 눈꺼풀 밑에서 가볍게 떨리는, 여리고 창백한 살갗 밑에서 움직이는 두 눈을 보았다. 전부 다 보았다. 그가 꿈꾸는 것도 보았다. 그는 누구 생각에 빠져 있는 것일까? 기이하게도 그녀는 그가 그녀의 꿈이 아닌 다른 꿈을 꾸고 있는 꿈을 꾸었다.

제15장

그는 자면서 한숨을 내쉬었다. 자기 어린 딸처럼.
체념하듯 아버지와 딸이 내쉬는 땅이 꺼질 것 같은 한숨.

*

날이 밝았다. 안은 이 남자 옆에서처럼 오래 자본 적이 평생 한 번도 없었다. 레오는 씻으러 갔다. 아이가 시트를 잡아당기고 있었다. 안의 아랫배를 살펴보더니 고추가 없다고 말했다.

"그래도 약간은 있어." 시트를 머리 위로 끌어당겨 몸을 숨기며 안이 대꾸했다.

하지만 어린 레나는 두 다리를 벌려 자기 성기를 보여주면서, 자기도 고추가 없노라고 말했다.

"그래도 약간은 있잖아." 안이 되풀이 말하며 아이를 품에 끌어안았고, 둘이서 몽상에 잠겼다.

*

봄 내내 안 이덴은 목가(牧歌) 마흔두 곡(1807년에서 1823년 사이에 얀 크르슈티텔 토마셰크[26]가 출간한 여섯 곡씩 수록된 일곱 권의 모음집)을 가지고 작업했다.

---

26) Jan Křtitel Tomášek(1774~1850): 체코의 작곡가.

제15장

"넌 그 곡들을 일곱 개로 줄일 수 있어." 조르주가 말했다.
"세 개로도 가능해. 진도가 엄청나게 나갔어."

*

비가 그쳤다.
조르주가 비틀거리며 거리로 나왔다.
아직 동이 트지 않았건만 하늘에서 어둠이 걷히기 시작했다. 몇몇 별은 아직 남아 있었다. 벌써 날이 더웠다.
그는 미니 택시를 찾았으나 보이지 않았다. 빌라까지 걸어야 했다.
빌라 아말리아에 도착하자 창유리를 두들겼다.
그녀의 방 창문 앞에서 유리창을 두들기며 이름을 불러 안을 깨웠다.
안이 티셔츠를 입었다. 나와서 문을 열었다.
그녀는 비명을 질렀다. 그가 피투성이였던 것이다.
"무슨 일이야?"
"질문하지 마, 안-엘리안. 난 너무 늙었어. 한창인 자들이 보기엔 너무 늙었나 봐. 걔들은 그저 즐기는 거라고."
"끔찍해. 경찰을 불러야겠어."
"그러지 마. 내가 고소라도 하면, 내 눈에도 나 자신이 끔찍해 보일 거야. 이건 내가 자청한 거나 마찬가지야."

제15장

"그래도 뭔가 해야 해."

"아냐. 걔들은 즐기는 것뿐이야. 걔들이 옳아. 아무 탈 없이 즐겨야 해. 얼마나 즐거웠는데. 술도 많이 취했고."

그녀는 그를 씻어주고 보살폈다. 바다에 겁먹고, 모르는 이탈리아어에 주눅 들고, 어린 마그달레나를 질투하고, 온몸이 멍투성이가 된 조르주는 부르고뉴로 돌아가기로 마음을 정했다. 그녀가 나폴리 비행장까지 태워다 주었다.

제3부

제1장

:

나는, 책을 한 권 옆에 놓은 채, 소형 요트의 늑재에 등을 기대고 앉아 햇빛을 받으며 졸고 있었다. 아주 좋은 날씨였다.

"저것 좀 봐! 샤를, 좀 보라니까!" 갑자기 쥘리에트가 소리를 질렀다.

나는 눈을 들었다.

"저것 좀 봐!"

상갑판의 난간 위로 고개를 들었지만 내 눈엔 아무것도 보이지 않았다.

"안 보여?"

"응."

"저걸 봐!"

"최소한 내가 봐야 되는 게 뭔지 말해줘!"

"오 맙소사!" 그녀가 신음했다.

나는 갑판 위로 일어섰다. 비로소 물 위에 헝클어져 흔들리는 새치 섞인 금발이 보였다.

"시뇨라! 시뇨라!" 내 여자 친구가 큰 소리로 불렀다.

제1장

"아마 배영을 하나 봐." 바다 표면에서 출렁이는 검은 형태를 알아보고 내가 중얼거렸다.

그런데 수영하는 사람인지 시신인지는 쥘리에트의 부름에 대답하지 않았다.

쥘리에트가 키를 잡고 요트를 접근시켰다. 아나카프리 동쪽 해상은 만조였다. 여자로부터는 여전히 대답이 없었다.

"움직임이 없어. 눈도 감았는걸. 가봐!"

"배를 약간 돌려."

나는 잠수—아니 물로 뛰어들었다는 편이 더 맞다.

물결에 흔들리고 있는 몸으로 신중하게 접근했다.

"시뇨라."

여자는 눈꺼풀조차 들어 올리지 못하고 입술만 달싹거려 프랑스어로 중얼거렸다.

"탈진했어요. 심하게 쥐가 나요."

내가 프랑스어로 대답했다.

"그럼 움직이지 마세요."

그녀는 일종의 노여움이 섞인 낮은 목소리로 대꾸했다.

"움직이지 않은 지 한참 됐어요. 눈이 지독하게 화끈거려요."

나는 여자의 어깨 밑으로 한 팔을 밀어 넣었다. 그런 다음 완전히 그녀 밑으로 들어가서, 그녀를 내 몸 위로 들어올렸다. 그리고 천천히 배로 데려갔다.

우리가 그녀를 배 위로 끌어 올리고 나자, 그녀가 부탁했다.

제1장

"나폴리의 라드니츠키 박사에게 전화해주세요."

쥘리에트는 핸드폰으로 그녀가 일러준 번호에 전화를 걸었다.

그녀는 안색이 몹시 창백했다. 갑판 위에 누워 있었다. 팔꿈치를 괴었다.

그러더니 일어나 앉으려고 했다. 내가 부축해서 등을 기대고 앉게 해주었다.

"성함이 어떻게 되세요?"

"샤를 슈노뉴."

"고맙습니다. 제 목숨을 구해주셨네요."

"당신의 이름은요?" 내가 물었다.

"안 이덴."

"음악가시죠?"

"네."

"당신을 알아요."

"저도 당신을 알아요."

"아!"

*

부두 끝에는 이미 앰뷸런스와 라드니츠키 박사가 대기하고 있었다.

앰뷸런스 앞에서 한 어린 소녀가 슬픔과 전혀 무관한 표정으로

제1장

유심히 이쪽을 바라보았다. 차량 내부에서 무슨 일이 진행되는지에 더 관심이 있는 것 같았다.

항구 유원지의 카페 앞에서 피아노 대여업자가 에스프레소를 마시고 있었다.

그의 맞은편에서, 신부복 차림의 해안가 성당 신부가 콜라를 병째로 마셨다.

문 모퉁이, 카페의 왼쪽, 신문 가판대 바로 맞은편에, 수염이 없고, 야위고, 주름진 얼굴의 주민 한 사람이 벽에 기대서서 담배를 피웠다. 노년으로 접어드는 연배였다. 대머리인데, 귀 둘레에 드문드문 금발이 나 있고, 동그란 금속 안경테 너머로 생기 없는 큰 눈이 보였다. 목소리도 이제는 들릴락 말락 가늘었다. 말을 할 때 보면 그랬다. 하지만 거의 말을 하지 않는 까닭에 모두가 구석에 있는 그의 존재를 잊고 지냈다. 그는 눈을 반쯤 감고서, 담배 연기를 길게 들이마셨다가 짧게 여러 번에 걸쳐 내뱉었다. 그는 머지않아 죽을 것이다. 그게 바로 나였다.

*

"실례할게요." 그녀가 부르짖듯이 말했다.
자리에서 불쑥 일어나서 식당 밖으로 나갔다.
"왜 저래요?" 내가 라드니츠키 박사에게 물었다.
"별일 아녜요. 걱정하지 마세요." 그가 대답했다.

"뭐요, 별일 아니라고요?"

"왜 저러는 건데요?" 쥘리에트도 다그쳐 물었다.

"음악의 **편린들**이 떠오른 모양이에요. 샤를, 이해하세요."

"나야 작곡을 해본 적이 없어서요." 내가 말했다.

"그러니까 뭐예요? 뭘 하러 갔나요? 저녁 내내 우릴 버려둘 셈인가요?" 쥘리에트가 물었다.

"아뇨, 아녜요. 골목에 세워둔 차에 기보하러 간 거예요. 머릿속을 비워내면 돌아올 거예요."

*

　겨울이면, 대로변의 피자집에는 늘 거의 손님이 없었다. 큰 홀의 맨 안쪽에 작은 보조 홀이 있는데, 실제로 사용되는 것은 8월뿐이었다. 보조 홀은 정원을 향해 있었다. 겨울에는 그곳을 사용할 수 없는데, 바로 거기서 사흘 후에 나는 안 이덴을 다시 만났다. 여주인은 금연을 조건으로 기꺼이 그곳으로 차와 케이크를 가져다주었다. 그럼에도 우리는 작은 여닫이창을 열고 서서 한두 개비를 피웠다. 보조 홀에는 그 지역 올리브유 병들과 레몬 시럽 병들이 빼곡히 들어찬 선반들이 있었다. 어항도 두 개나 있었다. 하나엔 물이 없고, 다른 하나엔 작은 갑각류들과 꽤나 부산스러운 작은 물고기들이 가득했다. 빈 어항도 사실 볼품이 덜한 것은 아니어서—적어도 내가 보기엔—, 작은 불모지에는 회색 조약

제1장

돌, 말라 오그라진 해초, 거미줄, 산 거미들이 있었다. 얇고 부드러운 먼지 층에 덮여 한결 돋보였다. 나는 빈 어항이 아주 마음에 들었다. 이 어항은, 세상의 진실을 말해주는 영화라서 내가 제일 좋아하는 「탐욕」[1]에 나오는 죽음의 계곡, 바로 그것이었다.

주크박스도 있었지만 다행히 고장 난 것이었다.

간식을 먹고 있는데 쥘리에트가 우리를 보러 왔다. 그녀는 나와의 동거생활이 어느 국면에 접어들었는지 조심스럽게 안에게 설명했다.

"이젠 저이를 사랑하지 않아요. 더 이상 거의 동거랄 수도 없는걸요. 우린 각방을 쓰니까요. 난 **내 방**을 써요."

"**내 방**이라든가, **그의 방**이라는 말은 쓰지 말아야 해요." 안이 단호한 어조로 말했다. "우리에게 필요한 것은 집이라는 개념 자체에서 **멀어진** 방이니까요. 사람들의 속세적인 거대 도시에서 **동떨어진** 어떤 장소 말이죠."

"인간의 탐욕에서 멀리 떨어진." 내가 말했다.

"나는요, 그런 곳을 찾아냈어요." 안이 말을 이었다. "진정한

---

[1] 무성영화 시대의 거장 에리히 폰 슈트로하임Erich von Stroheim 감독의 1923년도 작품 「탐욕Greed」. 원래는 여덟 시간짜리 영화인데, 제작사와의 문제로 편집되고 말았다. 하지만 여전히 세계 영화사가 손꼽는 10대 걸작 중의 하나다. 죽음의 계곡 장면이 특히 유명하다. 원작은 프랭크 노리스Frank Norris의 소설 『맥티그McTeague』다.
내용은 다음과 같다. 존은 샌프란시스코의 평범한 치과의사. 아내 트리나는 복권에 당첨되어 뜻하지 않은 부를 얻는다. 그로 인해 등장인물들은 저마다 욕망과 집착을 드러내며 치명적인 선택을 하기에 이른다. 성공과 돈 앞에서 어쩔 수 없이 나약해지는 인간의 심성을 리얼리즘 형식으로 담아낸 작품이다.

의미에서의 방, 바다가 바로 내려다보이는 길쭉한 방이에요. 보실래요?"

"네." 쥘리에트가 대답했다.

"내가 찾아낸 곳을 보여드리죠."

안이 자리에서 일어섰다.

"난 커피 다 마셨는데. 누구 한 잔 더 하실 분?" 내가 물었다.

나는 커피를 마시지 않고는 살 수 없었다. 대여섯 잔을 마셔야 비로소 살아야 한다는 데 생각이 미처 전율하기 시작했다.

"당신은 당신 하고 싶은 거 하고, 우린 우리 하고 싶은 거 하게 놔둬요!" 쥘리에트가 큰 소리로 외쳤다.

"아주 진한 커피 한 잔 더요." 문틀 안에 서 있는 여주인에게 내가 말했다.

쥘리에트는 이스키아산 백포도주 한 카라프를 주문하고, 자리에서 일어나, 안에게 다가갔다.

두 손으로 안의 얼굴을 어루만지기 시작했다.

"휴식을 취해야겠어요. 다른 세상에서 온 사람처럼 보여요." 그녀가 안에게 말했다.

"언제 들어도 기분 좋은 말인데요." 안 이덴이 대꾸했다.

"잘못 알아들으셨군요. 이탈리아 다른 지역에서 오신 분 같다는 말인데."

"그럴지도 몰라요."

하지만 젊은 여자는 끈질기게 물었다.

제1장

"어쩜 이렇게 고우신 거죠?"

안이 그녀의 손을 잡았다. 쥘리에트는 차가운 백포도주 두 잔을 거칠게 연거푸 들이켰다. 두 여자가 나갔다. 나는 새로 커피 석 잔을 마시고 나서야 먼발치에서 그녀들을 따라갔다.

에스프레소 한 잔.

그리고 리스트레토[2] 한 잔.

그리고 수친토[3] 한 잔.

그것은 거쳐야 할 수순이었다.

우리는 가파른 오솔길을 올라갔다.

나는 안락의자에 앉아 선잠이 들었다.

잠이 깨자, 레나를 위해 잔디밭에 놓아둔 고무 매트리스 위에 앉은 그녀들의 모습이 눈에 들어왔다. 서로 손을 어루만지며 각자 살아온 이야기를 하면서 저녁나절을 보내고 있었다.

---

2) 가장 진하게 추출되는 순간에 뽑은 것으로, 에스프레소보다 더 진하고 물의 양도 더 적다.
3) 리스트레토보다 더 진한 커피. 거의 물이 없을 정도이다.

제2장

:

 내가 세 들어 사는 아파트 트라베르사 샹포는 주인의 사위가 윤나는 아름다운 회색으로 공들여 페인트칠을 새로 해놓은 상태였다. 내장재로 쓰인 목재, 문, 덧창, 벽장, 라디에이터는 훨씬 진한 회색으로 칠했다. 가장 큰 침실의 창들—주변의 회색 배경에 하얀 면 커튼이 쳐진—에서는, 구름이 잔뜩 끼지 않으면, 산이 보였다. 쥘리에트는 제일 안쪽 침실을 혼자 썼다. 나보고 이탈리아에서는 자기를 줄리아—때로는 심지어 마리아—라고 불러달라고 했다. 멋진 장소에서는 뭐든지 가능하다. 그녀는 아주 젊고 아름다웠다. 나 때문에 어지간히 짜증을 냈다. 책을 읽고, 독서에 지치면 쉬려고 또 책을 읽는 남자와의 생활에 심하게 넌덜머리를 냈다.
 초인종 소리에 나는 화들짝 놀랐다.
 책을 탁자에 내려놓았다.
 쥘리에트가 잽싸게 내 앞을 지나가, 창문을 열고, 하얀 나무 창틀에 팔꿈치를 괴었다. 아직 옷은 입지 않고 머리만 틀어 올린 상태였다. 미소를 지으며 그녀가 뒤로 돌아섰다.

제2장

"내가 구한 여자예요."

"**우리**가 구한 여자." 내가 말했다.

"나 갈게요."

"어딜 가?"

"옷 입어야죠."

나는 함께 살고 있으며, 나를 안기도 하는 젊은 여자의 얼굴을 물끄러미 바라보았다. 하지만 실은 제대로 바라보지 못했다. 그림자 때문에, 햇빛 때문에, 그녀의 웃음 때문에, 그녀의 알몸 때문에, 그녀의 서두름 때문에, 그녀의 존재 때문에 거북해서였다. 뭐든 다 거북했다.

*

나는 안과 레오 라드니츠키를 가장 향토색 짙은 현지 생활로 끌어들였다.

더위가 극에 달한 시기였다.

쥘리에트가 나를 떠난 때이기도 했다.

무료함에 지친 쥘리에트는, 안이 레온하르트를 위해 끈질기게 부탁했기 때문에, 풀타임으로 어린 마그달레나 라드니츠키를 돌보았다. (더 정확히 말하자면, 어린 마그달레나를 풀타임으로 3개월간 돌보았다. 격 3개월로.)

제2장

*

 섬의 이동 수단이라고는 단지 작은 목재 지붕이 달린 삼륜 자전거와 새하얀 미니 택시 몇 대뿐이었다. 한데 미니 택시는 닫힌 공간이라 더 편하지만 워낙 수가 적어서 바람이 불기 시작하거나 비라도 내릴라치면 아예 자취를 감춰버렸다. 우리 그룹 중에서는 오직 크로포트킨 대공 부인만이 나폴리 공항에서 피아트를 렌트해, 페리 선을 타고 와, 섬에서 자신의 소형 승용차로 돌아다녔다.
 하지만 우리를 태워주지 않았다.
 우리는 미니 택시로 레몬나무 밭 사이의 꾸불꾸불한 좁은 길을 힘들게 올라갔다.
 셋이서 조비알 세닐의 집에 가는 길이었다.
 차 속에서 마구 흔들리면서도 우리는 마냥 행복하기만 했다.
 "담에 올 땐 물을 여러 병 사가지고 와!"
 안은 갈색과 검은색 톤의 옷을 입었다.
 쥘리에트는 노란색 일색으로 입었다.
 그 후에는, 여름 내내, 두 여자가 비슷하게 옷을 입기 시작했다. 서로 바꿔 입기도 했다. 무슨 뜻인가 하면, 어느덧 안이 의상을 바꾸게 되었다는 말이다. 그녀는 쥘리에트가 입는 옷이라면 어느 것에도 열광적으로 반했다. 단지 색깔만 약간 다른 옷을 입었다(약간 어둡거나, 나이 들어 보이거나, 점잖거나, 검소하거나, 칙칙한 색을 골랐다).

제2장

큼직한 박스형 파란 스웨터들. 검은색 긴 치마들. 두 여자 모두 매우 아름다웠다. 둘 다 머리 염색을 그만두었다. 머리가 자연스러운 원래 색깔대로 자라게 내버려두었다.

쥘리에트는 안보다 스무 살 연하였다.

그녀는 속내를 털어놓지 않았다. 그저 넓은 어깨를 으쓱할 뿐이었다.

무뚝뚝하고, 거의 연극적일 만큼 대단한 자신감을 지닌 여자였다.

그녀는 안 이덴보다 키가 약간 더 크고, 몸매는 좀 덜 호리호리하고, 눈은 더 작고, 동작은 춤추는 듯하고, 공들여 제모한 얼굴은 근엄하고, 매우 운동선수 같았다. 그녀는 순수 상태의 근육덩어리와 흡사했다.

날이 무지하게 더웠다.

*

마그달레나는 삶은 달걀을 먹다가 젖니 하나가 빠졌다. 애가 끊임없이 무예트[4]를 빨았던 것도 사실이다. 안 이덴은 섬에서 레온하르트와 만나 곧장 아르만도의 집에 가야 했다. 마지못해 마그달레나를 쥘리에트 손에 맡겼다. 마그달레나는 주방 식탁에 앉

---

4) (계란 반숙이나 커피에 적셔 먹는) 길고 가느다란 빵 조각.

제2장

아서 버터와 소금을 바른 새 무예트를 입(하나가 빠져버린 여섯 개의 큰 이빨) 안에 쑤셔 넣고 있었다. 실은 버터와 소금을 빨아먹을 뿐이었다. 안은 나폴리에서 이스키아행 마지막 배를 탈 수 있었다. 빌라 아말리아로 올라갔다. 겨우 샤워하고 옷을 갈아입을 시간밖에 없었다. 그녀가 만찬 모임에 도착하자, 그들은 빨리 식사를 하고 싶어서 초조하게 서성이며 기다리고 있었다.

아르만도는 클로즈업된 정치인의 얼굴이 찍힌 포스터들을 떼어내 수집했다. 그것들을 장시간 손질하고, 찢고, 다시 그렸다. 그런 다음에 「정신병자들의 거대한 얼굴들」이라는 제목으로 전시했다.

전시장은 이스키아의 산언덕에 강철과 유리로 지은 현대적—1980년대에 '현대적'이란 말에 부여된 의미에서—입방체였다. 그곳에서는 공간의 모든 지점이 다른 어느 지점에서도 감시 가능하고, 발산된 모든 냄새, 불붙인 여송연의 극히 미세한 냄새마저 즉시 거대한 부피로 퍼져 나가고, 지극히 작은 속삭임도 중세 고딕 양식의 성당에서처럼 백 미터는 더 멀리 울렸다.

유일하게 비공업적인 오브제로는 강철 끈으로 천장에 매달린 다시 칠해진 거대한 얼굴들뿐이었다.

아르만도는 땀에 흠뻑 젖었다.

이미 취해 있었다.

"아페리티프는 마시지 않을래요." 그들의 굶주린 얼굴을 보며 안 이덴이 말했다.

제2장

그들은 일제히 고철과 반투명 유리 재질의 식탁 주변으로 달려들었고, 고작 착석하는 데 필요한 시간이 걸렸을 뿐이다. 아무도 말을 하지 않았다. 저마다 손을 뻗었다. 입술이 번질거리고, 눈이 번득였다.

*

날씨가 어찌나 더운지 뱀들이 굴에서 나와 그늘로, 안마당으로, 뜨뜻한 물가의 테두리 돌로 나왔다.

거미들은 침대 밑으로 들어가 어둠과 서늘함을 찾았다.

사람들, 밤(夜), 두려움, 기억.

제3장

:

 쥘리에트는 노를 저었다. 배가 모래사장에 닿았다. 마그달레나를 도와 내려주고, 배를 카스텔로 해변으로 끌어올렸다. 방파제로 올라갔다. 안이 위쪽의 바위에 있었다. 그녀가 큰 소리로 물었다.

"뭐 마실래?"

"당신과 같은 거요."

 안은 차가운 라이트콜라를 가지러 안으로 들어갔다.

 그녀가 다시 왔을 때, 마그달레나도 그녀 옆에 붙어 나타났다. 아이는 한쪽 팔에 근사한 하얀 비닐봉지를 끼고 있었다. 아이가 어렵게 봉지를 풀었다. 사방치기 놀이에 쓸 까만 조약돌을 꺼냈다.

"아줌마 가지세요."

 그런데 안은 사방치기 놀이할 때 분필로 긋는 네모난 칸들의 이름을 알려주지 못했다.

제3장

*

 안은 레온하르트가 오는 소리를 듣지 못했다. 테라스 모퉁이의 작은 정원에서, 주방의 등 없는 의자 하나에 올라가서 두 손을 위로 치켜들고 살구를 따는 데 정신이 팔려 있었다. 살구를 따서 양 무릎 사이에 꽉 끼운 바구니에 조심스럽게 담았다.
 해를 향해 고개를 들었다.
 두 팔을 뻗어 노랗게 익은 열매들을 손으로 움켜잡느라 티셔츠가 치켜 올라가 뱃살이 드러났다.
 레오가 그녀의 바구니를 받아 들었다.
 그녀는 아직 태양의 온기를 지닌 자두 한 움큼을 그에게 내밀었다. 그제야 비로소 그를 바라보았다.
 "안녕."
 "맛있어요?"
 "먹어봐요."
 그가 하나를 먹었다.
 "자두가 전부 따끈따끈해요. 맛도 있고요."
 그녀는 하얀 천이 둘린 밀짚모자를 쓰고 있었다. 레오 뒤편을 바라보며 환호성을 질렀다.
 오솔길에 모습을 드러낸 어린 마그달레나를 보았기 때문이다. 쥘리에트와 함께 오고 있었다.
 그녀는 의자에서 풀밭으로 뛰어내렸다.

제3장

"살구 하나 먹을래?"

"마실 것 주세요." 아이가 말했다.

그러자 둘은, 손에 손을 잡고, 웃으며 주방으로 갔다.

*

레오는 빌라의 그늘에 놓인 덱체어에서 잠을 잤다. 테라스 위쪽의 산에서는 열기로 인한 아지랑이가 몹시 유동적이었다. 그것은 점차 줄어드는 일종의 고리(環)들이었다. 수축이 진행되면 나무들, 파란 지붕, 주철 안락의자의 형태가 변하고, 서로 분리되면서 서서히 제 모습을 되찾다가, 2~3분 후에는 이전 상태로 복원되었다.

그것은 한 마리의 뱀 이상이었다.

그것은 탈바꿈의 체절(體節)을 지닌 반투명 짐승이었다.

날이 그토록 덥지만 않았다면, 야성적인 움직임을 몇 시간이고 바라볼 수 있었으리라.

*

땅은 쩍쩍 갈라진 진흙덩어리와 흙먼지의 혼합물이 되었다. 태양이 물기를 모조리 빨아들였다. 끊임없이 공중으로 피어오르는 물안개는 땅의 투명한 고통이었다.

제3장

*

테라스 맨 끝 계단에 앉아서, 토마토와 물소 고기가 가득 담긴 접시를 무릎에 올려놓은 채, 그녀는 멀거니 바다를 바라보고 있었다.

"안?"

안은 화들짝 몸을 떨었다. 어린 레나가 옆에서 불안한 듯이 바라보고 있었다.

"그래, 우리 예쁜이."

"자요! 근데, 먼저 눈을 감아요."

그녀는 눈을 감았다.

"손을 펴요."

안은 손을 폈다.

무척 가벼운 무엇이 느껴졌다.

"이제 눈을 떠도 돼요!"

손바닥에 놓인 젖니가 보였다.

안 이덴은 유명한 음악가일 뿐 아니라, 폭풍우를 부르는 위대한 샤먼일 뿐 아니라, 선물 세례를 받은 여인이기도 했다.

제3장

*

더위가 어찌나 극성을 부려대는지, 아무도 입맛이 없었다. 끊임없이 물만 찾았다.

"식품점에도 물이 떨어졌어. 누가 나서야겠는걸. 나폴리에 가야 하니까."

"난 커피 없인 살 수가 없는데."

"어지간히 더워야 말이지. 바다를 건널 용기가 나지 않네."

"샤를에게 부탁해봐. 항해 전문가니까."

"알면서 그래요. 내가 그 사람 만나지 않는 거." 쥘리에트가 대꾸했다.

마그달레나 라드니츠키는 의자 위에 올라가 있었다. 식탁 위로 팔을 뻗어 콩포티에에 담긴 살구들을 분류하고 있었다.

"뭐 하니, 레나?"

"순서대로 정리해요."

아마 두 시간은 걸릴 터였다— 두 시간 후면 살구가 완전히 무르거나, 대개는 물크러져 거의 잼처럼 될 터였다.

*

레온하르트가 안에게 말했다.

"당신 없이는 못 살겠어요. 당신이 필요해요. 당신이 나폴리

제3장

에, 아파트에, 내 곁에 더 자주 있으면 좋겠어요. 잘 때도 옆에서 당신 숨소리가 들렸으면 해요."

"그리고요?"

"사랑해요."

선물이 넘치는 시기였다. 선물에 선물이 이어졌다.

레오는 안에게 반지를 선물했다.

맨손가락이 더 좋으면 반지는 어떻게 하나?

그녀는 어린 소녀에게서 받은 젖니와 까만 조약돌이 확실히 더 마음에 들었다.

*

안 이덴의 집에 갈 때면, 오솔길이 너무 가파른 탓에, 대체로 나는 일부러 코르소 콜로나의 식품점을 거쳐서 가곤 했다. 광천수 몇 병이나 샐러드나 과일 들을 가지고 우선 작은 돌계단으로 올라가고, 그다음에는 대나무 잎처럼 바싹 마른 줄을 움켜잡고 자갈밭을 올라가야 했다.

나는 언제 가도 환영을 받았다.

우리는 늘 시간이 잘 맞았다.

나중에는 날이 너무 더워져서 방문을 절제해야 했다.

제3장

*

 그녀는 결코 섬의 약국에 당도하지 못할 것만 같았다. 하지만 복용 약은 사야만 했다. 그녀는 햇빛을 가리려고 우산을 펴 들고 있었다. 아스팔트가 물컹거렸다. 그녀는 힘들게 앞으로 나아갔다. 걸음을 뗄 때마다 아스팔트에 발자국이 남았다. 길의 형태가 서서히 변했다. 마치 동물로 변해 잠을 깨는 것 같았다. 쩍쩍 들러붙는 일종의 젊은 용처럼. 가장자리가 하얗고, 나무껍질 같은 피부에서는, 툭툭 갈라지는 소리를 내며, 시커먼 액체가 흘러나왔다.

*

 4천 년 전을 살고 있는 느낌이 들었다. 극심한 더위는 **여신**이었다. 여신 앞에서 만물이 입을 다물었다. 불현듯 물러섰다. 사람들은 여신이 지나는 길에 있게 될까 봐 두려워했다. 그래서 어둠이 내린 후에야 밖으로 나왔다. 바람 한 점 불지 않았다.

제4장

:

 폭풍우가 몰아쳤다. 레나는 안 이덴의 품에서 기쁨의 함성을 질렀다. 대체로 온갖 종류의 이상한 번개만 내리쳤다. 나무들. 일제 사격. 진짜로 갈라진 틈 사이로 청명한 파란 하늘이 나타나곤 했다. 비는 거의 내리지 않았다.

 더위가 다시 시작되었다. 훨씬 더 끔찍한 더위가.

 그들—레오, 아르만도, 크로포트킨, 샤를—은 목요일마다 디오의 집에 모였다. 디오는 방해 전파가 없는 유선방송처럼 말을 했다. 무궁무진한 부자에다. 사고는 한없이 고갈되고 빈약하며 무식하기까지 했다. 그의 영혼, 적성, 목표는 오직 행복이었다. 그가 말하는 행복이란 성욕 유지를 위한 포르노 관람, 약간의 운동, 다량의 수면제, 엄청난 즐거움을 의미했다.

 우리는 그를 조비알 세닐Jovial Sénile[5]이라고 불렀다.

 섬에는 러시아인들이 우글거렸다. 그들은 젊고, 생기 있고, 마피아고, 우애 있고, 마약중독자이고, 주정뱅이에다 유치하고

---

5) '명랑한 노인'이라는 의미.

제4장

근육질이며 공격적이었다.

그들은 새벽녘까지 설쳐댔다.

나는 19세기 말엽 러시아인들에게 완전히 점령되었던 커다란 빌라에서 피아노를 한 대 발견했다. 진짜 연주용 피아노인 뵈젠도르퍼[6]였다. 나는 쥘리에트—안이 레오와 나폴리에 머물렀기 때문에, 그날 밤 나와 함께 왔다—에게 신호를 보냈다. 어린 마그달레나는 제 엄마에게 돌아간 후였다. 우리는 조심스럽게 서재의 문을 닫았다. 친구들 마음을 상하게 하지 않으려고 최대한 신경을 썼다. 그들에게 슬픔, 수치심, 향수, 아름다움, 기대감, 우아함을 느끼게 해줄 수도 있지만, 그 즉시 그룹이 내향성 폭발을 일으켜서 우리만 홀로 남게 될지도 모를 일이었다.

나는 쥘리에트의 도움을 받아 피아노 아래쪽 구석에서 피아노 의자를 끌어냈다. 건반을 열고 피아노를 치기 시작했다. 악기는 훌륭했지만, 아쉽게도 가구며 홀의 크기, 벽지 때문에 소리가 둔탁했다.

나는 이미 쥘리에트와 함께 있지 않았고, 더 이상 이스키아에 있지도 않았다.

나는 죽은 내 누이들과 함께 있었다.

나는 베르하임[7]에 있었다.

---

6) 리스트의 피아노로도 유명한 오스트리아의 명품.
7) 프랑스 알자스 지방의 중세 도시.

제4장

*

내가 피아노 뚜껑을 닫은 것은 한 시간이 꿈결처럼 빠르게 흐른 뒤였다. 야릇한 침통함이 느껴졌다. 우리 내면에서 느껴지는 비애는 아름다움보다 더 오래되고 거의 더 순수하다. 나는 마 재킷을 찾아 주머니에서 핸드폰을 꺼냈고, 안 이덴에게 전화를 걸었다.

"피아노를 발견했어요. 뵈젠도르퍼예요."

"어디서요?"

"러시아 사람들 집에서요."

"어떤 러시아 사람들 말인가요?"

"젊은 러시아 사람들이요."

안은 무척 흥분했다. 나폴리에 있어서 그날 밤에는 올 수 없다고 말했다. 그들은 방금 친구들 집에서 나온 참이었다.

"미안해요, 안. 지금이 몇 신 줄 몰랐어요."

그녀는 내일 자기를 데리러 와달라고, 전화하라고, 내가 찾아낸 피아노가 있는 데로 태워다 달라고 부탁했다.

나는 핸드폰을 닫았다. 쥘리에트가 말했다.

"당신이 피아노 치는 거 몰랐어요. 첼로 연주만 한다고 알았거든요."

"그들이 브라스리[8)]에서 우릴 기다리고 있어. 지금 몇 시야?

루이지와 그의 아내가 기다려."

 자정이 넘은 시간이었다. 우리는 그들과 합류했다. 공기가 여전히 뜨거웠다. 나는 내 누이들을 몽상했다. 누이들이 말하는 소리를 들었다. 내게 말을 가르쳐준 것은 누이들이었다. 나는 상어 고기를 먹었다.

---

8) 음료나 간단한 식사를 파는 식당.

제5장

:

해가 지려고 한다. 두 여자가 제일 좋아하는 시간이다. 용기를 내서 외출했던 이들도 모두 귀가했다. 물은 더 잔잔하고 시원하다. 물이 다리를 따라 올라온다. 수영복까지 이르자, 순전히 습관대로, 둘 다 동일한 동작으로 발끝을 세워 몸을 들어 올린다.

쥘리에트가 말한다.

"날 사랑한다면 줄리아라고 불러줘요."

"나는 안나라고 불러줘."

안나와 줄리아는 웃고 떠든다. 그러고 나서 불쑥 물에 뛰어들어 헤엄쳐 나아간다.

안나는 수영복 상의를 벗어던진 줄리아 옆에 누워 있다. 줄리아가 돌아누워 등에 저무는 햇빛과 신선한 바람을 쏘인다. 그녀는 안나의 젖은 배 아래로 슬그머니 손을 밀어 넣는다.

그녀는 안나보다 더 날씬해졌다. 윤곽이 섬세한 얼굴, 운동선수 같아진 몸매, 체조 선수의 널찍한 등판, 몸의 나머지 부분은 훨씬 더 호리호리해지고 뼈가 두드러졌다. 그녀는 많이 마시고 먹지는 않았다.

제5장

안나의 엉덩이는 아주 동그랗고 자그마했다.

줄리아의 장딴지는 무희의 그것이었다.

줄리아는 과거를 혐오했다. 그녀는 순간을 살았고, 끊임없이 마셔댔고, 전혀 속내를 드러내지 않았다. 그것이 무엇이든 안 이덴은 결코 알지 못했다.

*

누구에게나 자신의 왕국이 있다. 이탈리아에 머물 때 레나의 왕국은 폭풍우였고, 안나에겐 티레니아 해를 굽어보는 기다란 방, 줄리아에겐 소파와 백포도주, 아르만도에겐 강철로 만들어진 아틀리에, 조비알 세닐에겐 야밤의 마약 파티, 필리스에겐 성당의 긴 의자, 크로포트킨에겐 산, 샤를에겐 서재의 책들이었다. 그들은 서로 친구지만 거의 만나지 못했다. 각자 황급히 자신의 왕국으로 돌아갔으므로.

*

나는 다음 몇 달간의 이야기를 상세히 기술할 수도 있다. 바쁘고, 사랑에 빠지고, 환상에 빠졌던 몇 달간이다. 나는 건너뛴다. 또 건너뛴다. 이듬해 3월로 간다. 다시 날씨가 춥다. 줄리아와 안은 마그달레나가 엄마에게 가 있는 3개월간 이스키아에서 함께

제5장

살았다.

어린애가 이탈리아에 있는 3개월간은 주중에 줄리아가 나폴리로 돌아갔다가, 주말이면 마그달레나와 섬으로 왔다.

*

안은 줄리아의 품에서 이탈리아 여자로 변했다.

되찾은 성욕이 육체를 아름답게 하고, 주위 사람들에게 퍼지고, 공기를 정화한다.

그녀들은 손에 손을 잡고 걸었다. 바다에서 다시 올라왔다. 말이 없었다.

안은 해수욕 타월을 두르고 있었다.

줄리아는 허접한 잡지들을 들고 있었다. 그녀들은 뜨거운 흙먼지 속에서 샌들을 질질 끌며 걸었다.

마그달레나는 10미터쯤 뒤쳐져 종종걸음으로 따라오면서 활기 없이, 하품을 하며, 노래를 반복해서 불렀다.

그녀들 셋 모두가 검게 그을렸다.

줄리아의 피부조차 이제는 빨개지지 않았다. 그녀는 조금씩 가파른 언덕길을 올라갔다.

제5장

*

줄리아는 맨발을 엉덩이 밑에 넣은 자세로 소파—낡은 체스터필드—에 앉아, 백포도주 잔을 손에 들고, 땅콩을 씹었다. 마그달레나가 나지막하게 말했다.

"아가 고양이!"

새끼 고양이가 테라스에서 고개를 방 안에 디밀고 있었다.

샤워를 마친 안이, 물을 뚝뚝 흘리며, 손에 수건을 든 채 알몸으로 나왔다.

"아줌마도 봤어요?" 마그달레나가 물었다.

"예쁘기도 해라!"

안은 유리문을 더 활짝 열었다. 수건을 바닥에 떨어뜨리고 고양이 앞에 꿇어앉았다.

"예쁘구나." 그녀가 말했다.

"검은 점도 보셨어요?" 마그달레나가 물었다.

"그게 징조 같으니?" 안이 되물었다.

*

레나는 줄리아의 배 위에서 잠이 들었다.

둘 다 소파에 있었다.

줄리아는 백포도주를 마시고, 코르소 콜로나에서 구입한 잡지

제5장

들을 읽고, 땅콩을 먹었다. 그동안 마그달레나는 꿈을 꾸느라 몸을 뒤척이고 땅이 꺼지도록 크게 한숨을 쉬었다.

안은 두 손에 악보를 펼쳐 들고, 홀에서 가장 시원한 구석인 벽난로 모퉁이에서 검은 화산석에 등을 기대고 앉아 있었다.

제6장

:

 사선으로 줄기차게 내리치는 비 때문에 만이 보이지 않았다. 주민들은 집 밖으로 나가기를 꺼렸다. 어느 날 아침, 미니 택시로 우체국(항구로 가는 대로변에 있었다)에 다녀오는 길인데, 열기와 폭우로 인해 흐릿해진 시야에서, 나는 얼핏 해변 위쪽의 암벽에 달라붙은 늙은 소나무가 그녀의 집을 가리키고 있는 것을 본 듯했다. 나는 타고 오던 스쿠터를 세웠다.
 장대비가 어찌나 극성스럽게 쏟아지던지 오솔길이 겨우 보였다.
 나는 늘 작은 가죽 가방(큰 주머니가 두 개 달린 배낭)에 온갖 잡동사니를 전부 집어넣고 다녔다. 나는 책들을 제치며 핸드폰을 찾았다. 여전히 미니 택시의 작은 지붕 아래에서 안에게 전화를 했다. 등반이 헛걸음이 되지 않을 거라는 확신이 필요해서였다. 우리는 친구 사이가 되었다. 줄리아가 나폴리에 있을 때면 자주 만났다. 나는 그녀에게 담배를 가져다주곤 했다.

제6장

*

　아침마다, 우리는 말없이 커피를 한 잔 마셨다. 그런 다음 나는 걸어서 집에 돌아오곤 했다.

*

　다른 때—트라베르사 샹포에 차가 다닐 수 없었으므로—는 피아차데이페스카토리로 우회하지 않을 수 없었다. 비가 억수같이 퍼붓거나 바다에 돌풍이 몰아치지 않는 한, 바닷가에 앉아서 찬 맥주를 마시는 즐거움을 나는 포기하지 않았다. 그녀는 거기서, 저녁때, 자주, 나와 마주치곤 했다.

*

　자신의 노래에 몰입해 있을 때, 안 이덴은 희한한 자세로 앉아 있곤 했다. 몸이 거의 뒤로 젖혀졌다. 자신이 남의 눈에 어떻게 보일지 전혀 개의치 않는 여자의 멋진 모습이었다. 불현듯 사라지거나, 쓰러지거나, 날아오르거나, 암벽 위에서 항구로 몸을 던지거나, 바다로 뛰어들 수도 있을 것 같았다.

제6장

*

그녀는 전적으로 몰입하는 여자였다. 자신의 허기에, 노래에, 걸음걸이에, 열정에, 수영에, 운명에.

그럴 경우 나는 그녀를 방해하지 않았다. 아는 척도 하지 않았다. 두 자리 뒤로 물러나 앉아, 찬 맥주를 주문했다. 우리는 별로 말을 하지 않았다. 전혀 안 하기도 했다. 우리는 어부들이 배를 정박시키는 모습, 관광객들이 보트로 범선까지 이동하는 모습, 태양의 원형궤도가 카스텔로에 내려가서 카프리 섬의 티베리우스의 성채를 정확히 따라가며 더 멀리 내려가는 광경을 한 시간가량 바라보았다.

*

"가톨릭 브르타뉴 여자와 유대인 루마니아 남자의 딸인 엘리안 이델스텐이 어째서 안 이덴이 된 거예요?"

"모르겠어요."

"자신을 숨기려고요? 유대인들은 숨어야 하기 때문인가요?"

"아뇨. 유대인들이 숨어야 한다고 믿지 않을뿐더러, 숨는 것이 그들을 보호한다는 생각도 하지 않아요."

"그렇다면 왜?"

"함께 살았던 첫번째 남자가 등산가였어요."

"상관관계를 모르겠는데요."

"그가 히든 피크[9]를 등반한 적이 있어요. 사실은 그 사람이 재미로 이델Hidel을 이덴Hidden으로 바꿔줬어요. 내게 이름을 붙여준 거죠."

"그를 사랑했나요?"

"네."

"그럼 왜 떠났어요?"

"왜 떠났겠어요? 그 사람이 죽었거든요."

*

건반 앞에서 안 이덴이 취하는 몸놀림은 마르셀 메예르[10] 스타일이었다. 이 거장이 돌연 사망하기 전에 그녀의 연주를 접할 기회가 조금이라도 있었다면, 누구라도 알 만한 사실이었다. 그녀의 왼손은 무척 힘이 강했다. 그런데, 악보를 불성실하게 따르면서, 곡 전체를 엄청나게 느리고 환히 빛나는 일종의 멜로디가 될 때까지 단순화시키는 까닭에, 결과는 비교할 수 없을 만큼 달랐다.

---

9) Hidden Peak: '가셔브룸 1봉'이라고도 불리는 세계에서 11번째로 높은 봉우리(8,068미터). 파키스탄과 중국의 국경 카라코람에 위치해 있다.

10) Marcelle Meyer(1897~1958): 프랑스의 여성 피아니스트. 에릭 사티와 친분이 있던 그녀는 1923년 그의 피아노 소품집을 프랑스에서 초연한 바 있다. 그녀의 연주 스타일은 리파티, 샹송 프랑수아, 그리고 러시아 피아니스트 블라디미르 소콜로브에게 영향을 미쳤다.

제6장

놀라울 정도로 충격적이었다.

그녀는, 피아노에서 멀리 떨어져, 우선 악보를 읽고 나서 내려놓았다. 건반 앞으로 가서 앉았다. 그리고 갑자기, 소용돌이치는 거친 요약의 형태로 곡 전체를 토해냈다. 그녀는 연주를 하는 게 아니었다. 자신이 읽었던 곡이나 그중에서 기억하고 싶은 부분을 즉흥적으로 다시 만들어냈다. 장식을 제거하고, 멜로디의 화음을 없애고, 사라진 테마를 노심초사 탐색하고, 테마의 정수를 추구하다 보면 최소한의 일치만 남았다.

때로는, 테마가 기원 자체로서 회귀하게 하려는 일념으로, 그녀는 동양의 음악을 떠올리며 떠도는 긴 변주들 속에서 길을 잃을 때도 있었다. 그러면 건반에서 손을 떼고, 주저 없이 일어나, 눈살을 찌푸린 채, 침묵 속에서 여전히 테마를 쫓으면서, 다른 곳으로 떠났다. 정원으로 나가서, 걷고, 또 걸었고, 암벽 위로 올라갔다. 그녀는 천재였다.

어떤 의미에서는, 인디언 예술가였다.

때로는 호텔의 홀 — 무어인들의 호텔 살롱 중 하나, 혹은 조용하기만 하다면 나폴리의 바 — 에 자리를 잡기도 했다.

가장 편하고, 문에서 가장 멀면서, 손님들이 갑자기 밀어닥칠 경우 그들이 그녀 앞의 공간으로 몰려드는 것이 가장 잘 보일 만한 위치의 안락의자에 앉았다.

그렇게 해서 그녀는 생각들 — 소리로 울리는 내면의 생각들, 혹은 이런 생각들을 극복하기로 수락한 생각들 — 을 끌어냈다.

침묵 속에서 선율선들을 테스트하고, 맘에 들면 기보하고, 아니면 쫓아버렸다.

*

그녀는 복합적인 여자였다.

마그달레나에게는 폭풍우의 지배자인 그녀가 불가사의한 요정이었다.

레온하르트의 눈에는 기이할 정도로 명상에 잠긴 예술가, 주위 사람들에겐 거의 무관심하고, 강하고, 야생의 혹은 적어도 길들일 수 없는, 고독한 예술가로 비쳤다.

줄리아가 느끼기엔, 뼈와 도주와 일탈로 이루어진, 감미로운, 침묵하는, 육감적인, 믿음직한, 커다란 육체였다.

조르주에게는 오만한, 약간 적대적인, 항상 경계태세인, 아무것도 아닌 일에 충격을 받는, 섬약한, 불안한, 신비한, 어린 소녀로 여겨졌다.

내가 보기엔 천재 음악가였다. 그녀는 거의 연주를 하지 않았다. 그래도 연주를 부추겨보려고 나는 최선을 다했다.

*

자신의 마음 깊은 곳에서, 전혀 들어본 적이 없고, 그렇다고

제6장

자신의 작곡도 아닌 곡조가 느닷없이 울리는 수가 있다. 그런 곡조는 즉시 기보해야 한다. 그러고 나서 작업을 하든지 말든지 한다. 이런 부름은 어느 누구의 전유물도 아니다. 특히 이런 곡조가 호출하는 사람들의 것은 아니다(왜냐하면 이런 곡조가 소환할 법한, 혹은 소환했던 사람은 하나같이 죽은 자이기 때문이다).

소피아 코리와 함부르크로 도주하는 얀 두세크.[11]

마그달레나 파울리나 라드니츠키와 헤르쿨라네움[12]으로 도주하는 안 이덴.

*

안은 크리스마스 선물로 레나에게 개 한 마리를 사주었다. 폭스테리어였다. 안과 레나는 마트로라 이름 지었다. 마트로는 나폴리에 갈 수 없었다. 섬에 남아서 바다와 오솔길과 테라스 주변을 감시했다.

---

[11] Jan Ladislav Dussek(1760~1812): 체코의 작곡가이자 피아니스트.
[12] 나폴리 남동쪽 8킬로미터쯤 떨어진 곳에 있던 로마의 고대 도시. 1979년 베수비오 화산 폭발 시 폼페이, 스타비아이와 함께 파괴되었고, 오늘날 레시나라는 도시가 이 지역의 일부를 차지하고 있다.

제6장

*

그녀들은 도착하자마자 항구에서 생선을 샀다. 그리고 가로수 길을 거슬러 올라가 시장에 갔다. 하얀 콩(까놓은 콩)과 송아지 고기를 샀다. 테라스에서 점심을 먹었다. 그리고 레나의 낮잠 시간이 되었다. 줄리아는 샌들을 벗었다. 쇼트 팬츠와 티셔츠 차림 그대로 레나 옆에 누웠다.

*

레나는 잠이 깨서, 즉시 일어나더니, 졸고 있는 개의 배를 걷어찬다.

마트로가 울부짖으며 도망친다.

마그달레나는 줄리아에게 엉덩이를 한 대 얻어맞는다.

아이가 운다.

"왜 못되게 굴어?" 줄리아가 묻는다.

"나 못된 애 아니에요." 아이가 느리게 대답한다.

"개를 때리면, 너도 맞을 줄 알아."

그러자 마그달레나 라드니츠키는 인형을 품에 안고 울면서 가 버린다.

안의 자리인 거실 벽난로 앞의 구석으로 간다.

줄리아는 아이가 구석에서 인형을 가지고 놀게 내버려둔다.

제6장

아이는 벽난로 아궁이 돌 위에서 소형 휴대용 촛대들을 집어다 소꿉장난 도구 둘레에 늘어놓는다.

줄곧 노래를 흥얼거리다가, 인형에게 장황한 이야기를 건넬 때만 멈춘다.

*

한 줄기 햇살이 나타났다.

줄리아는 끝에서 두번째 계단에 가서 앉았다. 해질 무렵에 필요한 소지품 꾸러미를 몽땅 가져갔다. 땅콩, 올리브, 차가운 백포도주 한 병, 선글라스, 허접한 잡지들, 짜지도 않는 뜨개질감.

두 다리를 늘어뜨린 자세로 자리를 잡았다.

원피스 자락을 아주 위로 걷어 올리고, 레나의 파란색 고무 욕조의 맑은 물에 두 발을 담그고 물장난을 쳤다.

고개를 뒤로 젖혀 최초의 햇볕에 온몸을 맡기고, 피부를 태웠다.

*

다음 날 줄리아와 마그달레나는 시장에서 배 모양의 월귤나무 비스킷을 발견했다.

점심 때 먹은 월귤나무 열매 때문에 손가락 끝이 씻어도 소용

제6장

없을 정도로 아주 새까매진 레나는 산에 올라가 놀기로 했다.

줄리아는 새로운 햇볕에 갈라진 아이의 입술에 크림을 발라주었다.

안은 커피를 끓였다.

*

어린 마그달레나는 녹초가 되어 집에 돌아왔다. 줄곧 산비탈을 따라 자갈과 새로 돋아난 풀과 마른 짚더미에서 뒹굴다가, 기쁨의 함성을 지르며 테라스에 착지한 것이었다. 몸이 뜨겁고 온통 긁힌 자국투성이였다. 아이는 선 채로 졸았다. 안이 아이를 안아 거실로 데려갔다. 그곳에는 이미 줄리아가 낮잠에 빠져 있었고, 허접한 잡지 나부랭이, 담배, 올리브, 땅콩, 피스타치오, 방울토마토, 백포도주 같은 그녀의 소지품 일체가 주위에 널려 있었다. 안은 아이를 두 베개 사이에 끼워 눕혔다.

안이 땀에 흠뻑 젖은 아이의 이마를 닦아주자, 아이는 그녀의 눈앞에서 대번에 곯아떨어졌다.

안은 거실의 하얀 소파에서 잠든 두 사람을 바라보았다.

그리고 항구로 내려와서, 수상버스를 기다리고, 트랩에 오르고, 레오를 만나러 나폴리로 갔다.

제6장

*

레나의 몸이 시퍼렜다.

줄리아가 비명을 질렀다.

그녀가 숨을 거둔 아이를 안고 창문을 겸한 문의 틀에 서 있었다.

사체 부검이 실시되었다. 마그달레나 라드니츠키는 어이없게도 땅콩에 기도가 막혀 세 살 나이에 사망했다.

사체는 병원에 옮겨져 부검이 끝난 다음에 라드니츠키 박사의 집으로 보내졌다.

줄리아는 도망쳤다.

제7장

安은 밤새 줄리아를 기다렸지만 헛일이었다. 마침내 핸드폰으로 연락이 닿았다. 섬으로 가서 억지로 그녀를 찾아 달래보았으나, 줄리아는 안과 함께 레오의 집에 가려고 하지 않았다.

安 혼자서 다시 나폴리행 배에 올랐다.

아파트에 도착하자, 해가 저물었다.

레오가 틀어박힌 침실로 살며시 들어갔다. 마그달레나 옆에서 밤샘을 하러 가겠노라고 말했다. 그가 고개를 끄덕였다. 그래서 그녀는 복도를 지나갔다. 방문을 열었고, 방 안의 아무것도 바라보지 않으면서 방문을 닫았다.

그녀는 서 있었다. 아주 캄캄했다. 덧창이 닫혀 있었다.

침대 옆에 쭈그리고 앉아서, 무릎을 꿇고, 눈길을 들지 않다가, 문득 바라보았다.

내면에서 강렬한 고통이 올라왔지만, 눈물은 흐를 기미조차 없었다. 그녀는 아이의 뺨 옆에 자신의 머리를 놓았다.

잠시 후 손을 죽은 아이의 조그마한 손 아래로 밀어 넣었다.

제7장

*

그녀의 고통은 엄청났다. 아이와는 아무런 연고도 없는 관계였다. 그럼에도 끔찍한 고통이 삶의 피륙을 찢었다. 이상하게 눈물은 전혀 나지 않았다. 마른 흐느낌조차 없었다. 괴로운 심정도, 아무것도 느껴지지 않았다.

불면증 외엔 아무런 증상도 없는, 바닥을 모르는 고통.

그녀는 며칠 동안 깨어 있었다. 옷을 벗지도, 눕지도, 갈아입지도, 씻지도 않은 채로.

심지어 마트로조차 그녀와 약간 떨어진 곳에서, 날이 무척 더운 탓에 그늘에서, 몹시 불안한 표정으로 자리를 지켰다.

줄리아가 불참한 가운데 마그달레나는 매장되었다.

*

두번째 테라스에 갈 여력조차 없었다. 그래서 안 이덴은 당나귀 축사의 따끈한 벽에 등을 기댄 채, 그늘진 바닥에 앉아 있었다. 앞에 놓인 빈 물병을 바라보았다.

가운데가 볼록한 녹색 유리병에 일그러진 자신의 모습이 비쳤다. 땀을 흘리고 있는 늙은 여자였다.

햇빛에 반짝이는 길게 늘어진 하얀 머리칼이 눈에 띄었다. 열흘 전부터 광천수만 마시고 있는데도 취한 것처럼 보였다. 냉장

고에서 물을 꺼내면서, 물이 더 차가워지게 유리병에 다시 물을 채워놓곤 했다. 깜빡 선잠이 들었다. 꿈을 꾸었다. 꿈속에서 울었다. 마침내 얼굴로 흘러내리는 눈물 때문에 그녀는 가파른 오솔길에서 잠이 깼다.

*

줄리아와는 더 이상 통화가 되지 않았다.

그녀가 어디서 살고 어디서 자는지 아무도 정확하게 알지 못했다.

측근들—예전의 측근들—조차 그녀가 틀어박힌 곳을 몰랐다.

*

나폴리의 아파트에서, 안은 옷을 입었다. 바닥에서 양말을 찾았다. 안락의자 발치에서 한 짝을 집어 들었다.

등 뒤에서 완전히 갈라진 레오의 목소리가 들렸다. 평소의 목소리가 아니었다. 크고 굵은 어린애 목소리가 울렸다.

"옷 입지 마요!"

그녀는 보기만 할 셈으로 돌아섰다. 과연 그는 울고 있었다. 어린애처럼 침대 시트를 만지작거렸다. 시트에 눈을 훔쳤다.

그리고 베개에 기대앉았다.

"그렇게 떠나지 마요. 난 더 이상 당신이 떠나는 거 못 봐요. 새벽에 옷을 입고 섬으로 가는 걸 더 이상 견딜 수 없다고요."

"네."

"너무 외로워요."

"알아요."

그녀는 팬티를 입었다. 청바지 단추를 채웠다. 그가 나지막하게 말했다.

"안?"

"네."

"떠납시다."

그녀는 대답하지 않았다. 그러더니,

"네."

그러고 나서,

"글쎄요."

그가 말을 이었다.

"배를 타고 갑시다."

"네."

"우리 도둑처럼 떠납시다."

"네."

"페리선에 올라타는 거예요. 그런 다음 비행장으로 돌진해요. 당신이 원하는 곳에 도착할 테죠. 뭐든 내가 다시 장만할게요. 당신 옷도 새로 사고요."

제7장

"당신이 내게 새 옷을 사준다고요." 블라우스 단추를 채우면서 그녀가 맞장구를 쳤다.

"오늘 당장 떠나요. 각자 여유로 오후 시간만 가지도록 하죠. 8시에 선착장 매표소 앞에서 만나는 거예요."

그녀는 침대 가장자리에 앉아 하얀 운동화의 끈을 묶었다.

"안 돼요." 마침내 그녀가 말했다.

"왜요?"

"우린 어딜 가나 동일한 기억을 지니게 될 테니까요. 상대방 얼굴을 볼 때마다 고통이 되살아날 거예요. 내 생각을 알고 싶어요?"

"절대 알고 싶지 않아요."

그는 시트 속에 머리를 묻었다.

그래도 그녀는 말했다.

"함께 떠나면 안 된다는 생각만이 아니에요. 함께 살면 안 된다는 생각만이 아니라고요."

그가 시트 밑에서 소리를 질렀다.

"안, 하려는 그 말을 하지 말아요!"

"우린 헤어져야 한다고 생각해요."

그녀는 침대로 갔다. 시트 밑에 숨은 그의 머리를 끌어안았다. 그리고 떠났다. 현관문에 이르렀는데도 여전히 울음소리가 들렸다. 그녀는 아파트 열쇠를 서랍장의 대리석 위에 놓았다.

제8장

:

한 어부가 손을 잡아주어서, 그녀는 모터보트 안으로 뛰어내렸다. 프로치다 섬 남쪽에서 하선했다. 프로치다 섬의 허름한 식당에서 점심식사를 하자고 라드니츠키 박사가 초대했기 때문이다.

그녀는 샐러드의 잎을 삼켰다.

레오가 입을 열었다.

"먹어야 해요."

그들은 테이블을 사이에 두고 마주 앉았다.

"억지로라도 먹고 있어요."

그녀는 로케트[13] 이파리를 먹었다.

"고마워요, 안. 당신은 먹어야 해요. 그런데 내가 이토록 먹어야 하는 이유를 도무지 모르겠어요……"

"다른 이야기하면 안 될까요?"

"왜요? 나는 냉정하게, **전문적으로** 우리의 관심사에 대해 말하는데요. 애초에 내가 당신 주치의였잖아요."

---

13) 잎을 샐러드에 쓰는 유채과의 식물.

제8장

"이 섬을 떠날 생각이에요."

"그래서요? 여행 가방을 들 만큼 근육을 키워야 할 이유가 하나 더 느는 거죠. 길을 걸어 다닐 만큼 허벅지 힘을 키워야 할 이유가 더 느는 거고요."

그 앞에서 그녀는 감히 자신의 고통에 대해 말할 수 없었다.

"레오, 당신은 짐작도 하지 못할 거예요, 내가 얼마나 역마살에 지쳤는지를. 얼마나 내 자신에게 진저리가 나는지를."

그들 앞에서 한 늙은 남자가 좌판 위에 마호가니 장롱의 낡은 문짝을 올려놓았다. 그리고 커다란 바구니에서 사과, 야채, 레몬, 깃털 벗긴 닭 두 마리를 그 위에 쏟아놓았다.

헌병 한 사람이 지나갔다.

"난 우리가 같은 장소에서 살아야 된다고 늘 생각해요. 우린 결혼해야 해요. 함께 살아야 하니까요." 그가 작은 목소리로 말했다.

그녀가 그의 손을 잡았다.

"당신은 망가졌어요. 나도 그렇고요. 망가진 사람의 과거를 고쳐줄 거라고 망가진 사람에게 기대해선 안 돼요. 전부 잊어야죠……"

"전부 잊으라고요……" 그가 냉소를 지으며 말했다.

그리고 다시 속삭였다.

"당신도 그 앨 사랑했잖아요……"

그러자 그녀는 더 이상 참을 수가 없었다. 그 앞에서 처음으로

제8장

울음을 터뜨렸다.

*

그 후에 그는 자신의 비탄을 발산했다.
죽음에 다가갔다.
과음했다.
느닷없이 불관용으로, 원망으로, 난폭한 언행으로, 부당한 행위로 감정을 폭발시켰다.

*

그는 죽은 자식의 몸이 어땠는지 기억나지 않았다. 세세한 것들을 구걸하듯 물었다. 상처나 반상출혈은 있었는지? 생전처럼 예뻤는지? 입이 벌어져 있었는지? 죽음의 순간에 비명을 질렀는지? 자신이 진정으로 바라볼 줄 몰랐던 점들에 대해 좀더 알고 싶었다.

*

사건이 자신의 시련으로 축소되자, 어떤 위로도 위로가 되지 못했다.

제8장

어떠한 알코올도, 마약도, 커피도, 담배도, 화학약품도, 수면제도 도움이 되지 않았다.

영혼이 고통을 향해 돌아서야 한다. 말하자면 영혼이 고통을 마주 보며 감내하고, 자신의 시간을, 심연을, 비탄을 고통에게 제공할 필요가 있다. 고통을 육체 밖으로 끌어내야 한다. 고통에게 자신이 아닌 다른 것을 먹이로 주어야 한다. 마치 고통이 하나의 존재인 듯이, 그를 유혹하고, 그에게 미끼를 던지고, 뭔가를 제물로 바쳐야 한다.

안 이덴은 바닷가의 빌라를 제물로 바치기로 결정했다.

*

이따금 슬픔은 어떤 방법으로도 치유되지 않는다. 시간이 흐를수록 커질 뿐이다.

*

그녀는 줄리아를 사랑했다.

나는 줄리아가 나폴리의 어느 아파트에서 산다는 사실을 알게 되었다. 그녀는 관광객들을 상대로 강연을 했다. 어느 날 저녁, 내가 그녀를 차로 줄리아의 집에 데려다 주었다.

하지만 줄리아는 안 이덴과 화해하지 않았다.

제8장

그녀들은 서로 어루만지지 않았다. 더 이상 말을 나누지도 않았다. 함께 자지도 않았다. 먹지도 않았다.

그녀들은 술을 마셨다.

상대방을 바라보았다. 줄리아가 두 손으로 안의 얼굴을 감쌌다.

안은 열렬한 사랑의 눈빛으로 그녀의 입술을, 가슴을 바라보았다. 두 손으로 쥐었다. 바라보다가 그 위에 자신의 뺨을 갖다 대었다.

"아듀."

*

줄리아가 섬을 떠났다. 그 후로 안에게 아무런 기별도 하지 않았다. 안이 그녀의 핸드폰에 아무리 전화를 걸어도 받지 않았다. 편지에도 답장하지 않았다. 테이에도 전혀 나타나지 않았다.

제9장

:

나폴리에 있는 어린 마그달레나 파울리나 라드니츠키의 무덤가. 안이 혼자 그곳에 가서 꿈을 꾸었다.

마음이 편안해지는, 감미로운 동일한 이미지가 반복적으로 나타났다.

장면은 거의 언제나 똑같았다. 때는 저녁, 그녀들이 저녁식사 전에 목욕을 했다.

그녀들은 하나같이 무척 아름다웠다. 식탁에 둘러앉은 세 여자는 아주 말끔하고, 피부가 발그스레하고, 머리칼은 축축하고, 잠옷 상의는 깨끗했다. 앞에는 접시가 하나씩 놓여 있었다.

훨씬 드물긴 하지만 다른 장면도 있었다. 정오에, 여전히 세 여자는 작은 바에서 점심으로 샐러드를 먹었다. 나무에 벌레가 먹은 바는 기둥들이 흔들리면서 티레니아 해로 들어갔다.

*

조르주 로엘은 행복했다. 전화 수화기를 내려놓았다. 그녀가

제9장

돌아온다는 거였다.
 그는, 들로르 씨라면 그랬을 법하게, 오후 내내 오두막-굼펜도르프를 쓸고 닦았다. 마포, 수세미, 자벨수, 활짝 열어젖힌 창문들.

*

안이 전화로 조르주에게 한 말이다.
 "마지막으로 마그달레나의 아버지를 만나서, 빌라의 임대를 포기하고 섬을 떠나겠노라고 말했어. 그때 그의 눈빛에서 내가 본 것은 기쁨은 아니지만, 뭐랄까, 기쁨에 가까운 적의였어.
 그는 나를 증오하는 동시에 몹시 안도하는 눈치였어. 고통의 증인이 옆에서 사라지게 되니 만족스러웠던 거야. 무척이나.
 너무 불행해서 혼자일 수밖에 없을지도 몰라.
 일종의 비겁함이겠지.
 그는 자신이 드라마와 불면증과 오페라 애호가인 것이, 버림받은 남편인 것이, 죽은 어린 자식의 아비인 것이, 이 아이를 자기보다 더 사랑하는 여자의 애매한 연인인 것이 지겨웠던 거야.
 '오래전부터 짐작했어요. 당신이 날 사랑함으로써 그 애를 사랑했다는 걸. 그건 눈에 확 띄죠. 금방 알아챘어요. 당신은 날 사랑한 게 아니었거든요.'"

제9장

*

그녀는 산안젤로의 늙은 아낙을 찾아갔다. 몇 마디로 아이의 죽음에 관해 언급했다.

아말리아는 아무 말도 하지 않았다.

안은 함께 데려간 마트로를 그녀에게 맡겼다.

아말리아는 한숨을 내쉬며 고개를 끄덕였다.

안은 섬을 떠날 거라고 조용히 말했다.

열쇠 꾸러미를 탁자 위에 놓았다.

늙은 여인이 고개를 돌렸고, 그때도 아무 말을 하지 않았다.

그러고 나서, 그녀들은 레몬주를 조금 마셨다. 그리고 둘 다 반은 항구인 작은 마을에서 보낸 어린 시절 이야기를 오랫동안 나누었다.

안이 말했다.

"겨울에 우리 엄마는 그곳에서 대체 어떻게 살았는지 정말 모르겠어요. 집은 외할아버지께서 지으셨는데……"

"누이를 위해서?"

"아뇨, 당신을 위해, 모래언덕 끝에 지으셨어요. 늘 모래로 뒤덮인 아스팔트 길을 밝히는 세 개의 가로등에서부터 언덕이 시작돼요. 마지막 가로등을 지나는 즉시 사방 천지가 칠흑같이 캄캄해져요. 어릴 때, 파도 소리는 제게 길잡이가 되어주었죠. 겨울에도, 하늘에 구름이 잔뜩 끼었을 때도요. 무슨 말인지 아시지요?"

"그럼요. 이 섬도 완전히 구름에 뒤덮일 때가 자주 있는걸요."
아말리아가 대답했다.

"발밑에서 도로의 모래가 밟혀 서걱거리는 소리 덕분에 어둠 속에서 길을 잃지 않던 기억이 나요."

"아!"

"서걱대는 소리가 사라지고, 발이 말랑한 풀을 짓누르거나 젖은 모래에 처박히는 느낌이 들면, 그건 집으로 가는 작은 길에서 벗어났다는 증거예요. 사방은 캄캄하죠. 나는 길에 귀를 갖다 대요."

"이봐요, 난 댁이 참 좋다오."

맞은편 채마밭은 먼지나 다름없었다. 부스스하거나 앙상한 나뭇가지 몇 개가 있었을 뿐이다. 식물은 대부분 지난달에 말라죽었다.

제10장

:

책과 악보로 가득 찬 박스들이 이미 거실 벽난로 앞에 쌓여 있었다. 나는 주방으로 들어갔다.

"안!"

그녀는 주철 냄비 바닥의 새까만 가지들을 뒤집고 있었다.

그녀가 내 쪽으로 고개를 돌렸다.

"네?" 낮은 목소리로 대답했다.

그녀가 내 시선을 읽었다.

"샤를, 무슨 일이에요?" 목청을 높여 그녀가 물었다.

그녀는 예감했던 것이다. 갑자기 공격적으로 변했다. 두 눈이 커졌다. 나무 주걱을 황급히 가스레인지 위에 내려놓았다.

내가 그녀를 끌어안으며 말했다.

"당신 엄마예요."

그녀는, 고무줄이 불쑥 튕겨나가듯, 내 품을 빠져나가고, 주방을 지나고, 정원을 지나고, 산 쪽으로 쏜살같이 달려갔다.

나도 그녀를 쫓아 한참을 달리다가 가시덤불에서 멈추었다.

나는 집에 돌아왔다.

제10장

안에 들어가기도 전에 탄 냄새가 코를 찔렀다.

새까맣게 탄 라타투유[14] 냄비를 개수대로 옮겼다.

*

팩스가 주방 탁자 위에 그대로 놓여 있었다.

'데모르 호텔'로 보내온 것이었다.

검정 수성 펜으로 굵게 두 줄이 씌어 있었다. "**네 엄마 어제 목요일 저녁 편안히 영면. 베로니크.**"

종이 상단에 약국의 팩스 번호가 기재되어 있었다.

*

테라스에는 속이 빈 테라코타 대형 화분들이 빼곡히 놓여 있다. 그녀가 바다를 마주하고 앉아 있다.

그녀는 이스키아 항구의 작은 성당에 들어갔다. 성가대와 분리하는, 벼린 쇠로 만든 나지막한 검정 소형 철책 앞에 앉아 있다.

그녀는 배를 탄다. 다리 위의 나무 벤치에 앉아 있다.

그녀는 산치오 카톨리코 앞을 지나, 라베른, 파우실리페 언덕, 파르테노페 거리를 지나간다.

---

14) 야채를 삶아서 만든 요리.

제10장

어둠 속에서 바닷가의 불 켜진 빌라들 앞을 지나간다.

그녀는 브르타뉴의 작은 성당에 앉아 있다. 매우 단단한 기도대 위에 무릎을 꿇는다. 그것은 통판 나무로 만들어진 것이다.

그녀는 두 손을 손잡이 위에 놓는다.

그리고 두 손 위에 머리를 얹었다.

꿈을 꾼다.

꿈을 꾸었다.

어머니 꿈을 꾸었고, 그러자 어머니와 관계없는 많은 것이 느닷없이 떠올랐다. 꿈에서 자신의 꿈들을 보았고, 줄리아를, 섬 생활을, 다시금 고독해진 자신의 삶을 보았다.

그녀는 죽은 자들 가운데 나란히 누워 있는 마그달레나 라드니츠키와 마르트 이델스텐을 위해 기도했다.

*

베리는 무례하고, 맹렬한 기세로, 신랄하게 소리를 지르는 그녀 앞에 서 있다.

"어머닌 보름 전에 쓰러지셨어!"

"나한테 전화했어야지!"

"너한테 알리길 원치 않으셨어. 더 이상 말씀도 못하셨는걸."

"그러면 내게 알리지 말라는 말은 어떻게 했다는 거니?"

"그만해, 제발. 네 어머닌 말씀을 잘 못하셨어. 저기 있잖아……"

그녀는 금방이라도 폭발할 것만 같았다. 눈을 들어, 얼이 빠진 채, 물끄러미 천장을 바라보며 애꿎은 입술만 꽉 다물어 일그러뜨렸다.

"말하지 마."

"마치 비명을 지르는 것처럼, 어떤 이름을 소리쳐 부르는 것 같았는데, 아무 말도 나오지……"

"그만해, 베리, 말하지 마. 고마워, 여러 가지로 고마워."

그녀는 입을 다물었다.

조금 있다가 베리의 손을 잡았다. 베리에게 아주 나지막하게 말했다.

"사실, 나도 레나를 잃은 레오의 심정과 똑같아. 알고 싶지 않아."

*

그녀는 어머니 생전의 마지막 순간에 옆에서 어머니를 교대로 돌본 두 간호사에게 인사를 하러 양로원에 갔다.

주간 간호사는 약사 친구와 같은 말을 했다.

"잘된 거예요. 댁의 어머니는 죽고 싶어 하셨거든요. 턱을 하늘로 치켜들고, 혐오가 가득한 눈빛이었어요."

야간 간호사에게도 인사하러 갔는데, 고맙게도, 그녀는 말없

제10장

이 안과 포옹했다.

안은, 항구의 호텔 앞에 이르렀을 때, 우연찮게 조르주와 마주쳤다. 그는 어쩔 줄을 몰라 했다. 두려움을 극복하고, 용기를 내서 장례식에 참석하려고 브르타뉴에 온 것이었다.

피골이 상접한 모습이었다. 신경을 써서 검은 가죽 모자와 상복을 차려입고 있었다.

"가서 네 소지품들을 챙겨가지고 와." 그녀가 명령했다.

"싫어."

"우리 집에 와서 자." 그녀가 말했다.

"아니. 넌 모를 거야. 여기, 마을에 다시 오니까 몹시 당황스러워."

"집으로 오라니까."

그는 울면서 가만히 고개를 저었다.

안 이덴이 그에게 다가갔다. 그의 손을 잡고서 나지막하게 말했다.

"친구야, 지금 난 네가 필요해."

그는 여행 가방을 가지러 갔다.

*

"장례식에 참석하려고 토마가 왔어."

"누가 연락했는데?"

제10장

"내가." 베리가 대답했다. "나랑 좀 살았어. 너 떠나고 나서, 그 사람이 여러 번 왔었지. 근데 진짜로 성관계를 맺은 건 아니고……"

"그래도 좀 그랬겠지……"

"그는 조문하러 온 거야."

"행여나 그렇겠다."

"나한테 화났니?"

"네가 한심해 보여."

"실은 나도 내 자신이 한심해."

*

자갈들이 진회색이다. 자갈을 모래에서 파내 휘젓는 바닷물은 노랗다. 어둠이 내린다. 바다는 계속 요동치며 끊임없이 울부짖는다. 그녀는 해변을 향한 창의 덧문을 모조리 닫는다.

그녀는 내려간다. 아래층에 가서 조르주와 포옹할 참이다. 그가 거실에 있다. 그녀의 어머니 침대에 누워 텔레비전을 보고 있다.

"재미있어?"

"허접하기 짝이 없어."

그는 위스키를 한잔 마시고 있다. 이불을 덮고, 아주 따뜻하게 자리 잡고 있다. 잠옷 차림이다. 웃는다.

제10장

"힘내." 그가 그녀에게 말한다.

*

어둠이 내렸다.

그녀는 집을 나와 걷는다. 장화를 신고, 큼직한 노란 방수복 차림에, 이델스텐 부인이 예전에 짠 커다란 모헤어 목도리를 두르고 있다.

해변 도로를 걸어 항구에 도착한다.

식당 쪽으로 간다.

바람이 매섭다. 그녀의 다리 주변에서 세차게 휘몰아친다.

저 멀리 선착장에 있는 그가 보인다. 이미 와서, 어둠 속에서, 이리저리 거닐며 서성이고 있다.

불 꺼진 배들이 서로 부딪친다.

그들은 포옹하지 않는다. 그녀가 앞서 걷는다. 앞장서 걸어가며 생각한다. '1월 어느 날 슈아지르루아에서 갑자기 내 뇌 속에서 사라져버린 남자와 함께 내가 걷고 있구나.' 하지만 이렇게 말한다.

"식당 안에 들어가 있지 그랬어. 날도 추운데."

"당신이 원하는 바를 몰라서……"

"당신도 원하는 게 있을 거 아냐."

그들은 창가 자리에 앉는다. 그는 뭘 먹겠느냐고 그녀에게 묻지 않는다. 자기 몫으로 뷜로[15]와 가자미를 주문한다. 능금주를 시킨다.

그녀는 대게와 주름꽃게를 고른다. 백포도주를 마시겠다고 한다.

그는 말하고 싶었노라고 말했다.

그는 말을 했다.

그것은 그녀가 옆에서 투덜거리게 묵인한 장황한 하소연에 불과했다.

그의 투덜거림에 그녀는 소위 묵묵부답으로 일관했다.

그녀의 생각이다. '그는 그녀가 입을 열지 말기를, 생각하지 말기를, 살지 말기를, 무엇을 명명하지 말기를 바랐던 걸까?'

토마의 말이다.

"내 핸드폰에 문자 한마디 남기지 않았더군. 당신 핸드폰은 불통이고. 내 사무실로 온 소포를 제외하곤 아무것도 없었어. 심지어 내 가죽 점퍼, 외투, 양복, 와이셔츠까지 사라졌으니까. 더는 아무것도 없었지. 당신처럼 행동할 수 있으리라는 것은 상상도 못해봤어. 우리가 함께했던 모든 게 아무 의미도 없다는 거잖아. 완전 무(無). 하늘로 사라진 한 줄기 연기. 그게 얼마나 모욕적인지는 말도 못하겠어…… 우편으로 온 소포를 풀었는데, 당신 편지가 없는 거야. 내가 망가지기 시작한 건 바로 그때부터였

---

15) 대서양 연안에서 나는 달팽이류의 연체동물.

어. 일을 하려는데 도저히 못하겠더군. 하는 수 없이 당신 사무실로 달려갈 수밖에. 롤랑의 입에서 1월 초에 당신이 사직했다는 말을 듣는 순간 '다 글렀다'는 걸 깨달았어. 그래 술을 왕창 퍼마시러 갔지. 당신도 생각 좀 해봐. '너 따위 중요하지 않다. 중요했던 적도 없다. 존재하지도 않았다. 너는 배 위에 던져진 물고기와 마찬가지다. 영문도 모르는 채 숨이 막혀간다. 금방 죽지도 않으므로 그건 아주 잔인한 일이다'라는 논리잖아. 사실 난 허전함으로 조금씩 더 죽어갔어. 매시간 공기는 차츰 더 희박해지고. 밤마다 불안은 더 심해졌지. 모든 것, 집이며 16년 이상 사랑해온 여자, 나도 모르게 상상했던 미래, 습관, 저녁 나들이, 근데 더 이상 아무것도 없는 거야…… 그런 것들의 존재를 입증할 어떤 흔적조차도…… 난 법적으로 항의할 수도 없는 처지더라. 그래도 난 가사 도우미 급료를 지불했고, 물품 대금을 지불했고, 배달료를 지불했고, 여행비를 감당했어. 당신과 살림을 합쳤을 때, 집은 이미 당신 소유였으니까."

토마는 자신의 비난을 흡족하게 여겼다.

안은 주름꽃게의 다리를 쪽쪽 빨아 먹었다.

그녀의 생각이다. '저렇게 기억을 떠올리기 좋아하는 걸 보니, 정신분석 치료를 받은 게 틀림없군.'

자신의 삶을 회상함으로써 그는 소생하는 듯했다.

몸짓과 표정 연기를 곁들여가며 말했다.

"열쇠 구멍에 열쇠를 넣었는데, 맞질 않는 거야. 다시 해봤지.

역시 안 돼. 들여다봤더니, 자물쇠가 새것이야. 미칠 것 같더군. 난 인도로 물러나고, 차도로 내려와서, 집을 바라보았어. 우리 집 맞잖아. 그래서 이웃 열쇠업자를 찾아갔지. '자물쇠가 새것이에요, 선생님. 제가 설치해드린걸요.' '아!' '근데 왜 그러세요? 그 집은 수년 전부터 살고 계시는 여자 분 소유가 아닌가요?' '맞아요. 물론 그렇죠. 그분 소유예요. 근데 나도 거기 살거든요······' '안 돼요, 선생님, 제가 설치한 자물쇠라도 제 맘대로 부술 수 없어요.' 나는 슬쩍 옆구리나 찔러볼 셈으로 이렇게 물었어. '이 집 이사했나요?' '네, 선생님. 이사했어요.' '주말에요?' '아뇨, 선생님, 지난주 내내 이사하던걸요. 선생님 **사모님**께서 계셨어요. 시끌벅적 야단스러웠죠. 새 집주인 가족이 앞으로 잘 지내자며 이웃들에게 벌써 인사차 다녀갔고요. 브뤼셀 사람들인데······"

안은 창문 쪽으로 돌아앉았다.

그녀는 어둠에 잠긴 항구를, 돛대를, 빌라들을 바라보며 천천히 포도주를 마셨다.

"몇 달간 힘들게 보냈어. 호텔 방에서 살았는데, 편한 방인데도 싫었어. 저녁이 되면 그 방에 올라가지 않으려고 별별 짓을 다 했어. 술을 마셨지. 난 내 삶이 두렵고, 당신이 두렵고, 모든 여자가, 버림받는 게, 약간은 나 자신조차 두려웠어."

그녀는 항구를 바라보던 시선을 거두어 그를 보았다.

"좀 그렇지." 그녀가 동의했다.

"난 당신이 다른 남자와 떠난 게 아니라고 확신했어. 아마 그

제10장

래서겠지만, 내심으론, 기분이 최악이었어. 새벽 2시가 넘어, 인적이 끊어져 개미 새끼 한 마리 없는 길들을 헤매고 다녔어. 직장에서야 워낙 고객들을 속속들이 꿰고 있어서 일 처리에 별 무리가 없었지만, 내 겉모습만은 그렇지 못했어. 내 입담도 의도와는 딴판으로 차츰 어눌해지기 시작했지. 울고불고 과음한 탓이었을 거야."

"과음한 탓이었을 거야." 그녀가 말했다.

그러고는 주문한 백포도주 한 병을 다 비웠다.

"그래도 말하기 어렵다거나 꼴 보기 싫다는 이유로 그렇게 날 내쫓으면 안 되지. 나도 파리에 돌아오지 않을 셈으로 런던에 갔던 거였거든. 우린 협상한 거였어. 이게 전모야."

"그렇군. 그럼 베리는?" 안 이덴이 물었다.

그는 다시 변명을 늘어놓기 시작했다. 그녀는 자리에서 일어섰다. 바닷가를 걸어 천천히 귀가했다.

제11장

:

"아홉 살 때 이후로 난 이곳에 다시 온 적이 없어, 베리."

조르주는 거의 40년 만에 브르타뉴에 온 거였다.

"네가 태어난 고향이잖아!"

그는 자신의 검은색 옷가지를 조심스럽게 자갈 위에 포개놓는 중이었다.

팬티는 그대로 입었다.

추워서 몸을 덜덜 떨며 파도 속으로 들어갔다.

"어서 와, 베리! 어서 와, 안!"

"바보 같은 짓이야." 베로니크가 중얼거렸다. "저러다 쟤 죽겠다! 난 안 들어가."

"40년이나 됐어. 이게 마지막이야, 엘리안!"

"어리석은 짓이야, 조르주!"

"미친 짓일 수도 있어. 근데 물을 좋아하는 소녀인 너도 무척 겁쟁이구나."

그의 몸은 지독히 앙상했다. 그가 파도를 헤치며 앞으로 나아갔다. 바람이 부는 가운데 덮쳐오는 파도 속에서 추위로 몸을 떨었다. 그가 안을 향해 몸을 돌렸다. 그녀에게 간청했다.

"어서! 이리 와!"

"너무 춥잖아. 바보 같은 짓들 그만해!" 베리가 거듭 말했다.

그의 노력이 너무 황당한 나머지 이번에는 안이 옷을 벗었다.

"브래지어도 벗어버려!"

그녀는 브래지어도 벗었다. 면 팬티 차림이었다. 그가 그녀의 손을 잡아 물속으로 끌어들였다. 그들은 여섯 살짜리 아이들이 되었다. 그는 평영으로 세 번 헤엄치더니 거의 즉시 물에서 나왔다. 그녀는 생각보다 더 오래 수영을 했다. 예상만큼 물이 차지 않았다.

*

그들은 샤워를 했다. 베리는 거실에서 기다렸다. 안은 시간 낭비에 불과했던 전날 저녁식사에 대해 자세히 이야기했다. 조르주가 말했다.

"너희 두 사람에게 애가 있다면 여전히 함께 살 텐데."

"그럴 테지." 안이 대답했다.

"서로 더 얽혔을 거야." 베리가 말했다.

"더 불행했을걸." 안이 말했다.

"아마 아닐 거야. 아이의 존재는 아이를 만든다고 믿는 여자와 남자를 변하게 하거든." 베리가 주장했다.

제11장

"암튼 더 사회적일 테지." 조르주가 말했다.

"더 환멸스러울 테고." 안이 중얼거렸다.

"근데 그럴까?" 이번에는 베리가 중얼거렸다.

"깊이가 덜하고, 자부심도 덜하고." 조르주가 말했다.

"물론이야."

*

그녀는 서 있을 수가 없었다. 장례 의식이 진행되는 동안 줄곧 맨 앞줄에 앉아 있었다. 신부가 내뱉는 진정제 같은 공허한 말들에 충격을 받았다.

그녀는 두 눈을 감고 있었다.

미사가 끝나자 성당 포치 아래에 첫 조문 행렬이 나타났다.

어머니는, 그곳에서 40킬로미터 떨어진 당신 어머니의 마을에, 당신 어머니의 지하 묘소에 묻어줄 것을 당부하셨다.

*

그녀는 파헤친 흙에서 풍기는 몹시 역한 냄새를 맡았다. 흙은 열어젖힌 옛 무덤의 가장자리에, 묘석 옆에, 수북이 쌓여 있었다.

새로운 행렬이 이어졌다. 하지만 인원 수는 훨씬 적었다.

묘지는 예배당 주변의 소규모 영지이고, 국도에 인접해 있었다.

제11장

우유와 야채를 실은 트럭들이 커브를 돌려고 감속하면서 큰 소리를 내며 지나갔다.

그녀는 흙을 던져 넣었다. 두번째 조문 행렬이었다.

신부가 그녀에게 다가왔다. 국도변에 정차된 호화로운 승용차를 손으로 가리켰다.

누가 그녀에게 용무가 있다는 거였다.

"누군데요?" 그녀가 물었다.

하지만 문득 짐작이 되었다. 그녀는 갑자기 쓰러질 뻔했다. 뒤돌아보지 않았다.

"만나고 싶지 않아요. 제가 싫다더라고 전해주세요." 그녀가 말했다.

*

그녀는 뒤돌아보지 않을 수 없었다. 그녀를 향해, 지팡이에 의지해 다리를 떨면서 다가오는 노인이 보였다. 그녀는 그를 등지고 달리기 시작했다. 울부짖으며 묘지를 떠났다.

제4부

제1장

:

그는 키가 아주 작았다. 아흔이 넘은 나이였다. 얼굴은 오그라진 작은 사과처럼 쪼글쪼글했다. 머리가 하얗게 세었다. 포마드를 발라 올백으로 넘겼는데도 머리가 아주 짧아서 약간 텁수룩했다. 생기 없는 눈빛. 무뚝뚝한 말씨. 그는 마을에 가기를 꺼렸다. 해변의 집을 다시 보고 싶어 하지 않았다.

선창가에서 한 어부가 바닷가재를 팔았다.

"자, 이리 오렴, 내 딸아. 배가 고프구나. 난, 바닷가재를 좋아한단다."

그들은 어부와 그리 멀지 않은 데 있는 카페로 갔다. 홀 안은 무척 시끄러웠다. 당구대 옆의 구석자리에 앉았다.

그는 가재부터 먹기 시작했는데, 놀라울 만큼 식욕이 왕성했다.

"너는 왜 내 성(姓)을 쓰지 않니?"

그녀는 무기력한 몸짓을 해 보인다.

곧 그가 말한다. "근데, 네 곡들이 참 아름답더구나."

그녀가 눈물을 흘린다.

"아빠, 자주 궁금했어요. 전쟁 때 나가 싸우셨나요?"

제1장

그는 잔을 들었다. 잔에 담긴 루아르 지역의 포도주를 전부 들이켰다.

"아니. 그들 모두가 유대인 배척자들이었어. 공산주의자, 레지스탕스 활동가, 파시스트, 왕정주의자들 모두가. 난 숨었지. 내 머릿속엔 오직 한 가지 생각뿐이었는데, 떠나는 거였어. 벗어나려면 떠나야 했어. 난 평생을 그렇게 살았지. 지금도 그래. 난 도망치고 있어."

"알아요."

"그건 왜 묻는데?"

"저도 아빠처럼 늘 도망치거든요."

"그래, 난 도망쳤어. 좀더 살고 싶더라. 음악 덕분에 어디서나 입에 풀칠은 할 수 있더구나. 장례식과 결혼식은 늘 있잖니. 난 muzak(뮤잭)[1]을 하지만, 넌 musique(음악)를 하는 거야."

"그렇지 않아요!"

"사실이야. 궁극적인 결과를 생각한다면 아무렴 어떠냐. 너나 나 같은 음악가는 세상 어느 다리에나 떨어져 있는 동전푼 정도야 구걸할 수 있지."

---

[1] 사무실, 공공 장소, 여객기, 엘리베이터, 호텔, 레스토랑 등에서 유선 방송으로 보내지는 무드 음악을 말한다.

제1장

*

"네 담배 한 대 피워도 될까?"

"네."

그는 그녀의 럭키 담뱃갑에서 한 개비를 빼 들었다. 그리고 말했다.

"내가 우울증에서 벗어날 수 있는 건 오직 그날의 일거리에 달려 있단다. 혼자뿐인 내 삶에서, 의기소침에서 벗어날 수 있는 방법은 대체로 세심한 일을 하며 시간을 때우는 것뿐이거든. 시간을 때운다고 말했다만, 그건 사실 허풍이야. 난 시간을 30분 단위로 끊어서 생각하니까."

"그럼 전 정말로 아빠 딸 맞네요."

"만일 너도 내가 늘 그래왔듯이 혼자라면, 정말로 내 딸이 맞을 텐데."

"어째서 아빠 자신이 그랬노라고 주장하는 만큼 나는 혼자가 아닐 거라고 믿으세요? 아빠가 나에 관해 대체 뭘 아세요? 알고 싶어 한 적도 전혀 없으면서."

"악쓰지 마라! 그러는 거 싫다."

"내 맘이에요. 소리 지르고 싶으면 질러요. 아빠는 집에 계셨어야 해요. 그럴 수 있었어요. 그럴 수 있었을 거예요. 최소한 연락은 했어야죠. 보통 사람들이 하듯이 말예요. 엄마에게 소식은 전했어야죠. 하다못해 크리스마스에 카드 한 장이라도! 아니면 추수감사절에! 아니면 로슈 하샤나[2]에라도!"

"로슈 하샤나를 기억하니?"

그녀는 대답하지 않았다.

"내 말은, 정상적인 사람들처럼 했어야 한다는 거예요."

"아냐, 아냐. 네 말은 맞지 않아. 내 평생 정상적인 사람은 한 번도 본 적이 없단다, 내 딸아."

"한 번도 본 적 없는 누군가를 '내 딸'이라고 너무 자주 부르시네요."

그는 다시 입을 열었다.

"사랑이란 없어. 정상적인 존재도 없고."

"그 말은, 수긍할 수 있어요."

"**내 딸아**, 아직도 새겨들을 말들이 있단다."

그런데 이상하게도 그녀의 귀에서는 윙윙거리는 소리만 들렸다. 아무 말도 들리지 않았다. 심지어, 한 번도 드러나지 않았던 고통을 자신의 몸속에서 되새김질하는 것처럼 느껴졌다.

*

그들은 둑길을 걷는다.

"봐라, 난 늙었지만 잘 걷는다. 항상 많이 걸어 다녔어. 오래

---

[2] Rosh Hashana: 나팔절, 유대교 신년제.

걷는 걸 좋아해서 매일 걷는단다. 걷고 있으면, 아주 옛날 기억이 떠올라. 아주 하찮은 행복이나마 좀 누렸었거든."

"전 아니에요."

"내 조부모님은 말이 없고 좋은 분들이셨어. 내가 그분들을 만나고 싶어서 걷는 걸 거야. 요즘은 그것도 점점 힘들어지는구나."

"저도 아빠처럼 아침마다 많이 걸어요. 날마다, 매일이요."

"난 걸으면서 주변은 거의 보지 않아. 끊임없이 사라진 장소들을 보거든. 고등학교가 보여. 색색으로 칠해진 지도가 보이기도 하지만, 특히 눈에 띄는 건 운동장에 목재로 지은 화장실 두 칸, 그리고 그 안의 기막힌 구멍이야. 학교에 가면, 우리는 난로 근처의 앵무새처럼 생긴 철제 옷걸이에 외투를 걸었지. 교실에선 비, 젖은 양모, 분필, 먼지, 역겨운 잉크 냄새, 그리고 원기 왕성한 남학생들의 시큼한 땀 냄새가 났어. 같은 반 동급생들은 모두 죽었더라. 컴퓨터로 검색해봤어. 그래서 내가 여기 온 거란다. 한 친구와 나, 둘만 살아남았어. 그래, 말하마, 내가 여기 온 이유는 그 친구를 보러 온 거지 널 보러 온 게 아니란다. 너도 짐작했겠다만."

"짐작하고 있어요."

"난 한 번도 그 시절을 떠난 적이 없어. 줄곧 도망치면서도 현실에 없는 그곳을 결코 떠난 적이 없는 거야. 솔을 두르고 일을 한 셈이란다."

"그럼 전 태어난 적도 없는 거예요?"

"태어났지. 하지만 네가 태어나고 네 동생이 죽고 나니 정말이지 난 살 수가 없더구나."

"아빠, 그만하세요. 저 상처받아요."

"그렇다면 그만하마. 나도 상처 줄 생각 없으니까. 이제 자러 가야겠다. 잘 자거라, 내 딸."

그녀가 머뭇거리며 묻는다.

"집에 가서 주무시기 정말 싫으세요?"

"물론이야. 난 그 집이 싫어. 호텔로 돌아가마."

"그럼 뭐예요, 아빠가 원하는 게?"

"네 어미가 죽은 지금 네게 유익한 것들을 알려주려는 거지."

*

호텔 방에서는 이랬다.

"난 저녁이면, 브르타뉴에서, 바다를 바라보며, 되도록 귀가 늦추곤 했어. 가톨릭 신자인 아내는 늘 화가 나 있었지. 너는 줄곧 울어댔고. 네 동생, 불쌍한 어린 것은 요오드 때문에 예민해져서 요람 속에서 빽빽거렸어. 한밤중에도 아무 때나 안아달라고 두 손을 내뻗으며 울곤 했다니까. 그 애에겐 안된 일이지만, 걔한테서 고약한 냄새가 났어. 근데 난 뼛속까지 음악가인 데다가 유대인이었어. 도저히 울음소리를 견뎌낼 재간이 없더라. 우는 소리, 그건 내게 지옥이란다. 그건 전쟁이야. 게다가 브르타뉴의 이 마을은 너무 협소하고, 가톨릭 고장이라 사람들이 의심도 많고 감시를 하는 거야. 내겐 아무도 없었어. 네 엄마, 너, 어린 네 동생이 허전함을 채워줄 순 없었지. 너희는 어떤 의미에서 지나치게 살아 있었으니까."

"지금 무슨 말씀을 하는지 알기나 하세요?"

"완벽하게 알면서 하는 말이다. 최악은, 알다시피, 마치 내가 한몫 잡으려고, 혹은 딴 여자랑 바람이 나서 미국으로 간 것처럼 거짓말을 하는 거야. 내가 로스앤젤레스에 거주하고, 부자이고, 무지크–뮤잭–무족muzik-muzak-muzok을 하는 건 사실이다. 네 엄마가 떠난 지금은 재혼도 상관없지만, 그 당시엔 네 엄마와 결혼함으로써 내가 죽은 자들—이해해라, 진짜 죽은 사람들을 말하는 거니까—을 지독하게 배반했던 것 또한 사실이잖니. 물론 네 엄마 잘못은 아니야. 오히려 네 엄마 덕에 난 서류를 갖출 수 있었지. 그래서 내가 살아남은 거고. 등 따시고 배부르게 말이야. 난 눈 위로 챙 달린 모자를 눌러쓴 채 맞바람을 뚫으며 자전거로 이리저리 다니며 브르타뉴 사람들에게 피아노 레슨을 했단다. 그런데 모두가 나한테 울부짖는 거야."

"아빠, 니콜라는 아기였어요. 난 어린애였고."

"맞아. 니콜라는 아기였지. 넌 어린애고. 네 엄마는 늘 징징거리고, 아주 친절하고, 요리 솜씨가 뛰어나고, 독실한 가톨릭 신자이고, 기도하는 브르타뉴 사람인 아내였어. 정확히 그래."

"그래서요?"

"내게 필요했던 건 아기도, 어린애도, 가톨릭의 징징 짜는 울먹임도, 좋은 요리사도 아니었단다."

*

홀에서는 이랬다.

"알다시피, 난 허전함을 불평으로 채울 수는 없다고 믿어. 네 곡들이 모두 느닷없이 툭 끝나는 게 이해되더라."

그는 침묵했다.

"너한테 감탄하고 있어. 네 사진을 보고 전부 알게 됐지. 네 음반은 전부 산단다. 네가 녹음한 두번째 음반이 특히 맘에 들어."

"제게 말씀하시지 그랬어요. 연락이라도."

"아니, 아냐……"

"말씀 그만하세요. 저 좀 실컷 울게요."

"거봐라, 너도 확실히 프랑스 여자로구나! 그 엄마에 그 딸인 걸! 가톨릭 신자고! 실컷 울어라!"

그녀가 소리 내어 웃었다.

제2장

:

 바다는 변함없이 소란하고 활달하고 거칠었다. 베리의 4륜 구동 자동차를 타고 그들이 돌아왔다. 약국 뒷마당의 의자들이 모조리 바람에 넘어져 차고 문까지 밀려가 있었다. 그들은 급히 저녁식사(차가운 가오리, 물냉이 샐러드)를 했다. 베리가 차로 그들을 데려다 주었다.

 검은 모래사장을 덮치는 이토록 높은 파도는 예전엔 한 번도 보지 못했다고 조르주가 우겼다.

 "기억이 나지 않아서 그럴 거야." 베리가 말했다.

 "조르주는 점점 더 기억력이 없어져." 안이 거들었다.

 대서양의 파도가 대뜸 계단을 타 넘어 정원으로 올라왔다. 물결이 수국들의 밑동을 휘감았다. 집 앞면의 초벽을 널름거렸다.

 안은, 장화를 신고서, 커다란 집을 바라보며, 베리를 통해 당장 팔아야겠다고 작정했다. 이 수많은 방, 거친 바닷바람, 터무니없이 많은 일거리를 어머니 혼자서 어떻게 평생토록 감당했더란 말인가?

 그러는 동안 아버지는 미국 로스앤젤레스의 빌라에서 재혼하려고 어머니가 죽기만을 조용히 기다렸던 것이다.

두 모녀는 이 거대한 빌라에서 그토록 불행하고, 그토록 외로웠건만.

*

그녀는 마지막으로 집에 돌아가 창문의 아마천 자수 커튼 저편으로 거친 바다를 바라보았다.

외로움 속에서 어머니가 한 땀 한 땀 수놓은 커튼들.

덧창을 열었다.

바닷소리가 거실로 밀려들자 귀가 먹먹해졌다.

어머니는 끊임없이 이어지는 대서양의 포효 속에서 한평생을 보내신 거였다. 어린 자식이 저버린 어미의 삶. 남편에게 버림받은 아내의 삶. 딸에게서도 멀리 떨어져 보내야 했던 나머지 삶.

가슴이 미어지는 안은 거품 찌꺼기가 남아 있는 수국의 밑동과 해변으로 이어진 커다란 나선형 계단을 바라보았다.

어둠 속에서 파도가 빠지면서 계단들이 몹시 반들거렸다.

모래사장도 나뭇잎들처럼 밤색으로 변했다.

*

그녀가, 멀리 빌라들 맞은편 둑 위에서, 무릎에 턱을 고인 채

제2장

쭈그려 앉아 있었다. 장화의 고무 냄새를 맡으며, 바람이 몰아치는 가운데, 파도에 젖어 축축한 모래 위에.

바닷가에는 앉아 있는—웅크리고 있는—여자만 있고 그녀의 노래는 사라졌다.

그녀는 몇 시간이고 파도를 바라볼 수 있었다. 점점 더 시끌벅적하고 거대해지는 회색빛 공간에 삼켜지듯이 파도의 리듬에 흡수되어 요란한 소리에 잠긴 채로. 거기서 그녀는 자신의 노래뿐만 아니라 삶의 기억도, 몸의 느낌도 잃어버렸다.

*

그녀는 조르주와 함께 기차를 타고 돌아왔다.

파리-몽파르나스 역으로 가는 기차(그리고 리옹 역에서 탄 테이로 가는 기차) 안에서, 안 이덴은 역에서 구입한 어느 잡지도 읽을 수가 없었다.

조르주는 소설을 읽었다. 약간 털이 난 그의 손가락들이 주름 꽃게의 다리처럼 말라 있었다.

*

그들은 브르타뉴에서보다 부르고뉴에서 훨씬 더 힘들게 걸었다. 낙엽이 거대한 양탄자처럼 땅에 깔려 있어서였다. 낙엽은 포

제2장

장도로에 들러붙었다. 신발 밑창에도 들러붙었다.

11월, 안은 활엽수인 밤나무 낙엽에 미끄러져 발목을 삐었다. 하지만 그녀가 머리를 처박았을 때 맡은 낙엽 냄새는 바다의 몹시 자극적인 냄새보다 훨씬 경이로웠다.

그녀는 다른 냄새를 맡으며 여러 날 절뚝거렸다. 마찬가지로 취하게 만드는 냄새였다. 참나무가 있는 부두의 네 모퉁이에 설치된 대형 화로에서 태우는 낙엽 냄새였다.

그리고 11월 말이 되자 안개가 끼어 지척을 분간하기 어려웠다.

그녀는 넘어져 발을 심하게 다쳤기 때문에, 20여 일 동안 외출도 할 수 없었다. 조르주가 그녀를 돌보았다. 어느 날 저녁, 그는 에릭이 사망한 이후에 자신이 이 세상에서 보내는 가장 아름다운 날들이라고 말했다. 애지중지한 보살핌 속에서 그녀는 시간을 보냈다. 말은 거의 하지 않았다. 에라르의 매우 섬세한 소리를 즐기며 오후를 보냈다.

*

크라우스[3]는 글루크[4]만을 좋아했다. 글루크가 작곡한 모든 곡을 연주했고, 오직 그의 곡만을 연주했다. 그의 곡을 피아노곡으

---

3) Joseph Martin Kraus(1756~1792) : 독일의 작곡가, 오케스트라 지휘자. 모차르트의 후광에 밀려나 생애를 마쳤다.
4) Christoph Wilibald Gluck(1714~1787) : 오스트리아 태생의 독일 오페라 작곡가.

로 편곡했다. 곡조를 끊임없이 흥얼거리며 노래했다.

절대적 헌신의 생애.

그의 생애는 크라우스의 생애와 흡사해졌다.

조르주는 그녀가 피아노로 작업하는 — 압축하는 — 것을 와서 들었다.

그리고 6시에는 벽난로 아궁이에 불을 지폈다. 그가 간단한 식사를 준비하러 주방으로 들어가는 즉시 그녀는 장작불 앞에 자리 잡고 앉아서 책을 읽었다.

*

따스한 늙은 육체와의 관계를 홀로 회복하기,

그윽한 냄새,

안고, 붙잡고, 어르는 팔,

안도감을 주는 소리.

육체가 똬리를 틀 수 있는 거대한 소파,

시커먼 바닥에서 불길이 올라오는 대형 벽난로,

토스터, 과일들, 꽃들, 이따금 급작스레 꽃들을 으깨려고, 겨울에 그러듯이, 집 안에 들여놓은 커다란 라벤더 화분,

창가이면서 뜨거운 햇살은 피해 후미진 곳에 놓인 멋진 안락의자,

턴테이블.

제2장

*

 조르주는 손에 코르크 마개뽑이를 든 채로 걸음을 멈췄다. 여자 친구를 바라보았다. 그녀는 악보를 찾는 중이었다. 얼굴이 전등 바로 위에 있었다. 턱과 두 뺨이 환했다. 그녀는 기막히게 아름다웠다.

*

 그녀는 지르지 벤다[5]에 몰두해 있었다.
 옛날에 벤다의 「메데이아」는 모차르트의 마음을 완전히 사로잡았다.

*

 안 이덴의 곡들이 지닌 특성은 느닷없는 중단에 있었다. 종지가 아니라 예비되지 않은 갑작스런 침묵이, 최악의 순간에, 극도로 고통스러운 순간에, 잇달음이 가장 기대되는 순간에 불쑥 나타났다. 옛날, 바그다드에서, 어둠이 걷힐 때, 셰에라자드 역시

---

5) Jiří Antonin Benda(1722~1795): 체코의 작곡가, 성가대 지휘자.

제2장

밤이 끝나도 이야기에 종지부를 찍지 않았다. 이것은, 시퀀스들의 갑작스런 중단을 비난받을 때마다, 약간 수수께끼 같긴 하지만 적어도 그녀가 논거로서 제시하는 바였다.

*

그녀의 곡들은 난해했다. 대다수의 사람은 그녀의 작품에 관심이 없었다. 하지만 열렬한 팬들이 있었다. 그들의 수는 그녀가 생활하기에 충분할 만큼 많았다. 그들은 심금이 울리는 느낌을 받았다. 그녀에게 편지를 보냈다. 그런 사실에 접할 때마다 그녀는 매번 새삼스레 아연실색했다. 자신의 곡이 어떤 이들에게 그토록 소중할 수 있다는 생각에 한두 시간은 마음에 감사가 흘러넘쳤다. 하지만 아주 빨리 사정이 그러함을 잊었다.

*

11월은 무척 추웠다. 가을 해가 빛났고, 계란 노른자처럼 노랬다.

하늘은, 이탈리아의 하늘보다 훨씬 연한 청색이고, 아름다웠다.

부르고뉴에 겨울이 찾아왔다.

걸음을 뗄 때마다 마지막으로 떨어진 빨간 낙엽들이 검게 변색되어 바닥에서 뒹굴다가 바스락 소리를 냈다. 사람들의 코에서

제2장

희미한 김이 올라와 입언저리를 떠돌기 시작했다. 개들도 땅 위에 입김을 내뿜었다. 우중충한 빛이 개들의 그림자를 고정시켜, 행인들의 그림자보다 더욱 땅으로 스며들게 만들었다.

제3장

:

그녀는 선인장이 빼곡하게 놓인 테라스로 나가는 유리문을 열었다. 로스앤젤레스가 거의 다 보였다. 안 이덴은 10여 일 전에 거행된 아버지의 결혼식에 참석하기를 거절했다. 또한 어머니를 대신한 아버지의 새 아내를 만나지 않겠다는 뜻도, 비행장에서 전화했을 때, 분명히 밝혔다.

젊은 가정부가 그녀를 거실로 안내했다. 곤두선 짧은 백발에 자그만 체구의 늙은 아버지가, 화려한 하얀 난초 꽃을 들고서, 지팡이 없이, 약간 불안정한 걸음걸이로 나왔다. 두 손을 내밀어 그녀에게 꽃을 주었다.

그녀는 감사를 표했다.

그는 약간 의식적으로 미소를 지었다.

그녀는 아직 두 손에 커다란 하얀 난초 꽃을 들고 있었는데, 아버지는 벌써 검정 야마하 그랜드피아노를 손으로 가리켰다.

"왜요?"

그가 두 팔을 벌렸다.

"결별을 고하게요?" 그녀가 나지막하게 물었다.

제3장

그는 고개를 끄덕였다.

말을 할 수 없는 게 분명했다.

"**벌써** 작별 인사를 하게요?" 그녀가 믿을 수가 없어 재차 물었다.

그녀는 오열했다. 마음의 동요는 전염된다. 어쩔 수가 없었다. 한순간 그녀는 난초에 코를 박고 울었다.

"아빠!" 그녀가 불렀다.

그는 거북해했다.

그녀는 꽃을 타일 바닥에, 거실의 미닫이문 옆의 타일 바닥에 그대로 내려놓고, 서둘러 떠날 채비를 했다.

그들은 별말을 나누지 않았다.

간헐적인 침묵 끝에 그녀가 물었다.

"아빠, 이해할 수 없어요. 왜 앞으론 우리가 만나면 안 되나요?"

"너무 고통스럽잖니. 게다가 새 아내가 무척 속상해하거든. 네가 자길 보지도 않고 내친다고." 그가 대답했다.

그래서 부녀는 더 이상 만나지 않기로 약속했다.

그는 자신이 따른 아페리티프용 포도주를 반 잔도 채 마시지 않았다.

"연주해보렴." 그가 피아노를 가리키며 말했다.

"차라리 같이 음악을 좀 해보면 어떨까요?" 그녀가 반문했다.

"너 무슨 곡이든 조바꿈할 수 있니?"

"네."

"나도 그렇단다."

"우리의 재능이네요."

"미사일도 그랬어."

"미사일이 누군데요?"

"미셸. 우리 아버지 이름이 미셸이야. 엄마는 미사일이라고 불렀지. 엄마에 대해 남은 유일한 기억이란다. 이따금 내 안에서 미사일이라고 속삭이는 소리가 들리곤 해. 프랑스어로도 이렇게 표현하니?"

"전혀 아는 바 없는데, 아무렴 어때요. 아까 앉은뱅이 탁자에 놓인 걸 봤는데, 하이든의 삼중주 하나를 조바꿈해서 네 손 연주를 해볼까요?"

"그러자."

그녀는 가서 악보를 찾아왔다.

야마하 피아노 위에 펼쳐 놓았다.

그들은 나란히 서서 악보를 읽었다.

피아노 앞에 나란히 앉았다.

그녀의 몸이 고통으로 떨렸다.

그들은 눈을 감았다.

그리고 연주했다.

제4장

:

욘 강이 얼어붙었다. 지독한 추위였다. 수도관이 파열되었다. 외부의 지면은 온통 얼음으로 뒤덮였다. 골목길은 걸을 수도 차로 달릴 수도 없었다. 날마다 상가 도로와 교각에만 모래가 뿌려졌지만, 그곳을 지나는 행인들은 그럼에도 미끄러지곤 했다. 조르주의 침대—그들이 벽난로 앞으로 옮겼다—에 누워서 나날을 보냈다. 가스보일러, 전기 라디에이터, 벽난로 같은 온갖 수단이 동원되었지만 실내온도는 14도에도 못 미쳤다. 하늘은 진회색이었다. 빛도 진회색이었다.

담쟁이에 뒤덮인 집의 2층 방은, 그녀가 실제로 살아보니, 작업하기에 놀랄 만큼 좋은 곳이었다.

강물밖에는 보이지 않았다. 오리와 백조들의 목쉰 울음소리만 들렸다. 말끔하고, 무척 환하고, 하얀색 소형 침대와 역시 하얀색 소형 탁자가 갖춰져 있어 아주 하얀 방이었다. 탁자 위에 컴퓨터를, 아래에 프린터를 설치했다. 그녀가 알고 싶거나 다시 보고 싶은 악보는 모두 출력이 가능했다. 그리고 서랍이 셋 달린, 플라스틱 재질의 새하얀 머리맡 탁자가 있는데, 위에는 노트와 책들이 놓여 있고, 안에는 연필, 지우개, 롤링펜, 잉크 지우는 수성 펜, 가위, 스카치테이프가 들어 있었다.

그녀는 어느 때보다 많은 일을 했다.

심지어 작곡도 자주 했다. 함께 잠에서 깨고 함께 이야기하며 즐거워하던 어린 소녀의 통통한 두 볼에 바쳐진 무엇이 내면에서 떠올랐기 때문이다.

아래층 방은 훨씬 더 뒤죽박죽이었다. 책장들, CD 플레이어, 쿠션들, 구석에 놓인 살았거나 죽은 꽃들이 담긴 대형 화분들, 엄청나게 커다란 낡은 거울, 그 속에서 그녀는 간신히 살아갔다. 자신의 'maison petiote(조그만 집)', 매우 작은 'komponier-häuschen(작은 작곡실)'에서 작업을 마치는 즉시 조르주를 보러 큰 집에 갔다.

의례적으로 조르주의 집 거실에 들러 티타임에 연주를 했다.

자신이 아니라 조르주를 위한 연주였다. 점점 작곡을 많이 했으므로, 연주하는 동안 잠시 작곡에서 놓여날 수 있었다. 6개월간은 크라우스가 글루크를 연주했으리라고 짐작되는 방식으로 크라우스를 연주했다. 다음 6개월간은 모차르트가 쇼베르트[6]를 연주했으리라고 짐작되는 방식으로 쇼베르트를 연주했다. (또 6개월간은 라드니츠키가 하이든을 연주하는 방식으로 하이든을 연주했다.) 스스로 앙시앵 레짐[7]의 여류 음악가로 자처했다. 음악 애호

---

6) Johann Schobert(1730?~1767) : 독일 작곡가, 클라브생(피아노의 전신) 연주자.

가인 귀족 서너 명의 요청으로 연주하는 것으로 여겼다. 세계의 음악시장은 보편적으로 군집적, 공동체적, 국가적, 종교적 진실에 충실한 추세였다(조르주는 "대대중적popopulaires, 애애국적 papatriotes, 독독실한pieupieuses 노래들"이라고 했다). 고독한 자, 무신론자, 광인, 주변인, 새들만 남았다.

*

An die Musik, 음악에.
An mein Klavier, 나의 건반에.
그녀는 두 손에 아주 납작한 까만 조약돌을 쥐고 있었다.

*

거미는 자신의 줄의 규모, 형태, 견고성, 속임수, 아름다움을 감안해서 필요에 부응하는 거미줄을 맨 마지막 순간에 친다고 한다.
작품은 자신에게 필요한 작가를 만들어내고, 그에 상응하는 전기(傳記)도 구성한다.

---

7) 프랑스 혁명 이전의 정치, 사회 체제.

제4장

*

음악 이론가들은 아주 짧고 매우 불안정한 그녀의 작품에 관해 꽤나 복잡한 연구 논문을 집필했다. 사실, 안 이덴의 음악은 단순하게 고통의 기록일 뿐이었다.

그것은 매우 단순한 고통이었다.

우리가 바라보는 빛의 기저인 달랠 길 없는 고통이었다.

수줍어하며, 그녀는 원(圓)— 유령을 기억하는 갑작스런 심연 속에서 짧게 선회하는 원— 을 돌았다.

*

그녀는 어디를 가든 점점 더 기이해져가는 자신의 노래가 머릿속에서 떠나지 않았다.

그녀는 사라진 자들을 소리쳐 불렀다.

피아니스트 마그달레나 폰 쿠르츠뵈크는 1808년 하이든의 마지막 교향곡이 작곡될 당시 그의 옆에 있었다.

안 이덴은 출간도 연주도 된 적 없는 하이든의 숭고한 작품인 소나타와 삼중주곡들을 출간했다.

명시된 바는 없으나 이 작품을 선택한 데는 그만한 이유가 있었으리라.

안 자신도 미처 모르는 듯했다. 그녀가 말했다.

제4장

"마그달레나 폰 쿠르츠뵈크는 전달하고 싶었을 거예요. 그래서 하이든의 곡들을 전했던 거죠. 이번엔 제가 잊힌 그의 곡들을 전하려고요."

미국 여기자에게는 이렇게 털어놓기도 했다.

"꿀벌의 세계에서, 일벌은 늙어가면서 임무를 바꾸게 돼요. 애초엔 청소부였다가, 유모가 되고, 그다음엔 미분화된 생애의 두번째 열흘 동안 밀랍을 제조한답니다. 그러고 나서 마침내 죽을 때까지 꿀을 모으는 거예요. 저 역시 늙어서 꿀을 모으는 일벌이 된 거랍니다."

*

그녀가 작곡하는 노래는 점점 더 야릇하고, 짧고, 급격하고 불규칙한 리듬의 긴 휴지가 많아지는 데다가, 그녀 자작곡의 특성인 슬픔에 일종의 야성마저 덧붙여졌다.

*

후고 볼프[8]는 얼이 빠진 채 악보 위에 창작의 충동이 솟구친 날짜와 시간을 기록했다. 6월 5일 일요일, 8시, 내 방에서.

---

8) Hugo Wolf(1860~1903) : 오스트리아의 낭만주의 시대 작곡가.

제4장

12일 월요일, 13시 30분, 숲속을 걷다가.

*

안 이덴의 말이다.

"음악은 악기의 도움 없이 내 안에서 만들어져요. 고개를 똑바로 들고, 거의 일어난 자세로, 앞으로 내민 입안에서, 상체의 모든 공간에서 말이죠. 음악도, 오르가슴과 마찬가지로, 머리 바로 위에서 생겨나는 거예요. 악기 앞에서, 악기의 도움으로, 악기를 위해 작곡된 곡은 하나같이 악기가 낼 수 있는 소리를 따르고, 악기로 향하게 되는 탓에 더 이상 음악이 아니에요. 몸은 버림을 받은 거죠. 그것은 악기가 거둔 성과에 불과해요. 모든 악기는 길을 잃고 헤매요. 심지어 목소리도 그래요. 목소리라고 여겨지는 목소리, 노래되는 아리아로 발현되는 목소리조차, 우리를 자신에게로 끌어당기며, 길을 잃고 헤매는걸요."

*

밖의 날씨가 좋아지는 즉시 그녀는 나가서 걸었다.

아침이 끝날 무렵, 조르주는 빵집에 다녀오다가 안을 보았다. 부두의 담벼락에 등을 기대고 몸은 앞으로 숙인 채, 그녀는 골똘히 생각에 잠겨 여전히 아침 작업에 몰두해 있었다. 헐떡이며 그

제4장

녀 앞을 지나가는 조깅족에게 눈길 한번 주지 않았다.

한 시간 후에도 여전히 조깅하는 이들을 눈여겨보지 않았다. 점점 더 피둥피둥 살찐 사람들, 점점 더 역겨운 사람들, 벌겋고, 땀에 절고, 황홀경에 빠진, 끔찍하게 추한 사람들이 끊임없이 지나갔다.

그녀가 온 강변을 따라 집에 돌아오면, 조르주는 즉시 그녀의 귀가를 알아차렸다. 타일 바닥에 젖은 신발 자국이 났기 때문이다.

*

조르주는 장작을 옮겼다. 물뿌리개를 옮겼다. 망치, 철사, 못을 옮겼다. 손에 전지용 가위를 쥐고 이리저리 옮겨 다녔다.

이렇게 투덜거렸다.

"성가대 지휘자가 은근히 장작이며 그로그[9]와 초를 바란다니까."

그는 피골이 상접할 정도로 비쩍 말랐다. 머리칼도 다 빠지고 없었다. 복용하는 약 때문에 말도 느리게 하고, 기운 없고, 흐릿하고, 모호했다.

"엘리안, 난 네가 좀 공식적이고, 좀 설득력 있는 방식으로 내 삶의 마지막 시기를 나와 함께해주면 좋겠어. 네가 **세상 사람들**의

---

9) 럼 또는 브랜디에 설탕, 레몬, 더운 물을 섞은 음료.

제4장

눈에도 이 세상에서 나의 가장 소중한 존재로 보인다면, 난 개인적으로 정말 기쁠 거야. 그러고 나서 난 떠날 테니까."

"그만두자! 조르주. 고마워 죽겠다. 너 좋아질 거야. 나 여기 있잖니."

"엘리안……"

"그만해, 조르주. 눈을 뜨고 봐. 나 여기 있잖니. 완벽하게 여기 있다고. 나 여기서 살아. 지금은 세금도 여기서 내잖아. 우린 나란히 살고 있어. 이대로가 정말 좋아."

그녀가 설명했다.

"난 이제 누구에게서 아무것도 받고 싶지 않아. 어느 누구에게도 전혀 바라는 게 없어. 아무에게도 매이고 싶지 않아."

"넌 너무 잘난 척해. 재수가 없다고. 내 말은, 안……"

"말해."

"넌 못됐어."

"사실이야. 어릴 때, 학교에서, 베리와 너, 너희는 끊임없이 내게 그 말을 했어. 근데 지금도, 3년 전부터 넌 그 말을 되풀이하느라 시간을 보내고 있잖니."

*

그는 나이 50에 3일 동안이나 어린애처럼 토라져 있었다. 눈을 흘기고, 입을 댓 자나 내밀고, 눈살을 찌푸렸다.

제4장

*

공생 관계의 두 유기체는 서로에게 구원과 완전 영양물[10]을 아낌없이 제공한다고 한다.

도움과 보살핌이 우선이다.

영양물은 그다음이다(조르주는 이것을 오히려 첫번째에 놓으려고 했다).

공생 관계에서는 각자 자신이 제공할 수 있는 한도 내에서 상대방을 사정없이 착취한다. 만일 하나가, 우연히, 상대방을 과도하게 착취하는 경우, 그로 인해 파트너는 질식한다. 상대방이 그를 굶주리게 하면, 그 자신도 죽게 된다.

공생 관계를 균형으로 정의할 수는 없다. 그것은 극도로 불안정한 대립이다. 부르고뉴 지방의 하늘을 지배하는 날씨만큼이나.

오직 대등한 입장의 추구만이 공생 관계의 심장을 뛰게 해서 살아가게 만든다. 하지만 대등이란 결코 획득될 수 없는, 불가능한, 왔다가 사라지고 끊임없이 다시 오는 것이다.

그들의 생각은 중간에서 서로 만나기 시작했다.

그 후에는 훨씬 더 즉각적으로 만났다. 억양에서. 심지어 그 이전에도, 가령 입이 벌어지자마자, 입 주위가 살짝 떨리자마자.

---

10) 직접 체내로 흡수되는 영양물.

제4장

겨울에 입술 위로 서리는 김에서. 냄새에서. 불안에서. 한숨에서.
꼭 붙어 살다 보니 그들에겐 이제 말이 필요 없었다.
그녀는 더 이상 젊지 않았다. 삶이 몸속 깊은 곳에서 점점 더 내면화되었다. 열 겹의 숄로 가려도 그녀의 뾰족한 얼굴은 전구처럼 빛을 발했다.
조르주가 말했다(마치 그러한 사실이 더 분명하다는 듯이).
"전달되기 어려운 무엇이 이 여인에게 전해져서 내 삶을 환히 비추고 있어요."

*

나는 안이 줄리아에게 했던(바다가 내려다보이는 기다란 임대 빌라에서 줄리아와 마그달레나와 함께 살던 당시에 했던) 말을 기억한다.
"아직 어린애일 때는, 자신이 좋아하는 몸의 각 부분이 빛을 발산해. 완전히 태양계에서 비롯되는 것은 아직 아무것도 없어. 빛은 아이의 마음에서 나오는 거거든."

제5장

:

밀라노에서.

그녀는 페르남부코산 목재 승강기의 유리문을 새로이 밀었다. 아파트 문이 반쯤 열려 있었다. 한쪽 문을 밀었다. 다시 닫았다. 젊은 시절에 늘 그랬듯이 잔뜩 주눅이 들어 현관에 서 있었다.

거실에 아무도 없었다. 피아노는 닫혀 있고, 커튼도 내려져 있었다.

그녀는 거실에서 나갔다.

식당에서 앉아 있는——검은색의 커다란 식탁 앞에 무료하게 앉아 있는——바싹 늙어버린 남자를 발견했다. 그가 문 쪽으로 고개를 돌려 그녀를 뚫어지게 바라보았다. 시선이 무섭게 느껴졌다. 미친 사람 같았다. 이윽고 그녀를 알아본 늙은 얼굴에 화색이 돌았다. 그는 일어서려고 했다.

"움직이지 마세요! 움직이지 말라니까요!" 큰 소리로 말하며 그녀가 달려갔다.

그의 곁에 가서, 몸을 숙이고, 두 손을 잡았다.

그의 입술과 목소리가 바르르 떨렸다.

제5장

"귀여운 나의 안." 그가 말했다. (영어로 말했다.)

그는 목소리에 탄력을 주려고, 예전 목소리를 회복하려고 애썼다.

"귀여운 나의 안. 이처럼 날 보러 오다니 얼마나 기쁜지 모르겠구나."

그녀는 주변을 둘러보았다. 식당은 예전 그대로였다. 낮고, 길고, 조명이 어둡고, 50년 전보다 훨씬 휑뎅그렁했다. 이곳에 들어올 기회는 거의 없었다. 들보는 여전히 칙칙하고, 두드러지고, 위압적이었다. 속이 빈 벽난로와 그 위에 걸린 검은색 예수 수난상. 다른 형상은 전무. 동일한 침묵. 동일한 폭력.

*

날이 흐리고 무척 더웠다. 그녀가 비행기에서 내렸을 때, 10여 미터 전방에 노랑 부부[11] 차림에 지팡이를 짚은 목동이 보였다. 그가 무심하게 그녀를 바라보았다.

염소 서너 마리가 조금 떨어진 활주로에서 회색빛 풀을 뜯고 있었다.

그녀는 종종걸음으로 다가온 운전기사에게 여행 가방을 건네주었다. 그들은 몇 시간이나 판자촌을 가로질러 달렸다. 그녀는

---

11) boubou: 북아프리카 흑인의 길고 헐렁한 상의.

제5장

이제 멋진 살롱에 있었다. 까만색 메트로놈이 19세기의 낡은 플레옐[12] 위에서 여전히 째깍대고 있었다.

*

오스트레일리아에서.

지속되는 기간의 기억은 별로 없어도 일순간의 기억만은 또렷했다.

기억은 극히 단순했다. 포도주를 마시자마자 전부 잊었다.

그녀는 저녁마다 만사를 잊었다.

연주나 녹음을 할 때는 술을 끊었다. 그리고 일상의 시간을 거꾸로 살았다. 어둠이 내리면 방에서 악보를 읽었다. 교향곡, 사중주곡, 삼중주곡, 파이프오르간 곡, 가곡, 어떤 악보라도 상관없었다. 악보는 재빨리 기억에 입력되었다. 악보를 내려놓았다.

눈을 부릅뜨고, 숙소나 호텔 방의 맨벽(혹은 그녀가 사진, 실크스크린 인쇄물의 액자를 떼어낸 벽)을 마주한 채, 그녀는 빈 벽면에 파노라마로 떠오르는 악보의 이미지를 바라보았다.

완전한 몰입 상태에서, 꼿꼿한 자세로, 그녀는—자신이 본 이미지를 조금이라도 잃어버리지 않으려고—조심스럽게 연주실이나 스튜디오로 내려가 피아노 앞에 앉았다.

---

12) 1807년 이냐스 플레옐Ignace Pleyel에 의해 만들어지기 시작한 프랑스의 명품 피아노.

제5장

그녀는—낮과 밤처럼—아주 다르면서도 깊고 놀라운 음감을 지닌 두 대의 스타인웨이로 녹음했다.

앉아서, 두 손을 건반에 올린 채, 오래 침묵했다. 느닷없이 그녀는 피아노를 연주하고 있었다.

집중을 요하는 작업은 전부 숙소에서 이루어졌다. 녹음 기사들은 준비를 완료하고 대기했다. 그녀가 내려왔다. 단 한 번만 연주했다.

*

그녀는 시드니에서 워런의 아파트에 묵었다. 워런에게 했던 설명이다.

"수면 시에는 신체의 행동이 세 가지 뇌 중에서 가장 나이 많은 뇌의 지배를 받는 것 같아요. 밤에는 오른손이 능력을 상실해요. 왼손은 다시 능숙해지고요. 작곡가이고 피아니스트라면 자고 있어야 할 시간에 녹음하는 게 유리하죠. 왼손이 용솟음치게 될 테니까요. 그와 동시에 그때까지 우세하던 오른손의 손가락들은 지배력을 잃게 된답니다."

또 한번은 인터뷰하러 온 일본인 기자에게 이렇게 말하기도 했다.

"화가 클레[13]는 낮에 왼손으로 그림을 그렸어요. 서툴게, 어린애처럼, 예측 불가능한 그림을 그리려고요. 나는 오히려 왼손이

제5장

지배력을 지닐 때 연주해요. 그런 시간에 악보란 내가 제어할 수 없는 템포로 펼쳐지는 꿈에 불과하죠."

*

그녀는 매번 연주하기 전에 금욕을 해야 했으므로, 삶이 점차 힘들어졌다. 그래서 2년에 한 번 같은 시기에 몰아서 녹음함으로써 그때만 금욕을 하기로 했다. 수개월 동안 저녁 초대를 모두 거절했다. 정각 22시에 취침, 정각 4시에 기상, 낮에는 절대 졸거나 꿈을 꾸지 말 것. 그녀는 이것을 '왼손 해방시키기'라고 불렀다.

워런이 그녀에게 말했다.

"여기 원주민들은 '꿈의 시간에 합류하기'라고 불러요."

*

그녀는 열쇠를 꺼냈다. 녹음실로 들어갔다. 아무도 없었다. 담배 냄새가 났다. 문 옆에 있는 스위치가 작동하지 않았다. 그들이 계량기 전원을 꺼놓은 게 틀림없었다. 그래서 어둠 속에서 바닥에 널린 전선, 케이블, 변압기 들 사이로 조심스럽게 걸었다. 맨 안쪽 벽 앞에, 단 위에, 두번째 스타인웨이 발치에서 자신의

---

13) Paul Klee(1879~1940): 스위스 태생의 독일 화가.

핸드백(차라리 검정 고무 재질의 큰 배낭)을 찾아냈다. 그것을 열었다. '레나의 크슈슈'[14]를 집었다. 그저 까만 조약돌에 지나지 않았다. 다시 핸드백을 닫고, 어깨에 메고, 계단을 거슬러 올라갔다. 마음이 놓였다. 다시 떠났다.

---

14) kchouche는 아랍어 방언으로서 튀니지의 유대인들이 쓰는 단어다. 쓸모는 없지만 감정적 가치가 있는 물건을 뜻한다.

제6장

:

 2년이 흘렀다. 그녀는 늙은 아말리아가 보낸 편지를 읽고 이스키아에 와서 그녀를 만났다. 안에게 와달라고 완곡하게 부탁했기 때문이다.
 아말리아는 죽었다—말하자면—손에 손을 잡은 채로.
 그녀는 그때 필로세노도 다시 만났다.
 그녀는 산안젤로의 호텔에 묵었다. 호텔은 카바스쿠라의 농가에서 6킬로미터 떨어진 곳에 있었다.
 아말리아의 고모할머니를 위해 지었다는, 파란색에 가까운 지붕이 있는 기다란 집을 보러 섬의 저편으로 가지 않았다.
 10월의 바다는 보랏빛이었다.
 보랏빛으로 변하자, 사람들이 모두 사라졌다.

*

 11월에는 바다가 갈색으로 변했다. 파도가 일었다. 해변의 빌라들은 텅 비었다. 돌출된 암벽과 섬 주변에 안개가 자욱하게 끼었다. 계곡의 집들에서는 지붕 위로 연기가 피어올라 안개와 섞였다. 아르만도가 떠났다. 그러자 조비알 세닐도 떠났다. 크로포트킨 대공 부인도 떠났다.

아낙들, 뱃사람들, 그리고 과일들만 남았다.

그녀는 나폴리의 오페라 극장에 가서 글루크의 「파리스와 헬레나」 공연을 관람했다.

*

"Ah, che leggo!"[15]라고 계속 흥얼거렸다.

그녀는 산카를로 극장의 계단에 서 있었다.

담배에 불을 붙였다. 성냥개비를 던지려다가, 차마 그러지 못하고, 새끼손가락과 약지 사이에 끼웠다.

담배는 검지와 중지 사이에 끼웠다.

이번에는 (대머리가 되었는데도) 동안(童顔)으로 보이는 음악가가 오페라 극장의 계단을 내려왔다.

그는 계단 위에 멈춰 서 있는 안 이덴을 보았다. 성냥개비와 타 들어가는 담배를 자유자재로 다루면서, 마치 피아노를 치듯이 담배 낀 손을 움직이는 모습을.

그가 그녀에게 다가갔다.

---

15) "내가 읽는 게 뭐지?"라는 의미의 이탈리아어. 글루크의 오페라 「파리스와 헬레나」에 나오는 대사.

제6장

"방해가 되더라도 나의 요정에게 인사를 드려야겠네요."
"나의 구원자!"
그들은 포옹했다.
"섬으로 돌아왔어요?"
"지금 거기 있어요." 안이 대답했다.
"레온하르트는 만나봤고요?"
"그 사람은 내가 여기 온 거 몰라요."
그러고 나서 안 이덴은 샤를 슈노뉴의 손을 잡으며 마음이 들떠서 물었다.
"어디 산대요? 그녀를 본 적 있어요?"
"쥘리에트는 몬트리올에 살아요. 그 이상은 나도 몰라요."
말없이 그의 팔을 꽉 쥐고 나서 그녀는 멀어져갔다.
그는 차까지 배웅해줄까 물어볼 겨를조차 없었다. 사라져가는 그녀의 모습을 지켜볼 뿐이었다. 그녀는 늙어가면서 거의 수다를 떠는 일이 없어졌다.
그는 골목에 세워둔 자기 차로 갔다.

*

"샤워기가 안 돼!"
조르주는 수건으로 성기만 가린 채 알몸으로 그녀 앞에 서 있었다. 어쩔 줄을 몰라 했다. 희망을 품고 안을 바라보았다. 그녀

제6장

가 마치 세상에서 가장 유능한 **수선공**이라도 되는 듯이.

"샤워기가 작동하질 않아." 나지막하게 다시 말했다.

"주방에 브로[16]가 있어." 그녀가 대꾸했다.

그리고 곧 다시 말했다.

"아니면 살수용 호스도 있는걸."

"그래, 그게 더 빠르겠다."

그녀는 호스를 잡았고, 가능한 한 가장 약하게 그에게 물을 뿌렸는데도, 그가 기겁을 했다.

*

마침내 그들은 서로 사랑했다. 성적으로 사랑한 것은 아니었다. 하지만 정말로 사랑했다. 여섯 살짜리 아이들이 사랑하듯이 그렇게 사랑했다.

어린애가 보기에 사랑한다는 건 돌보는 것이다. 잠을 지켜주고, 두려움을 진정시키고, 슬픔을 달래주고, 병을 치료하고, 피부를 쓰다듬고, 씻어주고, 닦아주고, 옷을 입혀주는 것이다.

어린애를 사랑하듯 사랑하기란 죽음에서 구원하는 것이다.

죽지 않기란 음식을 먹이는 것이다.

음식에 관한 한, 그는 그녀가 그를 사랑한 것보다 훨씬 더 그

---

16) 목이 길고 손잡이가 달린 병.

제6장

녀를 사랑했다.

*

그는 다시 간청하기 시작했다.

"우린 동갑이야, 동일한 과거를 지녔고, 같은 수업을 들었지……"

"꼭 그렇진 않아."

"……네 말대로, **초등학교에서** 같은 수업을 들었지. 읽기를 함께 배웠어. 셈을 함께 배웠어. 글쓰기도 함께 익혔어. 선생님도 같은 분들이셨고."

"네가 무슨 말을 하려는지 모르겠는걸!"

"아무튼 계속할게. 우린 취미도 거의 같거나 비슷하고, 의견의 일치로 보자면……"

"……좋아! 정말 됐어, 네가 말만 그치면 되는 거라니까."

"우리 어머니들도 거의 같은 해에 허접한 세상에, 진창 같은 세상에 우릴 내버렸잖아."

"사실 이제 우린 가족도 없어."

"자식도 없어."

"네 말의 저의를 이제야 알겠다."

"내 사후에 누가 날 챙겨줘야 한다면, 그게 너였으면 해."

제6장

*

 3월에 그는 여행을 떠났다. 아무튼 그의 말로는 그랬다. 그녀가 시드니에서 원하던 마지막 녹음을 하고 있을 때였다. 그는 훨씬 더 수척해진 모습으로 돌아왔다. 그녀의 입술에 손가락을 갖다 대었다. 두 손을 꽉 쥐었다. 피폐해진 그의 모습에 너무 놀라서, 그녀는 무슨 말을 해야 좋을지 몰랐다. 이토록 빨리 이런 지경에 이르리라곤 전혀 예상치 못했던 것이다. 이와 유사한 일이 닥치지 않기를 분명 바랐기 때문이리라. 그가 그녀의 손을 꼭 잡으며 말했다.
 "말하지 마."
 그는 거실의 긴 의자들 중 하나에 누웠다.
 "제발 암 말도 하지 마. 부탁인데, 모르는 척해줘. 내 소지품을 전부 여기 침대 옆으로 옮겨야 할까 봐. 편히 쓸 수 있게 정리해야 될 것 같아."
 "물론이야."
 "좀 도와줄래?"
 그녀는 고개만 끄덕였다. 말을 할 수 없어서.
 그가 이어서 말했다.
 "우리 결혼하자. 네가 작곡한 곡들과 네가 쓴 글들을 전부 꼬마에게 헌정하는 것처럼, 나도 아직 좀더 살기 위해 전부 너한테 헌정하고 싶어. 그래야 나의 마지막이 행복할 거야. 엘리안, 난 네가 필요해. 모든 걸 고통 없이 치르기 위해 네가 필요하다고. 지금 이 순간이 지나면 우린 이런 말조차 결코 할 수 없을 거야."

"그래도 결혼은 좀……"

"부탁이야. 말이야 아무려면 어때, 사랑, 결혼, 융합, 공생. 이런 단어가 필요하지 않은 옛날의 왕국을 대체할 수 있는 것은, 바로 상대방이 자신에게 느끼는 욕구야. 수락할래?"

결국 그녀는 수락했다. 결국 그의 말이 일부 옳다는 생각에서였다. 사라짐으로써 고통으로 가득해진 왕국을 만들어내는 것은 자신에 대한 상대방의 욕망이었다.

제7장

:

 그녀는 비행장에 미리 도착하고 싶었다. 늦을까 봐 노심초사하거나, 부랴부랴 서두를 필요 없이, 어슬렁거리고, 쇼핑도 하고, 책도 읽고, 생각에 잠기거나, 일체의 근심에서 벗어나 몽상에 잠기는 게 좋아서였다. '떠나기'를 놓칠 수는 없었다. 떠나는 걸 좋아했으므로. 출발의 확신 상태에 있다는 것은 참으로 흥분되는 일이었다. 그녀는 오두막-굼펜도르프의 문을 닫았다. 새벽 6시였다. 하늘에는 구름 한 점 없었다. 이제 막 동이 트고 있었다. 강물 위로 희미하게 안개가 피어오르기 시작했다. 그녀는 아무런 기척도 하지 않을 작정이었다. 물론 조르주의 부탁대로 그를 깨우지도 않을 참이었다.

 상스 역으로 가는 테이의 택시 속에서 전화하려고 마음먹었다.

 첫 기차를 타게 될 거였다.

 비행장에 일찍 도착하고 싶었다.

 제 시간에 도착하지 못할까 봐 안절부절못하면서 여기서 산만하게 악보를 뒤적이느니 차라리 탑승 게이트의 차가운 대형 안락의자에 앉아 읽어볼 생각이었다.

제7장

담쟁이로 뒤덮인 작은 집에서 나와, 장미원을 가로지르고, 이슬에 가장 덜 젖은 풀밭 가장자리로 접어들었다.

멀리 이미 켜져 있는 거실의 불빛이 보였다. 창가 전기스탠드 옆에서 책을 읽는 조르주의 모습이 보였다. 그녀가 뉴욕에 가는 것을 보려고 평소보다 일찍 일어난 게 틀림없었다.

그녀는, 유리창 너머로, 읽는 책 위로 숙인, 불빛에 비친 그의 얼굴을 보았다.

그녀가 다가갔다.

유리창을 가볍게 두드렸다. 분명 독서 삼매경에 빠졌음인지, 그녀의 신호에 그는 응답하지 않았다. 그녀는 들어가서 가방과 열쇠를 통로에 놓고, 거실 문을 밀었다.

거실 안쪽에 들어갔는데도, 창 앞에 앉은 조르주는 고개를 들지 않았다.

그를 깨우지 않으려고 발끝으로 걸어가서, 그와 포옹하려고 했다. 그런데도 그가 꼼짝도 하지 않는 것이 이상했다. 그의 이마에 손을 얹었다. 얼음장처럼 차가웠다. 그의 손에서 책이 떨어졌다. 책을 집어 들고 나서, 그녀 자신도 불현듯, 엉덩이를 바닥에 붙이고 털썩 주저앉았다. 두 손으로 친구의 뻣뻣해진 손을 감싸 쥐었다.

한동안 그렇게 있었다. 머릿속이 하얗게 빈 채로.

제7장

*

그녀는 순경을 배웅하러 순찰차를 세워둔 길까지 나갔다. 돌아오는데, 옆집 문이 활짝 열려 있었다. 비쩍 마른 백발노인이 성글게 짠 하얀색 면 스웨터 차림으로 작은 빗자루를 손에 들고 서 있었다.

그가 차도 위로 다가왔다.

"무슨 일 있어요?"

그러자 그녀가 울음을 터뜨렸고, 조르주 로엘링거가 죽었다고 더듬거리며 말했다.

*

콧물이 흘렀다. 얼굴도 부석부석했다. 그녀는 들로르 씨의 강철로 된 멋진 주방의 새하얀 발받침 위에 앉았다.

커피 냄새가 났다. 커피 뒤에는 네덜란드 담배가 있었다. 커피와 네덜란드 담배 뒤에는 자벨수와 좀약 혼합물이 있었다.

두 사람 모두 신기하게도 유리 커피포트 안에서 끓어오르는 커피를 바라보았다.

어디를 봐도 자신의 얼굴이 비쳐 보였다. 알루미늄 칸막이에, 하얀 사기 타일 위에, 오븐의 유리문에. 이렇게 깨끗한 주방은 평생 한 번도 본 적이 없었다.

"당신이 그의 아내예요?"

"네."

"당신 혼자예요?"

그녀는 이해하지 못했다. 노인이 다시 물었다.

"당신 혼자예요?"

"무슨 뜻인가요?"

"아이가 없나요?"

"네."

"그럼 혼자로군요."

"대문을 열어놓고 왔네요!" 갑자기 그녀가 소리를 질렀다.

바람처럼 달려나갔다. 그녀는 비행기를 타지 않았다. 머물러 있었다.

들로르 씨가 관련 서류 일체를 준비하는 데 도와주었다. 고통을 느끼지는 않았지만, 그녀는 어찌할 바를 몰랐다.

제8장

:

그녀는 노쇠와 고독으로 더욱 앙상해졌다. 몸도 뻣뻣해졌다. 머리칼은 완전히 하얗게 세었다.

다시—근본적으로—옷 입는 방식이 바뀌었다. 마술 지팡이로 툭 건드리자 폭넓은 치마로 변했다. 바랜 회색빛 진 바지, 남성용 하얀색 면 와이셔츠, 조르주의 낡은 가죽 점퍼는 포기해야 했다.

화려한 낡은 옷가지, 실크 윗옷,
연한 빛깔의 큼직한 남방셔츠,
보드라운 회색의 큼직한 파카들이
공간으로 밀려들었다.

*

혼자라서가 아니라 혼자 있을 수 있기에 느껴지는 기쁨이 있다.
O Oh How I.
캐서린 필립스가 노래하더니, 연이어 나타난다.

제8장

그러고 나서 일체가, 마침내, 멀어지고, 휴식한다.

그러고 나서 주위가 잠잠해진다.

안 이덴은 눈길을 들어 창을 바라본다.

거기 빛이 있다.

온통 새하얗다.

"내 눈에는 더 이상 내 방의 마루가 보이지 않아. 지면도 연안도 보이질 않아. 안개가 서서히 걷히고 있네. 주위는 텅 빈 것 같고. 오직 땅에서는—안개 밑에서는—여전히 냄새가 좀 나는걸. 흙을 밟아 다질 때, 그리고 풀을 밟거나 쌓인 눈 밑에서 소리를 내며 갈라지는 연안의 진흙을 밟을 때 말이지."

정오가 지나자, 안개가 걷히고 지붕들이 나타난다. 전봇대, 종루, 들오리들의 작은 머리통도.

삽시간에 햇빛이 밀려든다.

그녀는 포도주(에피뇌유) 한 잔을 곁들여 간소하게 점심(가끔 시골 파이[17] 조금)을 먹는다. 모리셔스 섬 출신의 가사 도우미가 도착한다.

안은 식탁을 치운다. 원형 수도꼭지에 부딪혀 브로치가 떨어진다. 메달이 개수대 모서리에 부딪치며 열린다.

젖니가 떨어져 소리 없이 튀어 올랐다가 개수대의 배수 구멍에 빠져 자취를 감춘다.

---

17) 으깬 감자와 다진 고기를 섞어서 익힌 것.

제8장

"그게 뭐죠? 이빨인가요?" 가사 도우미가 묻는다.
"아뇨, 아니에요." 안 이덴이 작은 목소리로 대꾸한다.
빈 메달을 닫는다. 정원으로 도망친다.
살수용 호스로 정원 손수레를 씻는다.

*

갑자기 해가 반짝 나서 풀밭이 환해졌다.
강변에도 해가 비쳤다.
얼굴의 피부 밑으로 뼈들이 두드러져 보였다.

그녀는 어머니 얼굴을 약간 닮았다. 하지만 같은 나이 때의 어머니보다 더 말랐다. 그녀를 알지 못하던 사람들의 눈에는 아름답지만, 이마와 턱뼈에 엄격하고 극단적인 무엇이 드러나 있었다. 그녀 뒤편에 어머니와 외조모와 외증조모들보다 더 수척하고 더 빼빼 마른 한 여자가 뛰어오를 기세로 서 있었다. 미소를 지으면 감미롭기 그지없지만, 그런 일은 별로 없었다. 크고, 넓적하고, 아주 아름다운 새하얀 치아들이 주변을 온통 환하게 했지만, 그것은 차가운 빛이었다.

고통, 수영, 사랑, 음악, 허기가 그녀를 강렬한 여인으로 만들었다.

그녀는 자주 외출했다. 리옹 역 부근의 스튜디오를 매입했다. 음악회에 모습을 드러냈고, 사람들 눈에 띄었다. 늘 일본식 패션,

즉 요지 야마모토[18]나 이세이 미야케[19]의 옷을 입었다. 사람들이 그녀에게 인사했다. 그녀는 서둘러 테이로 돌아왔다.

여름날 저녁이었다. 그녀는 욘 강가에서, 이제는 초벽이 누렇게 바래고 금이 간 굼펜도르프의 그늘에서 몸을 숙이고 있었다. 강물에 빵 부스러기를 던지자 오리와 백조 들이 어두운 수면에 소리 없이 잽싸게 나타났다. 개가 짖었다. 느닷없이 마그달레나 라드니츠키가 떠올랐다. 살았으면 열여섯 살이 되었으련만. 젖은 머리에 면 플란넬 잠옷 차림으로 불쑥 나타나 환호성을 지르며, 뭐라 지껄이며, 그녀의 등 뒤에서 달려올 텐데……

갑자기 왼쪽에서 종소리가 울렸다.

다른 시간에서 온, 낡은 거룻배 한 척이 다가왔다. 부르고뉴 운하를 유람 중인 네덜란드 관광객들이었다. 누구에게나 손을 흔들고 환호성을 지르며 그들이 지나갔다.

그녀는 굼뜬 동작으로 계단에 앉아서 지나가는 그들을 바라보았다.

욘 강의 진흙탕 물이 부두와 외곽도로로 몰려와 부서졌다. 그녀는, 예전에 줄리아가 허름한 식당에서 1미터가량 낮은 지중해의 푸른 바닷물 속에 두 발을 늘어뜨리고 있던 것처럼, 그렇게 햇빛을 받으며 앉아 있었다. 이곳의 물은 그리 아름답지 않았다.

---

[18] 山本輝司(1943~): 세계적으로 유명한 일본의 패션 디자이너.
[19] 三宅一生(1938~): 세계적으로 유명한 일본의 패션 디자이너.

제8장

여름도 한결 덜 더웠다. 이제 그녀는 일어나서, 걷고, 달리고, 다시 떠나고, 죽을 용기가 더 이상 나질 않았다. 여기서, 그녀는 해가 두려워지기 시작했다. 거기서, 함께 있을 때, 여자 셋이 같이 살 때, 그녀들은 전혀 해를 두려워하지 않았었다. 셋 모두, 긴 의자에 둥글게 몸을 말고 누운 채로, 온통 김이 서린 큰 유리병의 차가운 물을 마시곤 했다. 테라스에서, 산꼭대기에서, 천국에서.

옮긴이의 말
:
『빌라 아말리아』 천천히 읽기

언젠가 텔레비전 대담 프로에서 원로 불문학자 한 분이 이런 말씀을 하셨다. 아마도 카뮈 전집 완역을 기념하는 자리였다고 기억된다. "옮긴이의 말을 쓰는 것은, 42.195킬로미터의 코스를 힘들게 완주한 마라톤 주자에게 코스를 한 번 더 돌고 오라고 하는 것과 같아요." 나는 약간 과장된 표현이라고 느끼면서도 공감의 미소를 지었더랬다. 지금 그 표현의 적확성에 새삼 감탄하고 있다.

이번에는 무슨 이유에선지 글의 실마리가 영 풀리지 않는다. 생각은 여전히 얽혀 있고, 피 같은 시간만 뭉텅뭉텅 잘려나가고 있다. 애가 탄다. 그래서…… 얽힘 그대로, 키냐르식으로 * 표를 찍어가며, 내가 읽은 바를 천천히 옮겨보려고 한다.

*

이 작품은 마르틴 사다Martine Saada에게 헌정되었다. 사다는, 파리 19구 뷔트쇼몽Buttes-Chomont 소재 키냐르의 집에서 함께 기거하는 작가의 오래된 반려자이다. 고래가 숨을 쉬기 위해 이따금 수면 위로 떠오르듯이, 키냐르는 욘 강변의 은신처에서 집필을 하다가, 필요한 최소한의 사회생활을 위해 이따금 파리의 집에 머무는 듯하다.

책이 출간된 이듬해 이 작품을 영화로 선보인 브누아 자코 Benoit Jacquot 감독은, 한 인터뷰[1]에서, 주인공 안 이덴이 사다와 관련된다는 사실을 슬쩍 흘렸다. 어떤 관련이……? 실제 모델이라는 뜻일까? 궁금증이 이는 대목이지만, 작가의 사생활이 워낙 베일에 가려 있는지라 섣부른 추측조차 불가하다.

하지만 작품을 읽을수록, 키냐르를 아는 독자라면, 안 이덴에게서 키냐르의 모습이 선명하게 비쳐 보이고, 안이 저자의 여성판 버전임을 깨닫게 되면서, 사다에 대한 궁금증은 제풀에 가라앉는다. 이 책의 서평[2]을 쓴 뱅상 랑델Vincent Landel이 이렇게 말했을 정도이다. "플로베르가 '보바리 부인, 그것은 나다'라고 했다면, 이 작품의 '안 이덴은 바로 키냐르 그 자신이다.'"

예를 들어 주인공 안 이덴은 피아니스트이며 작곡가이고, 키냐르는 작가이며 음악가이다. 그녀의 연주 방식은 "자신이 발굴한 악보나 그것에 대한 기억을 최대한 단순화시키는 작업"으로서 "요약하고, 장식을 제거하고, 잘라내고, 쳐내고, 압축"(83쪽)하는 것이다. 키냐르 역시 자신은 주로 바흐의 삼중주나 사중주, 모차르트 혹은 다른 음악가들의 곡 중에서 가장 아름다운 부분들

---

1) Pascal Quignard et le Cinéma, dans *Europe*, août-sept 2010.
2) La toile de Pascal Quignard, dans *Magazine Littéraire*, mars 2006.

을 떠올려 장식을 제거하고 극도로 단순화시켜 연주한다고 말하고 있다.[3] 그리고 "곡들이 난해했음에도 그녀는 이름난 작곡가"(84쪽)이듯이, 작품들이 난해함에도 키냐르에 대한 평가나 유명세는 내가 알기로도 가히 최정상급이다. 저자와 작중인물 간의 크고 작은 교집합적 요소들은 무척 많아서 일일이 열거할 수도 없거니와, 독서의 즐거움을 위해 남겨두는 것도 좋을 듯하다.

*

『빌라 아말리아』는 '하나의 삶을 떠나 다른 새로운 삶을 시작하는 한 여인의 이야기'이다. 흔히 우리는 하나의 삶이 있을 뿐이라고 믿지만, 우리 내면에서 "삶을 불행하게 만드는 수동적 고집의 본성"을 깨닫는 순간 하나의 삶에서 다른 삶으로 넘어가는 것이 가능해진다.

*

마흔일곱 살의 안은 어느 날 자신의 선택보다는 사회적 관습에 얽매여 살아온 이제까지의 삶에 결별을 고한다. 1994년 거의 같은 나이에 키냐르가 불현듯 일체의 공직에서 사임하고 은둔생활

---

3) Les Pensées de Pascal, dans *Nouvel Observateur*, 29 septembre 2011, No. 2447.

을 시작했던 기억이 저절로 떠오른다. 사실 쉰을 바라보는 이 나이는 삶의 제방이 무너지는 시기이다. 안의 경우에는, 16년간 함께 살던 토마의 외도가 범람 직전의 강물에 보태진 또 한 방울의 물로 작용한다. 안은 위선과 거짓의 삶을 직시하는 고통을 감내하며, 현재의 삶을 수선하기보다는 새로운 출발을 선택한다. 정체성이 소멸될 위험을 무릅쓰고 제로에서 다시 태어나기를 소망한다. 르네상스Renaissance란 이런 것이 아닐지.

그것은 다른 시간이리라. 그 시간을 다른 여인이 살게 되리라. 그 시간은 다른 세계에 존재하리라. 그 세계가 다른 삶을 열어주리라. (95쪽)

'다른 시간'이란 잃어버린 시간도, 되찾은 시간도 아닌, 언어의 밖에, 음악 안에 늘 현존하는 시간이다. 다른 세계란 사회에서 동떨어진 사각지대일 것이다. 그곳에서의 다른 삶은 좀더 진실에 가까운 내면의 삶이며, 그런 삶을 살게 될 다른 여인이란 스스로 열리는 자, 그리하여 진실의 문이 아니라 '옛날'의 문을 여는 자가 될 것이다.

안은 지금까지의 삶의 흔적을 지우는 것으로 시작한다. 과거에 속한 일체의 것과 결별(직장·인간관계), 매각(집·피아노·가구), 폐쇄(은행 계좌·신용카드), 폐기(옷·가방·핸드폰), 소각(사진)이 이루어진다. 우리가 죽으면 주변의 누군가가 하게 될 일을 생전에 스스로 하는 셈인데, 물론 자신 안의 사회적 자아를 죽여서 부활을 꾀하려는 의도에서다. 이야기가 계획된 살인사건처럼 긴박하게 진행되는 것은 그래서이다.

사실상 'Ann Hidden'이란 이름에는 이미 '과거와의 단절' 및 '사회의 사각지대에서 음성적인 삶'을 살고 싶다는 주인공의 의지와 열망이 담겨 있다. 이것은 부모에게서 물려받은 Éliane Hidelstein이라는 성(姓)과 이름을 지우고 난 자리에 들어선 성명이다. 이름인 Ann은 발음은 동일하나 Éliane의 애칭인 Anne에서 e가 떨어져 나가 변형된 형태이고, 성인 Hidden은 영어로 '숨어 있는'을 의미한다. 게다가 영어식으로 발음하면 '하이든 Haydn'의 울림마저 지니고 있다.

안은 하나의 삶을 닫고, 새로운 삶의 문을 연다. '곳'에서 '곳' (파리-엥가딘-독일-스위스-이탈리아)으로 이어지는 과정을 거쳐 마침내 나폴리 만의 이스키아 섬, 그곳의 정상에서 푸른 지중해를 굽어보는 '빌라 아말리아'에서 다른 삶을 시작하기에 이른다.

안은 이 '곳'(빌라 아말리아와 주변 풍경)을 대상으로 첫눈에 사랑에 빠진다.

'빌라-아말리아'는, 소설의 이름(제목)답게, '곳-인물'의 합성어답게, 그저 공간 속의 한 장소가 아니라 당당한 주요 인물로서 등장한다.

> 전경 왼쪽에 카프리 섬과 소렌토의 곶, 그리고 아득히 펼쳐

진 바다. 그녀는 바라보는 즉시 몸이 얼어붙었다. 그것은 풍경이 아니라 누군가였다. 사람은 아니고, 물론 신도 아니고, 한 존재였다.

특이한 시선.

어떤 사람. 말로 표현할 수 없는 구체적인 얼굴. (147쪽)

그녀는 지아 아말리아의 집을, 테라스를, 만(灣)을, 바다를 열정적으로, 강박적으로 사랑했다. 그녀는 자신이 사랑하는 대상 속으로 사라지고 싶었다. 모든 사랑에는 매혹하는 무엇이 있다. 우리의 출생 한참 후에야 습득된 언어로 지시될 수 있는 것보다 훨씬 더 오래된 무엇이 있다. 한데 그토록 그녀가 사랑하는 대상은 이제 남자가 아니었다. 그녀에게 오라고 부르는 집이었다. 그녀가 매달리려는 산의 내벽이었다. 풀과 빛과 화산암과 내부의 불이 있는 후미진 곳이었다. 그녀는 그곳에서 살고 싶었다. 용암의 상부 돌출부에 이를 때마다 매번, 강렬하고 임박한 어떤 것이 그녀를 맞이했다. 그것은 행복감을 주는 정체불명의 존재 같은 것이었다. 그 존재가 어떻게 그녀를 알아보고, 안심시키고, 이해하고, 알아듣고, 인정하고, 편들고, 사랑하는지 그녀 자신도 알지 못했다. (156쪽)

키냐르는 나이가 들수록 첫눈에 사람에게보다 장소에, 자연에 매료되는 일이 점점 자주 일어난다고 말한다. 『빌라 아말리아』는 그의 관심이 인물의 심리보다 이미지(곳·장소·풍경·자연)로 쏠리는 현상이 반영된, 장소가 인물로 등장하는 첫 소설이라고 할 수 있다.

안은, 사랑의 대상이 될 이 '곳'을 찾아내기까지, 많은 '곳' 사이를 자동차로, 기차로 부단히 오갈 뿐 아니라——파리(경제·사회), 브르타뉴(유년기), 상스(우정·휴식), 이스키아 섬(열정·자유·바다)——, 수영장이나 바다에서 자주 수영을 한다. 그리고 사랑의 대상인 이스키아 섬을, 마치 연인을 애무하듯이, 구석구석 빠짐없이 누비고 다닌다.

> 신발은 점점 더 흙투성이가 되어가고,
> 더러워지고,
> 지저분해지고,
> 풀잎이 잔뜩 들러붙을 정도로,
> 섬을 구석구석 걸어 다녔다. 지치지도 않고 걸었다. 온갖 길을 누비며 발자국을 남겼고, 그 자취 위로 다시 걸었고, 화산의 비탈길도 매일 빠짐없이 질주했다. (139쪽)

안은 머무르지 않고 부단히 움직이는 인물이다. 크게는 떠남과 이어지는 여행, 작게는 빌라 아말리아 밖에서의 끊임없는 산책, 수영장이나 바다에서의 수영. 안의 움직임은 부동성의 표본인 네 인물(토마·조르주·베로니크·어머니)로 인해 더욱 두드러져 보인다. 이들은 다소 속물이거나(토마·베로니크), 소설이 결말에 이르기 전에 죽는다(어머니·조르주). 정지, 부동은 이미 죽음 그 자체이기 때문이리라.

죽음은 이 소설의 처음부터 끝까지 전염병처럼 만연해 있다. 지나가며 언급된 죽음(조르주의 애인·안의 첫 남자·안의 남동생·아말리아 고모할머니·샤를 슈노뉴의 누이들…… 등등)을 제외하더라도, 노화로 인한 죽음(조르주의 어머니·안의 어머니·지아 아말리아), 사고로 인한 죽음(세 살짜리 어린 레나), 병—에이즈—으로 인한 죽음(조르주)까지 이야기가 진행되는 동안 다섯 사람이 죽는다. 마치 '삶에는 죽음이 서성댄다. 우리에게 허비할 시간이란 없다. Carpe diem'이라고 속삭이는 것만 같다.

키냐르는 올봄에 64세가 된다. 죽음은 이미 수평선 저 너머의 것이 아니다. 어렴풋이 어른거리기 시작하는 죽음의 그림자를 느끼고 사유할 나이이다. 사유의 궤적은 『빌라 아말리아』(2006)와 『신비한 결속 Les solidarités mystérieuses』(2011)을 통해 매우 선명하게 드러난다. 전자에서 죽음은 매우 무겁고 고통스러운 것으로 묘사되지만, 후자에서는 홀연한 '사라짐', 자연에 흡수되어 합일을 이루는 '자연회귀'라는 도교적 사유로 흘러가고 있다.

*

『빌라 아말리아』(2006)의 출간은 좀 의외였다. 키냐르가 '마지막 왕국' 시리즈를 선보이면서 자신은 앞으로 이 시리즈를 쓰다가 죽게 될 것이라고 언명했던 터라, 그리고 2005년 제4권과 제5권이 나왔으므로, 이번에는 당연히 제6권을 기대하고 있었기 때문이다. 이제는 윤곽이 잡힌 '마지막 왕국'의 규모는, 『은밀한 생』(연작 제8권)을 중심으로 전후에 일곱 권씩 배치된 총 열다섯 권이 될 예정이다. 따라서 앞으로 아홉 권을 더 써야 한다는 계산이 나온다(2009년 제6권이 나왔고, 곧 제7권이 나올 것이므로, 현재 시점에서는 일곱 권이 남았다). 아무리 숨 쉬듯 무진장 글을 토해내는 작가라고 해도, 날은 저물고 갈 길은 멀게만 느껴진다. 그런데 느닷없이 소설이라니?

키냐르는 그 이유를 이렇게 설명하고 있다. "'마지막 왕국'은 총체적 장르genre total―콩트, 시, 잠언, 어원적이거나 철학적인 성찰, 에세이 등을 단상 형식으로 써내려가는 글쓰기―에 속하므로 지극히 남성적 글쓰기에 속합니다. 줄곧 남성적 글쓰기를 하다 보니 심리적 균형을 맞출 필요가 생겼고, 내 안의 여성성, 여성적 취향에서 비롯된 욕구에 이끌려 소설을 쓰지 않을 수 없었지요."[4]

이후로 그는 소설과 연작을 번갈아 집필한다. 2008년 소설 『부테스Boutès』가, 2009년 연작 제6권이, 2011년에는 다시 소설 『신비한 결속』이 출간되었다.

---

[4] 앞의 글.

옮긴이의 말

*

『신비한 결속』은 『빌라 아말리아』와 짝을 이루는 소설이다.

후자의 주인공 안(마흔일곱 살, 음악가)이 일체의 과거를 지우고 파리를 떠나 지중해의 해안 절벽에 이르렀다면, 전자의 주인공 클레르(마흔 살, 번역가)는 자신의 근거지인 베르사유를 떠나 음울한 브르타뉴의 바닷가 마을로 귀향한다. 키냐르는 안의 탐색이 '의지적'인 것이라면, 클레르의 탐색은 '무의지적'인 것, 거의 샤먼적인 것이라고 말한다. 하지만 나는 이 둘이 본질에서는 같은 것이라고 생각한다.

안의 경우에는 키냐르의 분신답게 열정과 야성이 이성과 절제의 막을 뚫고 솟아나지만, 클레르의 경우에는 열정과 야성이 알몸으로 솟구친다는 차이가 있을 뿐이다. 또한 사회적 자아의 근거지에서 되도록 멀리 떠나는 안의 원심성 궤적과 모천 회귀하는 연어처럼 고향으로 찾아가 죽는(키냐르의 표현을 따르자면 '사라지는') 클레르의 구심성 궤적도 결국 동일한 것이다. '내면의 자아'를 찾아가는 여행이기 때문이다.

*

『빌라 아말리아』에는 안 이덴 외에도 작가의 분신이 한 사람

더 있다. "책을 읽고, 독서에 지치면 쉬려고 또 책을 읽는 남자" (227쪽)인 샤를 슈노뉴. 『뷔르템베르크의 살롱 Le Salon du Wurtemberg』 (1986)의 화자이며 첼리스트(당시에는 키냐르도 첼로 연주자였다) 인 그는, 다리에 쥐가 난 안이 익사할 위험에 처하자, 유령처럼 홀연히 『빌라 아말리아』로 건너와 안을 구조한다. 그리고 키냐르 의 분신과 분신이 서로를 알아보며 반긴다. 키냐르의 유머!

샤를은 자신을 이렇게 소개한다.

〔……〕 수염이 없고, 야위고, 주름진 얼굴의 주민 한 사람 이 벽에 기대서서 담배를 피웠다. 노년으로 접어드는 연배였 다. 대머리인데, 귀 둘레에 드문드문 금발이 나 있고, 동그란 금속 안경테 너머로 생기 없는 큰 눈이 보였다. 목소리도 이제 는 들릴락 말락 가늘었다. 말을 할 때 보면 그랬다. 하지만 거 의 말을 하지 않는 까닭에 모두가 구석에 있는 그의 존재를 잊 고 지냈다. 그는 눈을 반쯤 감고서, 담배 연기를 길게 들이마 셨다가 짧게 여러 번에 걸쳐 내뱉었다. 그는 머지않아 죽을 것 이다. 그게 바로 나였다. (222쪽)

2004년 7월 나는 노르망디의 스리지라살에서 열린 '키냐르 학 술회'에 참석했었다. 키냐르도 일주일 내내 참석자들과 고성(古城) 에서 숙식을 함께 했는데, 우리는 그가 담배 피우는 모습을 본 적 이 없다. 샤를에 대한 묘사는, 흡연만 빼면, 키냐르 자신의 초상이기도 하다.

*

샤를이 『뷔르템베르크의 살롱』에서 나와 『빌라 아말리아』로 건너온 것은 제3부가 시작되면서다. 유령의 출몰은 서술 층위의 혼란을 야기한다. 3인칭 서술이 갑자기 1인칭 서술로 바뀐다. 더 정확히 말하자면, 앞의 인용문에서 보듯이, 3인칭과 1인칭의 혼용 형태라고 하는 편이 더 맞다. 자신의 분신에게 1인칭 서술을 맡겨놓고, 못 미더운 듯 전지전능한 화자가 3인칭 서술을 완전히 멈추지 않고 있기 때문이다.

*

끝으로 영화 이야기.

『빌라 아말리아』는, 앞서 말했듯이, 출간된 이듬해 영화로 만들어졌으나, 영화 「세상의 모든 아침」이 큰 성공을 거둔 것과 달리 주목을 끌지 못했다.

이 작품의 경우, 소설과 영화 사이의 거리도 비교적 멀다. 언어와 이미지라는 표현매체의 다름에서 기인된 거리가 아니라, 출발점에서, 그리고 결말(마지막 장면)에서 서로 어긋나 있어서이다.

키냐르는 안 이덴의 모델로 마르틴 사다를 염두에 두었고, 자

옮긴이의 말

코 감독은 전적으로 이자벨 위페르(안 이덴 역)를 위한 영화를 만들고자 했다. 자코는 이 여배우를 부각시킬 마땅한 작품을 물색하던 차에 『빌라 아말리아』를 만나게 된 것이므로, 영화의 초점은 자연 위페르에게 맞춰져 있다. 위페르가 시종일관 화면을 지배하게 하려고 소설의 주요 인물인 어린 레나를 위시해서 라드니츠키 의사, 그리고 다수의 인물을 과감하게 생략해버렸다.

더 큰 차이는 결말이다.

소설에서는 안이 레나의 죽음으로 야기된 끔찍한 고통에 빌라를 제물로 바치고 떠난다. 하지만 영화에서는 빌라에 머문다. 키냐르는 이 세상에서 파라다이스는 실낙원으로서만 존재할 수 있다고, 개체발생(빌라를 떠남)이 계통발생(에덴동산을 떠남)을 되풀이한다고 말하는 한편, 자코는 다른 해석을 부여하고 있는 듯하다.

하지만 여기까지 쓰다 보니, 안이 빌라를 '떠남'과 빌라에 '머묾'이 말처럼 정말 다른 것인지, 아니면 '떠남'은 인물이 장소를 떠나는 것이고, '머묾'은 장소가 인물을 떠나는 것이어서—예전의 장소가 다르게 인식될 것이므로—, 이 둘은 같은 것이 아닐까, 라는 의구심이 슬며시 고개를 든다.

2012년 2월
송의경

작가 연보

1948   4월 23일 프랑스 노르망디 지방의 베르뇌유쉬르아브르(외르)에서 출생했다. 음악가 집안 출신의 아버지와 언어학자 집안 출신의 어머니 사이에서 키냐르는 어릴 때부터 자연스럽게 식탁에서 오가는 여러 언어(프랑스어, 독일어, 영어, 라틴어, 그리스어)를 습득하고, 여러 악기(피아노, 오르간, 바이올린, 비올라, 첼로)를 익히면서 자라난다.

1949   가을, 18개월 된 어린 키냐르는 여러 언어를 사용하는 집안의 분위기에서 기인된 혼란 때문에 자폐증 증세를 보이기 시작하고, 언어 습득과 먹기를 거부한다. 우연히도 외삼촌의 기지로 추파춥스 같은 사탕을 빨면서 겨우 자폐증에서 벗어난다.

1950~58   이 기간을 르아브르에서 보내게 된다. 형제자매들과 전혀 어울리지 못하고 늘 외따로 지내기를 즐긴다.

1965   다시 한 번 자폐증을 앓는다. 이를 계기로 그는 작가로서의 소명을 깨닫는다.

1966   세브르 고등학교를 거쳐 낭테르 대학교에 진학한다. 에마

뉘엘 레비나스, 폴 리쾨르, 장 프랑수아 리오타르, 앙리 르페브르 등의 강의를 듣고, 레비나스의 지도 아래 그가 직접 정해준 제목이기도 한 '앙리 베르그송의 사상 속에 나타난 언어의 위상'이라는 논문을 계획하나, 68혁명의 와중에 대학 강단에 서고 싶다는 생각을 접으며 논문도 포기한다. 1966년에서 1969년까지 실존주의와 구조주의의 물결, 68혁명의 열기 속에서 철학을 공부했지만 "(획일화된) 유니폼을 입은 사상은 나랑 맞지 않는 것 같다"며 철학으로부터 멀어지며, 이러한 이념들의 정신적 유산을 완강히 거부한다.

1968   가업인 파이프오르간 연주를 물려받을 생각을 하고, 아침에는 오르간 연주를 하고 오후에는 16세기 프랑스 시인 모리스 세브 Maurice Scève의 Délie(idée의 철자 순서를 바꿔 쓴 아나그람)에 관한 에세이를 쓰기 시작한다. 갈리마르 출판사 도서 기획위원에 누가 있는지 알지 못한 채, 이 원고를 갈리마르 출판사에 보낸다. 그런데 답장 편지를 해온 것은 키냐르가 존경해 마지않던 작가 루이-르네 데포레 Louis-René des Forêts였다. 데포레의 소개로 1968년 겨울부터 잡지 『레페메르 L'Ephémère』에 참여한다. 여기서 미셸 레리스, 폴 셀랑(파울 첼란), 앙드레 뒤 부셰, 자크 뒤팽, 이브 본푸아, 알랭 베인슈타인, 가에탕 피콩, 앙리 미쇼, 피에르 클로소프스키 등을 만나게 된다. 나중에 에마뉘엘

레비나스도 『레페메르』에 합류한다.

1969 결혼을 하고, 뱅센 대학교와 사회과학연구원EHESS에서 잠시 고대 프랑스어를 가르치며, 첫 작품 『말 더듬는 존재 L'être du balbutiement』를 출간한다. 이후, 확실한 시기는 알려진 바 없지만, 아버지가 되면서 이혼을 한다.

1976 갈리마르 출판사에서 편집자, 원고 심사위원의 일을 맡는다. 1989년에는 출간 도서 선정 심의위원으로 임명되었고, 이듬해인 1990년에는 출판 실무 책임자로 승진하여 1994년까지 업무를 계속한다.

1986 소설 『뷔르템베르크의 살롱 Le salon du Wurtemberg』과 뒤이어 나온 『샹보르의 계단 Les escaliers de Chambord』(1989)의 발표로 더 많은 독자에게 그의 이름을 알리기 시작한다.

1987 1987년부터 1992년까지 베르사유 바로크 음악 센터 임원으로 활동한다.

1990 단편소설, 에세이 등을 포함하여 20권 예정으로 기획한 『소론집 Petits traités』 중 제1권에서 제8권까지 총 8권이 마에그트 사에서 출간된다.

1991 소설 『세상의 모든 아침 Tous les matins du monde』을 출간하고, 이 작품을 자신이 직접 시나리오로 각색해 알랭 코르노Alain Corneau 감독과 함께 영화로도 만든다. 책은 18만 부가 팔렸으며 영화 또한 대성공을 거둔다.

1992 영화 『세상의 모든 아침』에서 생트 콜롱브의 제자인 마랭

작가 연보

마레의 음악 연주를 맡았던 조르디 사발Jordi Savall과 더불어 콩세르 데 나시옹을 주재한다.

필리프 보상, 프랑수아 미테랑 전 대통령 등과 함께 베르사유 바로크 예술 페스티벌을 창설하지만, 1년밖에 지속하지 못한다. 더욱이 이 페스티벌은 베르사유 바로크 음악 센터와는 별개의 것으로, 음악 센터에서 운영하는 베르사유 추계 음악 페스티벌과 경쟁 관계에 놓여 키냐르가 음악 센터의 임원직을 사임하는 이유가 된다.

1993 『혀끝에서 맴도는 이름 *Le nom sur le bout de la langue*』을 출간한다. 당시 언론에서는 이 작품을 일제히 아구스티나 이스키에르도Agustina Izquierdo의 두번째 소설인 『순수한 사랑』(첫번째 소설은 1992년에 발표된 『별난 기억』)과 나란히 소개하는데, 이스키에르도가 키냐르의 가명일 것이라는 확신에 가까운 추측 때문이다.

1994 집필에만 열중하기 위해 일체의 모든 공직을 사임하고, 세상의 여백으로 물러나 스스로 파리의 은둔자가 된다.

1995 손가락에 이상이 생겨 악기 연주가 곤란해진다. 설상가상으로 조부와 부친에게서 물려받은 악기 스트라디바리우스를 모두 도난당하자 크게 상심하여 연주를 포기한다. 이후 음악을 연주하던 시간이 책읽기와 글쓰기에 바쳐진다.

1996 1월 『소론집』과 장편소설을 집필하던 중 갑작스러운 혈관 출혈로 응급실에 실려 갔다가 죽음의 문턱에서 귀환하는

경험을 한다. 이러한 경험을 전환점으로 그의 글쓰기는 크게 변화된다. "내 안에서 그 모든 장르가 무너졌다"고 말하며, 소설, 시, 에세이, 우화, 민화, 잠언, 단편, 이론, 인용, 사색, 몽상 등 그 모든 장르가 뒤섞인 혹은 그 어떤 장르도 아닌 그저 '문학'을 추구하게 된다.

건강을 회복한 후, 일본과 중국으로 여행을 떠난다. 특히 장자의 고향인 중국 허난 성의 상추(商丘)를 방문했던 기억과 고대 중국 철학(도교)의 영향이 집필 중이던 『은밀한 생*Vie secrète*』에 반영된다.

1998 새로운 글쓰기의 첫 결과물인 『은밀한 생』이 출간되고, '문인협회 춘계 대상'을 받는다.

2000 1월 『로마의 테라스*Terrasse à Rome*』가 출간되고, 이 소설로 키냐르는 2000년 '아카데미 프랑세즈 소설 대상'과 '모나코의 피에르 국왕 상'을 동시 수상한다. 이로 인해 2억 4천만 원에 달하는 상금과 함께 출간 즉시 4만 부 이상 팔려나가는 큰 성공을 거둔다. 이후 1년 6개월 동안 죽음이 우려될 정도로 심한 쇠약 증세에 시달리면서, 연작으로 기획된 '마지막 왕국Dernier royaume'의 집필에 들어간다. 시간, 공간, 성(性), 나이 등 그의 작품에 흐르는 주요 주제들을 다시 환기하고 사색하는 일종의 목록 작업이 될 '마지막 왕국' 연작은 그가 생을 마감하는 날까지 지속할 작업이라고 키냐르는 말한다.

2001   부친이 별세한다. 키냐르는 비로소 부친에게서 물려받은 성(사회에 편입된 존재라는 표지)으로 인한 부담과 부친의 기대의 시선에서 풀려나 완전히 자유로워졌다고 고백한다.

2002   '마지막 왕국' 연작의 제1, 2, 3권 『떠도는 그림자들 Les ombres errantes』 『옛날에 관하여 Sur le jadis』 『심연들 Abîmes』을 동시 출간하고, 『떠도는 그림자들』로 공쿠르 상을 수상한다. 몇몇 아카데미 공쿠르 위원들은 소설 장르가 아닌 이 작품에 공쿠르 상을 수여하는 것에 흥분하며 반대하였다. 그러나 지지자들은 바로 똑같은 이유로 흥분하며 찬성하였다. 키냐르식의 탈(脫)장르적 혹은 범(凡)장르적 글쓰기는 예술은 '장르'라는 구축된 시스템에 무임승차하는 것이 아닌, 시스템을 내부에서 교란하고 궤멸하는 것이라는 문제의식을 확산시켰다. 엄청난 독서의 흔적이 작품에 고스란히 녹아 있는 키냐르의 글은 독자와 저자라는 구분법을 없애려는 열망을 드러내며, 그 독서의 축적인 박학을 '박학적 무지'로 승화, 절제하는 그의 작품 세계는 프랑스 현대 작가 중 그를 가장 중요한 작가로 손꼽는 데 주저하지 않게 만들었다. 『마가진 리테레르 Magazine littéraire』 조사에 따르면, 파스칼 키냐르는 현재 생존하는 프랑스 작가 중 대학에서 가장 많이 연구되는 작가이다.

2004   7월 10~17일 일주일에 걸쳐 숲과 성으로 장관이 수려한,

국제 학술회장으로 유명한 스리지라살Cerisy-La-Salle에서 파스칼 키냐르 학술회가 열렸다. 학술회의 성과는 이듬해 『파스칼 키냐르, 한 문인의 얼굴 Pascal Quignard, figures d'un lettré』이라는 제목의 책으로 묶여 나왔다.

2005 '마지막 왕국'의 제4, 5권이라고 할 수 있는『천상적인 것Les paradisiaques』과『더러운 것Sordidissimes』을 발표한다. 성스러운 것과 불결한 것, 아름다운 것과 추한 것은 양립되지 않는다는 키냐르의 우주관과 예술관이 한 쌍과도 같은 두 권에 녹아 흐른다.

이전에 발표되었던 글들, 잡지에 실린 글들, 미발표글 들을 모두 모아『덧없는 글들 Écrits de l'éphémère』이라는 제목으로 출간한다.

60여 쪽에 불과한 시집 같은 작은 분량의『하계를 찾기 위하여Pour trouver les enfers』를 발표한다. 오비디우스, 베르길리우스가 노래한 하계로 내려가는 오르페우스처럼 키냐르도 음(陰)의 세계로 내려간다.

2006 한동안 소설을 쓰지 않다가 소설『빌라 아말리아Villa Amalia』를 발표한다. 고독과 몸을 섞어 다시 태어나기 위해 모든 가족적·사회적 관계를 끊고 떠나는, 안 '이덴 Hidden'의 이야기이다. 안은 어느 이탈리아 해안가 절벽의 빈집 '빌라 아말리아'와 만난다.

『사색(死色)인 아이 L'enfant au visage couleur de la mort』를 발

표한다. 이미 이전에, 1976년 발표한 적 있는『독자 Le lecteur』에 바로 뒤이어 써놓았던 이야기이다.

키냐르가 고안해낸 일종의 '우화 소나타'라고 할 수 있는 『시간의 승리 Triomphe du temps』를 발표한다. 2003년 키냐르의『혀끝에서 맴도는 이름』을 연극으로 각색해 공연한 마리 비알 Marie Vialle의 극을 '들었던' 날 저녁, 무언가 더 덧붙이고 싶은 열망으로 써 내려간 몇 편의 다른 우화들을 모은 작은 책이다.

죽어도 다시 부활하기를 원하는 기독교 세계의 다비드와 죽어 없어져 완전 소멸하기를 원하는 고대 그리스 세계의 무녀(시빌레)가 주고받는 노래를 통해 생과 사를 노래하는 『레퀴엠』을 발표한다(작곡가 티에리 랑시노 Thierry Lancino는 이 글을 음악적으로 해석하여 작곡한 작품을 발표, 2010년 1월 파리, 살 플레엘에서 공연한다).

2007 『섹스와 공포』의 연작이라고 할 수 있는『성적인 밤 La nuit sexuelle』을 출간한다. "우리가 수태되던 밤, 우리는 거기 없었다." 태생동물인 우리 모두에게 결핍되어 있는 유일한 이미지, 프로이트가 말하는 부모의 성교 순간, 그 '첫 장면'에 대한 탐색. 보슈, 뒤러, 렘브란트, 티치아노, 루벤스, 우타마로, 신윤복 등 성을 주제로 한 2백여의 그림이 함께 실려 있는 고급 장정본의 책이다.

2008 『부테스 Boutès』를 발표한다. 부테스는 아르고호 원정단원

가운데 하나로, 키냐르는 다시 한 번 '무명의 신인'을 소개한다(마랭 마레에 가려 있던 스승 생트 콜롱브를 세상에 알린 『세상의 모든 아침』처럼). 부테스는 오르페우스를 비롯, 세이렌의 치명적 소리에 유혹당하지 않고자 했던 다른 선원들과 달리 세이렌의 소리를 향해 바닷속으로 뛰어든 자이다. 부테스의 이 죽음을 향한 잠수를 생의 근원을 향한 도약으로 다시 풀어내며, 키냐르의 작품에 일관되게 흐르는 근원성 문제가 탐색된다.

소설 『빌라 아말리아』가 브누아 자코Benoit Jacquot 연출, 이자벨 위페르Isabelle Huppert 주연의 영화로 만들어진다.

2009 '마지막 왕국' 연작 제6권 『조용한 나룻배 La barque silencieuse』를 발표한다. 그 어느 권보다 현대사회 문명에 대한 비판적인 함의가 짙다. 자아를 찾아라. 너대로 되어라. 그러나 그리 될 자아가 없다. 모두 가짜 Self이기 때문이다. '레푸블리카' 사회의 오늘날 주체들은 이미 사회가 예속시킨 주체들이다. 사회는 모두 '동일한 것idem'이 되라고 한다. 결혼, 교육, 양심, 도덕, 지식, 부부관계, 죽음까지도 실로 주체적인 것은 하나도 없다. 키냐르는 자살의 문제까지도 논의를 확장해 idem(同體) 아닌 진정한 ipse(自體)를 향한 길, 자아 해방을 위한 길을 모색한다.

2010 6월 17~19일, 키냐르가 함께 자리한 가운데, 파리 누벨 소르본 대학교의 미레유 칼-그뤼베르Mireille Calle-Gruber

교수가 기획한 '파스칼 키냐르, 예술의 폭에서 혹은 뮤즈에 의해 절단된 문학Pascal Quignard, au large des arts ou la littérature démembrée par les muses'이라는 제목의 학술회가 열린다. 이 자리에는 특히 키냐르의 작품에 영감받은 많은 예술가가 나와 직접 발제한다. 화가 발레리오 아다미Valerio Adami, 작곡가 미카엘 레비나스Michael Levinas, 극작가 발레르 노바리나Valère Novarina와 파스칼 키냐르의 대담이 진행되기도 하였으며, 영화 「세상의 모든 아침」의 음악과 연주를 맡았던 비올라 다 감바의 대가 조르디 사발이 몇 곡의 연주를 들려주기도 했다.

'마지막 왕국' 일곱번째 권을 집필한다. 아직 출간되지는 않았으나 제목은 아마도 '낙마한 자들Les désarçonnés'이 될 것이다. 블레즈 파스칼은 뇌이 다리에서 떨어져 죽을 뻔 했으며, 몽테뉴는 말에서 떨어져 두 시간 동안 의식을 잃었고, 성 바울도 다마스로 가는 길에서 말에서 떨어졌으며, 루소는 파리 메닐몽탕 언덕길을 내려가다 개한테 받힌 적이 있다. 생과 사의 갈림길, 그러나 가장 생명력 넘치는 찰나들을 기록, 사색하는 책이 될 듯하다.

2011 1월 29일, 파리 19구, 라빌레트 극장. 키냐르의 텍스트 『메데이아』와 일본 부토(舞踊)의 대가 카를로타 이케다의 춤이 만났다. 키냐르가 먼저 어두운 무대 위, 작은 스탠드 불만 밝혀진 테이블 앞에서 에우리피데스의 환청이 들리

는, 그가 다시 쓴 『메데이아』를 읽는다. "그녀가 나뉜다, 그녀는 생각에 잠긴다, 그녀가 찢긴다, 그녀는 생각에 잠긴다." 이케다가 키냐르의 음성을 이어받아 욕망과 점증의 파열을, 살과 혼의 찢김을, '메데이아'를 춘다. 이 공연 내용은 책 『메데이아』로 다시 소개되었다(*Medeia*, Éditions Ritournelles, Bordeaux, 2011).

소설 『신비한 결속*Les solidarités mystérieuses*』을 발표한다. 『빌라 아말리아』의 안 이덴이 일체의 자기 소속지를 떠나 지중해 나폴리 만의 해안 절벽에 이르렀다면, 『신비한 결속』의 클레르는 음울한 브르타뉴 바닷가 마을로 귀향한다. 키냐르는 한 인터뷰에서 안 이덴의 탐색이 '의지적volontaire'인 것이었다면, 클레르의 탐색은 '무의지적involontaire'인 것, 거의 샤먼적인 것이라고 말한다.

클레르의 여행은 행복했던 유년 시절의 '곳'을 찾아 떠나는 노스탤지어 여행이 아니라, 뭔가에 운명적으로 덥석 물린 듯, 강렬한 벼락을 맞은 듯, 오히려 불행의 상처로 가득한 유년 시절의 '곳'으로 회귀하고, 그리고 죽는 연어의 여행이다. "두 사람 사이를 지배하는 감정은 사랑이 아니었다. 일종의 자동적 용서도 아니었다. 그것은 신비한 결속이었다. 어떤 순간, 어떤 구실, 어떤 사건으로 인해 그리 되라 정해준 바 없는 연(緣)"(185쪽).

작품 목록

L'être du balbutiement(Mercure de France, 1969)

Alexandra de Lycophron(Mercure de France, 1971)

La parole de la Délie(Mercure de France, 1974)

Michel Deguy(Seghers, 1975)

Écho, suivi d'Épistole d'Alexandroy(Le Collet de Buffle, 1975)

Sang(Orange Export Ldt., 1976)

Le lecteur(Gallimard, 1976)

Hiems(Orange Export Ldt., 1977)

Sarx(Maeght, 1977)

Les mots de la terre, de la peur, et du sol(Clivages, 1978)

Inter Aerias Fagos(Orange Export Ldt., 1979)

Sur le défaut de terre(Clivages, 1979)

Carus(Gallimard, 1979)

Le secret du domaine(Éd. de l'Amitié, 1980)

Les tablettes de buis d'Apronenia Avitia(Gallimard, 1984)

Le vœu de silence(Fata Morgana, 1985)

Une gêne technique à l'égard des fragments(Fata Morgana, 1986)

Ethelrude et Wolframm(Claude Blaizot, 1986)

Le salon du Wurtemberg(Gallimard, 1986)

La leçon de musique(Hachette, 1987)

Les escaliers de Chambord(Gallimard, 1989)

Albucius(P.O.L, 1990)

Kong Souen-long, sur le doigt qui montre cela(Michel Chandeigne, 1990)

La raison(Le Promeneur, 1990)

Petits traités, tomes I à VIII(Maeght, 1990)

Georges de la tour(Éd. Flohic, 1991)

Tous les matins du monde(Gallimard, 1991)

La frontière(Éd. Chandeigne, 1992)

Le nom sur le bout de la langue(P.O.L, 1993)

L'occupation américaine(Seuil, 1994)

Les septante(Patrice Trigano, 1994)

L'amour conjugal(Patrice Trigano, 1994)

Le sexe et l'effroi(Gallimard, 1994)

La nuit et le silence(Éd. Flohic, 1995)

Rhétorique spéculative(Calmann-Lévy, 1995)

La haine de la musique(Calmann-Lévy, 1996)

Vie secrète(Gallimard, 1998)

Terrasse à Rome(Gallimard, 2000)

Les ombres errantes(Grasset, 2002)

Sur le jadis(Grasset, 2002)

Abîmes(Grasset, 2002)

Tondo, avec Pierre Skira(Flammarion, 2002)

Pour trouver les enfers(Galilée, 2005)

Inter Aerias Fagos, avec Valerio Adami(Galilée, 2005)

Les paradisiaques(Grasset, 2005)

Sordidissimes(Grasset, 2005)

Écrits de l'éphémère(Galilée, 2005)

Pour trouver les enfers(Galilée, 2005)

Villa Amalia(Gallimard, 2006)

L'enfant au visage couleur de la mort(Galilée, 2006)

Triomphe du temps(Galilée, 2006)

Requiem, avec Leonardo Cremonini(Galilée, 2006)

Le petit Cupidon(Galilée, 2006)

Quartier de la transportation, avec Jean-Paul Marcheschi(Éd. du Rouergue, 2006)

Cécile Reims Graveur de Hans Bellmer(Éd. du Cercle d'art, 2006)

La nuit Sexuelle(Flammarion, 2007)

Boutès(Galilée, 2008)

La barque silencieuse(Seuil, 2009)

Les solidarité mystérieuses(Gallimard, 2011)